KB050754

포식의 군주

포식의
군주 3

초판 1쇄 인쇄일 2017년 1월 19일 ┃ 초판 1쇄 발행일 2017년 1월 23일

지은이 풍류랑 ┃ 펴낸이 곽동현 ┃ 담당편집 팀장 이범수
편집부 신연제 이윤아 홍현주 김유진 조서영 임소담

펴낸곳 (주)조은세상 ┃ 출판등록 제 2002-23호
주소 경기도 연천군 미산면 청정로 1355
TEL 편집부 02)587-2966 ┃ FAX 02)587-2922
e-mail bukdu@comics21c.co.kr

풍류랑 ⓒ 2016
ISBN 979-11-5832-813-9 ┃ ISBN 979-11-5832-810-8(set) ┃ 값 8,000원

포식의 군주

풍류랑 현대판타지 장편소설

NEO MODERN FANTASY STORY

3

북두
(주)좋은세상

CONTENTS

포식의
군주

포식의 군주

1. 단서

　"유화랑 수현이는 한모형 좀 잡아줘. 움직이면 크게 다칠지도 모르니까. 슬아는 지혈할 것 좀 챙겨오고, 은숙이 넌 힐링 마법 준비해."

　"네."

　"알았어요."

　태랑은 라이타를 꺼내 한참 대검 날을 달궜다. 당장 소독할 방법이 그것뿐이었다. 소독이 끝나자 태랑은 허리띠를 풀어 한모의 팔꿈치 부근을 강하게 묶었다. 절단 준비를 마친 태랑은 의식을 잃고 듣지도 못하는 한모에게 사과했다.

　"형님, 죄송해요."

태랑이 과감하게 대검을 내리쳤다.

퍼렇게 썩어 들어가던 한모의 왼손목이 단숨에 잘려나갔다. 태랑의 포스가 그의 쉴드를 능가했기에 가능한 일이었다.

수현이 쏟아지는 피를 틀어막는 사이, 은숙이 참담한 표정으로 힐링 마법을 시전했다. 그녀의 손에서 하얀 빛이 흘러들어가 상처를 치료했다. 1Lv의 힐링 마법은 그 한계가 뚜렷했지만, 그래도 응급처치에 가까운 수준까지 상처가 아물었다.

한모는 고통에 겨운지 연신 식은땀을 흘렸다. 여전히 의식은 흐릿해 보였다. 그러나 썩은 부위를 도려내는 것으로 더 이상의 괴사가 퍼지는 것은 막을 수 있을 것이다. 태랑은 자신이 껴입고 있던 좀비조련사의 상의를 벗어 한모에게 입혔다.

"이 옷엔 좀비 바이러스를 억제시키는 기능이 담겨있어. 몸 안에 퍼진 바이러스를 완전히 몰아낼 순 없겠지만, 더 이상 악화되지 않도록 막아 줄 거야. 그렇지만 완치를 위해선 속히 치료제를 구해야 돼."

"치료제?"

"트롤의 정수를 조합해서 포션을 만들면 돼. '재생의 묘약'이라 불리는 건데 잘린 팔도 다시 복구시킬 수 있는 아이템이야."

은숙이 깜짝 놀랐다.

"파, 팔을 다시 살릴 수 있다고?"

"아무렴. 그럼 내가 생각도 없이 팔을 자르자고 했을까 봐."

"야! 그럼 진작 그 말부터 했어야지! 난 정말 한모씨 팔병신 되는 줄 알고 얼마나 놀랬는데!"

은숙이 놀람과 반가움이 뒤섞인 표정으로 울먹거렸다. 모처럼 그녀의 표정에 안도감이 돌았다.

"어차피 팔은 잘라야 했어. 지금 당장 재생의 묘약을 사용할 수 있으면 모를까, 어차피 나중이 되면 괴사된 부위를 도려내야 하거든. 일단 아지트로 돌아가자. 수현이가 한모 형 방패 챙겨. 유화는 후미를 맡고, 슬아가 앞장서. 내가 골렘으로 한모 형 부축할게."

태랑 일행은 무거운 발걸음으로 기지로 복귀했다. 다행히 복귀 과정에서 몬스터와의 조우는 없었다.

이번 레이드를 통해 태랑은 폭렙에 가까운 성장을 했지만, 막판에 벌어진 한모 일로 인해 마음이 좋지 않았다.

'이건 수현이만 탓할 일이 아니야. 내 계획도 문제가 많았어. 좀비숫자가 예상보다 많은 것을 확인했을 때, 아쉽더라도 다음을 기약했어야 했어. 바보같이 동료를 사지로 내몰다니… 그러고도 리더라고.'

태랑은 스스로를 강하게 질타했다. 그는 이번 사태의 책임을 통감하고 있었다. 그리고 무슨 일이 있어도 한모의 잘린 팔을 재생시켜 주리라 마음먹었다.

❖　❖　❖

다음 날, 휴식을 취한 태랑이 일행을 한데 불러 모았다.

한모는 여전히 깊은 잠에 빠져 있었다. 밤을 새워 간호한 은숙의 눈 밑엔 다크서클이 한가득이었다.

"재생의 묘약을 만들려면 2가지 재료가 필요해. 그중 구하기 어려운 쪽은 트롤의 정수라는 아이템이야."

"근데 트롤이 뭐에요?"

"D급 몬스터 트롤, 강력한 재생의 권능을 가진 몬스터야. 트롤의 정수는 놈을 잡으면 나오는데, '재생의 묘약' 포션의 주재료로 쓰여."

"그럼 그 몬스터는 어디 있는데?"

"놈들은 숲지대에 땅굴을 파고 들어가는 습성이 있어. 내가 알기론 이 근방에선 구룡산 일대가 놈들의 서식처야."

"구룡산이라면 구룡 마을이 있는 거기?"

"맞아. 은숙이 넌 한모형 간호해야 하니까 이곳에 남아. 그리고 슬아도."

"저두요?"

의외의 발언에 슬아가 눈을 동그랗게 떴다.

"은숙이 혼자서 형님을 돌보긴 힘들 거야. 게다가 트롤은 재생의 권능을 가진 괴수라서 네 기술이 통하기 힘들어. 상성이 너무 안 좋단 말이지. 그러니 여기 남아서 은숙이를 도

12 포식의 군주 3

와주도록 해. 만에 하나 몬스터나 맨이터들이 습격해 오면 곤란해 질 테니까."

"무슨 말인지 알겠어요."

"수현이랑 유화. 너희 둘이 나와 같이 간다."

"셋만으로 괜찮겠어?"

은숙이 우려를 표했다.

거미여왕을 잡을 때만 해도 7명의 각성자가 힘을 모았다. 같은 D급 트롤을 상대하는데 셋은 너무 적다고 생각했다.

태랑이 불안해하는 그녀를 안심시켰다.

"이번 좀비 프린스 레이드로 난 충분히 강해졌어. D급 정도는 어쩌면 혼자서도 가능할지도 몰라."

"정말?"

"그래도 하나보단 셋이 낫겠지. 특히 수현."

"네넵!"

태랑이 자신의 이름을 거론하자 수현이 바짝 긴장한 얼굴로 대답했다. 그는 한모 사태에 강한 책임을 느끼고 있었으므로, 태랑이 뜯어 말려도 따라갈 생각이었다.

"넌 특히 열심히 해. 알았어?"

"네!"

세 사람은 급히 짐을 꾸렸다.

❖ ❖ ❖

"근데 산에도 괴물이 살아요? 괴물들은 주로 지하철역이나 빌딩에 숨어 있다지 않았어요?"

구룡산으로 향하던 중 유화가 물었다.

그녀는 몬스터 인베이젼 첫 날, 태랑과 관악산으로 대피한 경험이 있다. 따라서 도심과 달리 산은 안전지대로 알고 있었다.

"괴물이 도심을 좋아하는 건 먹잇감도 있지만 던전과 타워의 존재 때문이야. 하지만 드물게도 어떤 몬스터들은 자연 상태 그대로를 더 좋아하지. 특히 트롤은 눅눅한 흙속에 몸을 묻어 놓는 습성이 있거든. 아마도 도심에서 식량을 충당한 다음 산속으로 다시 기어 들어간 거겠지."

"그렇구나…."

"참, 한모형 방패 유화 네가 챙겨왔지?"

"네. 여기."

유화가 왼 손등에 새겨진 인장을 내보였다.

한모가 지니고 있던 '뼈의 장벽'은 왼 팔이 잘리면서 귀속이 풀린 상태. 이번 레이드를 위해 유화는 잠시 한모의 방패를 빌렸다.

태랑 또한 좀비조련사의 상의를 한모에게 주고 그가 입고 있던 가죽갑옷을 대신 입고 있었다. 이처럼 당장 가진 아티펙트가 부족하다보니 서로 돌려 입을 수 밖에 없는 처지였다.

'확실히 더 많은 아티펙트와 아이템이 필요해. 따지고 보면 이번 트롤 사냥도 어차피 한번 쯤 거쳐야할 과정이었어. 재생의 묘약 포션은 만들어 두면 두고두고 쓸모가 많을 테니까.'

팀 내에 힐러가 부족한 이상 포션은 많으면 많을수록 좋았다. 언제 또 누가 중독이나 부상을 당할지 모르기 때문이다.

태랑이 그런 생각을 하고 있는데 앞서 내보냈던 좀비들개가 허겁지겁 달려왔다. 새로운 소환수의 등장으로 이제 척후병 보직은 좀비들개의 몫이었다.

좀비들개는 절대 공격하지 말라는 명령을 받았기 때문에 적을 발견하자마자 곧바로 태랑에게 되돌아 온 것이었다.

"녀석이 뭔가를 발견한 모양이군."

태랑은 수고했다는 의미로 좀비들개의 머리를 쓰다듬었다. 놈은 신이 나는지 꼬리를 세차게 흔들며 빙글빙글 태랑 주위를 돌았다. 주인에게 아양을 떠는 모습이 영락없는 애완견이었다.

"오빠 안 징그러워요?"

"뭘? 그냥 소환순데… 생긴 건 이래도 보기보다 귀여워."

태랑의 말을 알아 듣기라도 한 듯, 좀비들개가 바닥을 뒹굴거리며 배를 까뒤집었다.

같은 소환수라도 해골병사가 과묵하고 무뚝뚝한 반면, 좀비들개는 굉장히 애교가 많았다. 마력으로 이루어진 소환수지만 전혀 다른 개성을 가지고 있었다.

"전방에 몬스터 무리가 있는 것 같은데 어쩌지? 돌아서 갈까?"

"아니요. 해치우죠."

수현이 곧장 대답했다. 그는 한모가 불구가 된 것에 강한 죄책감을 느끼고 있었기 때문에 이번 레이드에 누구보다 의욕적이었다.

"수현, 흥분하지 마. 상대도 모르면서 무작정 싸우려고 드는 건 안 좋은 버릇이야."

"아앗, 네."

'자식, 그래도 이제 좀 헌터같이 구는데?'

말은 그리 했지만, 태랑은 수현의 적극적인 태도가 제법 마음에 들었다. 소극적이고 유약한 것보다는, 매사에 적극적인 편이 훨씬 낫다. 이번 일을 계기로 그가 각성한다면 팀 전체를 위해서도 분명 좋은 일일 것이다.

"몰래 다가가서 적들이 얼마나 되는지 살펴보자. 레벨링을 위해서라도 가능하면 잡고 가는 편이 좋긴 하겠지."

"네!"

마침 구룡산 부근.

주변으로 다 쓰러져가는 판잣집들이 눈에 들어왔다. 한참 철거를 놓고 시위가 끊이지 않던 구룡 마을의 전경이었다.

서울 한복판에 아직까지 이런 달동네가 남아있다는 사실이 놀랍게 느껴졌다. 반대편으로 보이는 강남구의 거대한 빌딩 숲은 이곳의 현실을 더욱 극적으로 대비시켰다.

세 남녀는 기척을 죽여 가며 빈민가의 골목길에 진입했다.

"저기!"

앞에서 뭔가 발견한 유화가 손가락을 들어 가리켰다. 세 사람은 황급히 담벼락 옆으로 몸을 숨겼다.

"저게 뭐죠? 엄청 많은데?"

"리져드 맨이군."

"리져드 맨?"

"도마뱀 인간. 멍청해 보이는 외모에 달리 의외로 숙련도가 뛰어난 A급 몬스터야. 오크랑 유사하게 집단전을 벌일 줄 아는 놈들이야."

"얼핏 봐도 스무 마리는 넘겠는데요."

리저드 맨은 중장갑으로 무장한 채 부대 전투를 벌이는 특징이 있다. A급이라고 가벼이 보기엔 만만찮은 상대.

태랑은 생각했다.

'내 소환수를 부르면 금방 쓸어버릴 수 있을 거야. 하지만 저런 놈들에게 포스를 낭비할 필욘 없지. 이번에 새로 배운 스킬이나 연습해 봐야겠다.'

결심을 굳힌 태랑이 말했다.

"유화랑 내가 공격할 테니 수현이 너가 백업해. 최대한 포스를 아끼는 쪽으로 가자."

"직접 싸우시게요?"

"실전만한 훈련은 없어."

태랑이 등에 맨 양날 창을 꺼내 들었다. 불카토스의 화신 스킬을 활성화시키자 손에 쥔 창이 매우 낯익게 느껴졌다. 오랜 시간 창술을 연마한 것 같은 익숙함이랄까?

'좋아, 이 정도라면….'

리져드 맨 무리는 구룡 마을을 수색하던 중이었다. 놈들은 다 쓰러져가는 판잣집을 들쑤셔가며 어딘가에 숨어있을 먹잇감을 찾고 있었다.

태랑은 리져드 맨을 유인하기 위해 좀비들개를 미끼로 던졌다. 태랑의 충성스런 소환수가 용감하게 리져드 맨 무리로 돌진했다.

"크르르르!"

리져드 맨들은 좀비들개를 보더니 득달같이 무기를 뽑았다. 좀비들개는 이리저리 도망치며 놈들을 한데 모았다. 날렵함이 보통이 아니었다. 종전의 해골병사로는 어림없는 스피드. 비록 직접적인 공격력은 3Lv의 해골병사에 비교해 떨어지지만 여러모로 활용도가 높은 소환수였다.

리져드 맨 무리가 적당히 뭉쳐지자 태랑이 소리쳤다.

"수현아, 지금이야!"

아무 생각 없이 좀비들개를 쫓던 도마뱀 인간들에게 수현의 번개창이 날아들었다. 번개창은 선두에 선 리져드 맨을 적중시킨 뒤 특유의 연쇄효과를 발동했다.

콰지지직—!

전기 충격을 받은 놈들이 순식간에 몸이 경직되어 기절했다. 몇 놈은 그 자리에서 즉사했지만 아직 상당수의 리져드 맨이 남아있었다.

기습을 성공시킨 태랑과 유화가 곧장 달려들었다. 리져드 맨의 창 공격에 대비하기 위해, 유화는 한모에게 빌린 뼈의 장벽을 장착했다. 찔러오는 창을 방패로 막아내자 가시효과에 충격을 받은 놈들이 움찔거리며 물러났다. 유화는 처음 써보는 한모의 아티펙트 효과에 놀라워했다.

'우와, 이 방패 짱인데?'

공격자에게 데미지를 되돌려주는 특성으로 인해 단순히 방어만 해도 반격을 가하는 효과가 있었다. 유화는 비틀대는 놈들에게 인정사정없는 펀치를 날렸다.

그간 강화된 포스로 그녀의 주먹은 흉기에 가까웠다.

주먹이 꽂힐 때마다 해머에 두들겨 맞은 것처럼 리져드 맨이 뻥뻥 날아갔다. 담장에 부딪힌 놈은 그대로 벽을 뚫고 쓰러졌다.

"약해 빠졌군!"

유화가 주먹으로 방패를 팡팡 때리며 의기양양 소리쳤다.

한편 태랑은 새롭게 익힌 창술을 시험 중이었다. 마침 상대 역시 창을 쓰는 몬스터.

다만 놈들의 무기는 창극을 통해 찌르는 파이크 스타일의 단창이었고, 태랑의 양날 창은 긴 봉 양단에 사시미 칼날을 꽂아 배는데 적합한 형태였다.

태랑은 창간의 중간쯤을 벌려 잡고 찔러오는 창을 좌우로 쳐냈다. 불카투스의 화신 스킬이 적용되자 동작에 군더더기가 사라지고 매우 효율적인 움직임이 전개되었다.

'오호라, 스킬이 이렇게 적용되는군.'

태랑은 마치 십수 년은 창술을 연마한 사람 같았다. 창을 잡는 자세와 발동작까지 모든 게 본능적으로 이루어졌다.

찔러오는 창을 좌우로 밀쳐낸 태랑은 그대로 몸을 회전시켜 반대편에서 달려드는 리져드 맨의 목을 후려쳤다. 일합에 리져드 맨의 목이 나가 떨어졌다.

'좋아. 충분히 상대할 수 있겠어.'

스킬의 효용성을 확인한 태랑은 부쩍 자신감이 붙었다. 무협 영화에서나 보던 화려한 동작들이 생각하는 대로 자연스레 펼쳐졌다.

창은 공방 전환이 자유로운 무기. 공격이 곧 방어고, 방어는 그대로 공격의 예비동작이 되었다.

특히 양날창은 창의 밑 부분에도 칼날이 달려 있었다. 따라서 자루를 이용한 타격동작마저 치명적인 공격으로 이어졌다. 폭풍처럼 몰아치는 태랑의 창술에 리져드 맨들이 추풍

낙엽처럼 떨어져 나갔다. 지금 그는 물 만난 물고기였다.

"위험해요!"

다소 흥분했던 탓일까?

한창 공격에 몰두한 태랑을 노리고, 리져드 맨 한 놈이 기습적으로 창을 내질렀다. 유화의 경고에 태랑이 반사적으로 몸을 비틀었다.

리저드맨의 창은 아슬아슬하게 태랑의 옆구리로 파고들었다. 급습을 피한 태랑이 겨드랑이를 바짝 붙이자, 창대가 그 사이에 끼이며 놈이 무기를 회수하지 못했다. 태랑은 그대로 양날 창을 휘둘러 놈을 베었다.

"유화, 고마워!"

"여유 부리지 마요! 간 떨어질 뻔 했잖아요!"

태랑은 양날 창을 쥔 채 반대 손에는 리져드 맨에게 빼앗은 단창을 들었다.

"덤벼라! 이제 쌍창이다!"

이제 태랑은 양손에 창을 들고 싸우기 시작했다. 그러나 길이가 긴 창을 두 개나 들고 싸우다보니 갑자기 손발이 꼬이는 느낌이었다. 공격도 수비도 하나일 때 만 못했다.

'아차, 창술의 범위가 제한되어 있구나!'

태랑은 곧바로 스킬의 한계를 깨달았다. 같은 무기술이라 하여 모든 분야에 범용되는 게 아니었다. 가령 검술 특성이라고 해도 쌍검술의 경우엔 전혀 다른 기술로 판정되는 식이었다.

태랑은 이에 쌍창을 포기하고 앞으로 달려드는 리져드 맨을 향해 왼손에 들고 있던 창을 내던졌다.

"사실은 투창이다!"

급작스레 날아든 창이 리져드 맨이 복부를 꿰뚫었다. 태랑은 복부에 꽂힌 자루 끝을 발로 밀어 찼다. 그 바람에 뒤에 서있던 리져드 맨까지 줄줄이 꼬치 신세가 되었다.

"일타 이피!"

그때 멀리 떨어져 있던 리져드 맨 하나가 태랑을 주시했다. 다른 놈보다 머리 하나정도 키가 큰 놈이었다. 바로 리져드 맨 무리의 대장인 리져드 워리어.

놈이 허리춤에서 활을 꺼내 태랑을 조준했다.

'뭐야? 화살을 든 놈이 있었어?!'

"수현아! 저놈 맡아!"

은숙의 베리어 마법이 절실했지만, 태랑은 급한 대로 수현을 호출했다. 그러나 수현 역시 접근해온 리져드 맨과 뒤엉켜 싸우는 중이었다. 인원이 셋뿐이다 보니, 백업을 호위해 줄 사람이 없었던 것이다.

'젠장, 소환수를 부르긴 늦었는데…'

태랑은 날아오는 화살을 보고 창대의 중간을 잡아 고속으로 회전시켰다. 순간 선풍기가 돌아가듯 양날 창이 회전하며 화살을 튕겨 냈다.

'운이 좋았군.'

날아오는 화살을 창으로 걷어낸 태랑이 빠르게 대쉬하며

리져드 워리워를 노렸다. 리져드 워리어는 리져드 맨보다 한 등급의 위의 몬스터.

무기 역시 평범한 창이 아닌 검과 방패를 들고 있었다.

리져드 워리워는 맞서오는 태랑을 보더니 활을 버리고 주무기를 뽑아 들었다. 직사각형의 큼지막한 방패와 두툼한 검을 치켜든 모습이 로마의 중장보병을 연상케 했다.

"크르르르르르!"

"도마뱀 새끼가 어디서 갈라진 혓바닥을 낼름 거려?"

태랑은 달려온 기세 그대로 점프하여 창대를 내리쳤다. 리져드 워리어가 방패를 들어 막았지만 강력한 포스가 담긴 태랑의 일격에 방패가 쩌억- 금이 갔다.

뒷걸음질로 물러선 놈은, 못쓰게 된 방패를 거칠게 집어 던지고 양손에 검을 쥐었다. 끝으로 갈수록 두터워지는 검은 얼핏 몽둥이처럼 보이기도 했다.

"유화, 수현이랑 둘이서 나머지 좀 정리해. 난 이놈 맡을 게."

"네!"

중검(重劍)을 움켜진 리져드 워리어는 쉽사리 덤비지 않고 빈틈을 노렸다. 파충류 특유의 노란색 동공이 날카롭게 번뜩였다. 길게 세로진 눈동자는, 마치 공룡의 그것을 닮아 있었다.

'만만한 놈이 아니다. 앞서 리져드 맨들하고 뿜어내는 기도부터 달라.'

A급 리져드 맨이 일반 병사라면, B급 리져드 워리어는 백인장 쯤 되었다. 피지컬부터 전투 기술까지 모든 면에서 상위호환.

태랑은 창을 꼬나 쥐고 온 신경을 집중했다. 자신의 창술이 백병전 전문인 B급 몬스터에게까지 통하는지 궁금했다.

대치를 먼저 깨뜨린 쪽은 리져드 워리어였다. 두터운 중검이 태랑의 옆구리를 노리고 들어왔다. 자못 매서운 기세에 태랑이 창대를 수직으로 세워 막았다.

챙-!

무기가 부딪히며 불꽃이 튄다.

창간을 잡은 손에 찌르르 한 충격이 밀려왔다. 태랑의 포스가 받쳐주었기 망정이지 단번에 창대가 부러질 정도의 파워였다.

'힘이 장사구나, 이놈.'

검격을 막아낸 태랑이 곧바로 반격에 나섰다. 양날 창은 어느 방향으로든 공격전환이 용이하다. 태랑이 창을 아래에서 위로 들어 올리며 놈의 다리 사이를 노렸다. 공격이 성공한다면, 놈의 몸뚱이를 좌우로 반 토막 낼 수 있을 것이다.

그러나 상대는 역시 노련한 전사.

리져드 워리어는 다리를 들어 태랑의 올려치는 공격을 차단했다. 창대를 발로 내리 누른 놈이 곧바로 몸을 반전시켰다.

'뭐지? 왜 뒤를 도는 거야?'

예상 밖의 동작에 당황한 태랑은 그대로 놈의 꼬리치기 공격에 얻어맞았다. 인간에게 없는 꼬리를 간과한 것이 실수였다.

강한 충격을 받고 태랑이 나가떨어지자 유화가 비명을 질렀다.

"오빠! 괜찮아요?"

쉴드에 다소 손상을 입은 태랑은 다가오려는 유화를 말렸다.

"오지 마! 내가 처리한다!"

태랑은 바짝 오기가 생겼다.

소환수를 이용한다면 쉽게 해치울 수 있었지만, 꼬리치기에 한 방 맞고 나자 기필코 창술로 놈을 제압하고 말겠다는 의지가 솟아났다.

'B급 몬스터 하나 잡아내지 못하면 창술은 어차피 호신용 이상의 의미가 없어!'

웨폰 마스터리 계열은 사용하면 할수록 숙련도가 늘어난다. 태랑은 하루빨리 불카투스의 창술을 자기 것으로 만들 생각이었다. 언제까지 소환수만 부릴 생각은 없었다.

벌떡 일어선 태랑은 다시 창대를 움켜쥐고 리져드 워리어를 노려보았다.

'창은 검보다 리치에서 우위가 있다. 놈에게 공격거리를 내주지 않으면 돼.'

태랑은 전략을 바꿔 선공을 날렸다.

과연 긴 거리에서 찔러드는 태랑의 공격에, 놈은 수비하기에 급급했다. 특히 방패가 없는 상태라 더욱 애를 먹는 것 같았다. 놈의 몸의 상처가 늘어갈수록 태랑이 더욱 기세를 올렸다.

그러나 도마뱀 인간의 질긴 가죽과 체력으로 보아 쉽사리 끝날 승부가 아니었다. 잽을 아무리 날려도 KO를 위해선 한방이 필요했다.

연속적인 찌르기 동작으로 상대를 뒤로 물리던 태랑의 창이 갑자기 땅바닥에 처박혔다. 놈이 기다리던 결정적인 실수. 리져드 워리워는 그 틈을 놓치지 않고 검을 들어 돌진해 왔다.

'멍청이, 낚였다!'

태랑은 실수를 가장해 손에서 미끄러진 척 연기한 것이었다. 그는 삽을 푸듯 그대로 창을 들어 올려 놈의 얼굴에 한 움큼 모래를 뿌렸다.

갑작스레 눈에 모래가 들어가자 리져드 워리워가 눈을 감고 말았다. 그 순간 태랑의 양날 창이 크게 휘둘러졌다. KO를 노리는 한방이었다.

스걱ㅡ

창날이 몸을 가르고 지나갔는데도 마치 아무 일도 일어나지 않는 것처럼 보였다. 그러나 이미 리져드 워리어는 허리 째 동강난 상태였다.

놈은 믿기지 않는 얼굴로 자신의 하반신을 내려 보았다. 경사면을 따라 잘려던 신체가 서서히 흘러내렸다.

철퍼덕-

태랑은 오로지 창술만 가지고 B급 몬스터를 무찌르고야 말았다. 그는 창대 중간을 잡고 허공에서 일회전 시킨 뒤 바닥에 쾅- 찍으며 포효했다.

"대장을 물리쳤다!"

"저희두요."

리져드 맨을 모두 해치운 일행에게 차크라가 흡수되었다. A급 몬스터라 그런지 양이 많진 않았다. 그러나 B급 리져드 워리워에게 선 아이템이 하나 떨어졌다.

[도마뱀의 눈동자] 2등급 아이템
-리져드 부족의 힘이 담겨 있는 눈알.
+소모시 열 감지를 통한 위치 파악이 가능함.
+ '감시자의 눈' 의 주재료.
+소켓이 뚫린 방어구 장착 시 스스로 내구도를 회복함.

"감시자의 눈이 뭐에요?"

"주변의 적들을 식별할 수 있게 해주는 토템이야. 야간 투시경 기능도 있어서 어두운 상태에서도 적의 위치를 파악할 수 있지."

"우아, 좋은 거네요? 일일이 소환수들 정탐 보낼 필요도 없고."

"그렇지. 근데 재료가 3가지 더 필요해서 만드는 데 시간 좀 걸릴 거야. 이건 따로 챙겨놔야겠다."

"형, 근데 창술 그거 새로운 스킬이에요?"

수현은 달라진 태랑의 모습에 무척 놀란 얼굴이었다. 이제껏 소환수를 지휘하며 전장을 컨트롤하던 그가, 직접 창을 들고 싸우는 모습은 생소하기 이를 데 없었다.

"응, 좀비 프린스를 잡으면서 배운 스킬이야. 생각보다 쓸 만한 것 같아."

그때 근처에 판잣집 내부에서 부스럭 거리는 소리가 들렸다.

"아직 놈들이 더 있었구나!"

태랑이 양날 창의 가운데를 잡고 투척을 준비했다. 그러나 판잣집 문을 열고 나온 것은 괴물이 아니었다.

세 명의 사내가 두 손을 든 채 항복하듯 걸어 나왔다.

"공격하지 마세요! 저흰 사람입니다, 사람!"

그들은 끽해야 20대 초반 정도로 보였다. 태랑은 몬스터가 아닌 것을 확인하고 창을 거두었다.

"거기 숨어서 뭐하는 겁니까?"

가운데 청년이 대답했다.

"도와주셔서 감사합니다. 도마뱀 인간에게 도망치던 중 이곳에 숨어있었습니다."

이제 보니 리져드 맨은 이들을 뒤쫓기 위해 구룡마을에
나타난 것이었다. 의도치 않게 태랑 일행이 그들을 구해준
꼴이 되었다.

"사실 저희도 헌텁니다. 도마뱀 인간이 A급 몬스터라고
해서 만만히 보고 덤볐다가 다 죽고 저희 셋만 겨우 이곳으
로 도망쳐 왔습니다."

A급 몬스터는 평범한 각성자도 1:1로 제압할 수 있는 수
준으로 알려져 있었다. 레이드 게시판이 활성화 되면서 사
냥이 용이한 A급 몬스터의 정보 공유가 이루어진 상황.

그러나 같은 A급이라도 고유 특성에 따라 전투력은 천
차만별이다. 슬라임이나 고블린처럼 약해빠진 놈들도 있지
만, 오크나 리져드 맨처럼 개개인은 약해도 집단으로 뭉칠
수록 강해지는 종류도 있었다.

이들은 아마도 그 점을 간과하고 덤볐다가 낭패를 본 모
양이었다.

"헌데 우연찮게 실력을 훔쳐보게 되었는데, 무척 강하시
더 군요. 세 분 모두."

유난히 붙임성 좋아 보이는 청년이 아부를 하며 다가왔
다. 뻔히 의도가 짐작되는 상황. 그러나 태랑은 이들과 얽
히고 싶은 생각은 전혀 없었다.

"아, 네… 뭐. 그럼 이만. 저흰 가볼 곳이 있어서."

"아아! 혹시 어디로 가십니까? 실례가 안 되시면 저희랑
같이…"

"실례됩니다."

"네?"

"실례라구요. 초면에 다짜고짜 동행요청 하는 거, 그거 실례 맞습니다."

노골적인 거절에 오히려 당황한 것은 청년들이었다.

그러나 태랑에겐 이들을 거둬줄 이유도, 그럴 여유도 없었다.

지금 그에겐 한모의 잘린 팔을 재생시키기 위한 목적이 있다. 손발이 잘 맞는 팀원을 꾸려도 모자란 판에 A급 몬스터조차 쩔쩔매는 초보들을 혹처럼 달고 다닐 순 없는 노릇이었다.

게다가 의도한 건 아니지만, 리져드 맨을 해치워 준 것만으로 충분한 호의를 베푼 셈이다. 이제 제 갈길을 찾아가면 그만이다.

유화는 태랑의 단호한 모습을 보고 생각했다.

'오빠가 저런 말도 할 줄 아는구나… 하긴 확실하게 태도를 취하지 않으면 분명 진드기처럼 달라붙을 거야. 지금 세상에 강한 사람에게 의지하고 싶은 건 당연한 거니까. 동행으로 시작했다가 동료로 받아 달라 떼쓰면 그땐 또 곤란하지 않겠어? 매몰차 보이더라도 차라리 저게 나아.'

태랑은 호인은 맞지만, 결코 호구는 아니었다. 처지가 불쌍하다고 모든 사람을 끌어안다가, 정작 본인이 해야 할 일을 놓칠 생각은 전혀 없었다.

태랑의 거절에 붙임성 좋은 청년이 난처한 기색으로 물러났다. 구룡산 쪽으로 돌아선 태랑 일행의 뒤로 궁시렁 대는 소리가 들려왔다.

"쳇, 싸움 좀 할 줄 안다고 겁나 뻐기네."

"얌마, 다 들리겠다."

"들으라고 해 뭐. 어차피 이렇게 살다 몬스터에게 잡아먹혀 뒈질거, 겁날 건 또 뭐야."

빈정이 상한 유화는 울컥 짜증이 났다.

적반하장도 유분수지, 자신들을 구해준 건 까맣게 잊어버리고 보따리를 내놓지 않는다고 투덜거리다니….

유화는 뭐라 한소리 쏘아 붙이려다 그냥 참기로 했다. 깜냥도 안 되는 놈들을 일일이 상대해주는 것도 시간낭비다. 그냥 못들은 척 무시하면 그만이다.

그러나 태랑은 아니었나 보다.

고개를 돌려 청년의 얼굴을 빤히 쳐다보던 태랑이, 득달같이 달려가더니 그의 멱살을 거칠게 움켜 쥔 것이다.

"너 이 새끼!"

수현은 무척 놀랐다. 아무리 화가 났기로 서니 저렇게 버럭 할 줄이야. 평소의 차분한 태랑의 모습과 전혀 달랐다. 수현이 뜯어 말리는데 태랑이 한 번 더 소리쳤다.

"노트북 도둑!"

그 말에 깜짝 놀란 유화가 태랑에게 붙들린 청년의 얼굴을 유심히 살폈다. 긴 머리카락에 가려져 잘 몰랐는데 청년의

31

왼쪽 뺨에 조그만 십자가 문신이 새겨져 있었다.

바로 관악산 탈옥수들이 묘사했던 노트북 도둑의 생김새였다.

❖ ❖ ❖

"무, 무슨 소리에요! 갑자기 도둑이라뇨!"

"내 노트북 어디다 뒀어? 어서 말 안 해?"

"무슨 노트북, 컥컥— 이, 이것 좀 놓고 얘기…"

흥분한 태랑의 귀엔 아무것도 들리지 않았다.

옆에 청년들이 말리려 하자 오히려 눈을 부릅뜨고 소리쳤다.

"니들도 한패지?"

"네, 네?"

태랑은 곧바로 해골병사 6마리를 소환했다. 발밑에서 일어난 검은 동공의 해골들은 창을 치켜들고 두 청년을 몰아세웠다. 태랑의 소환마법에 놀란 청년들이 기겁하며 물러섰다.

태랑이 다시 십자가 문신을 윽박질렀다.

"어서 대답 안 해? 내 노트북 어딨냐고!"

"지, 진짜 무슨 소린 줄 하나도 모르겠어요! 사, 살려주세요. 주제도 모르고 설쳐서 죄송합니다. 제발, 목숨만…"

유화는 잔뜩 겁을 먹은 문신 청년을 보다가 뭔가 이상한 점을 깨달았다.

"오빠, 잠깐."

"나 말리지 마. 도둑놈 새끼한테 본때를 보여줘야겠어."

"아니, 내 말 좀 들어봐."

"왜?"

"그때 말하기로 그 도둑, 분명 마른 체형이라지 않았어?"

유화의 말에 태랑이 흥분을 가라앉히고 자세히 보니 청년의 체격은 무척 건장한 편이었다. 키도 180이상 되 보였다.

'가만있자, 놈의 키가 175쯤 이랬지 않았나?'

태랑은 뭔가 이상한 점을 깨닫고 멱살을 잡고 있던 손을 놓아 주었다. 십자가문신은 막혔던 숨을 몰아쉬며 한참을 켁켁- 댔다.

그러나 태랑은 여전히 의심을 풀지 않고 있었다. 탈옥수들의 기억이 왜곡되었을 가능성도 있기 때문이다. 사람의 기억력은 생각외로 완벽하지 않다.

"죄송합니다, 다신 까불지 않겠습니다. 제발 용서해주세요."

십자가 문신은 아직까지 자신이 혼나는 이유를 착각하고 있었다. 노골적으로 비아냥대던 시건방진 놈은 온데간데 없고, 보기 불편한 정도로 바짝 엎드린 쫄보만 남았다. 그만큼 태랑의 기세가 흉흉했다.

"지금부터 묻는 말에 똑바로 대답해. 관악산에 간적 있어, 없어?"

"관악…산이요? 전 등산은 질색하는데…."

"예, 아니오로만 대답해!"

"아니오. 안 갔습니다. 이렇게 맹세할 수 있습니다."

갑자기 십자가 문신이 엄지손가락을 세워 이마에 붙였다.

"그게 뭔데?"

"엄창인데요."

"이 새끼가 진짜!"

마치 놀리는 듯한 동작에 화가 난 태랑이 창대로 놈의 무릎 뒤를 후려쳤다. 놈이 대번에 바닥에 무릎을 찧고 주저앉았다.

"아악!"

"너 지금 나랑 장난 해!"

"지, 진짭니다. 이, 이 이상 어떻게 맹세를…."

씩씩거리는 태랑과 달리 유화는 점차 냉정을 되찾았다.

꼴을 보아하니 전형적인 양아치다. 허세부리다 바로 꼬리 내리는 것도 그렇고, 맹세 한답시고 엄마를 팔아먹는 저질스런 행동부터가 근본 없는 놈이었다.

다만 십자가 문신은 확실히 의아한 부분이었다. 모양도 모양이지만, 얼굴에 새겨졌다는 것이 의구심이 들었다. 유화가 물었다.

"그럼 그 문신은 뭔데?"

"이, 이거요?"

청년이 손가락으로 자신의 왼 뺨을 가리켰다. 그때 해골 병사에게 포위당해있던 다른 청년이 뭔가를 눈치 채고 대신 입을 열었다.

"아! 그것 때문이구나! 종욱인, 그니까 저 친군 '연합'에서 쫓겨난 지 한참 됐어요. 그 쪽에 용건이 있는 거라면 진짜 오햅니다."

"연합?"

"네! 서울 동부 연합, 지금은 이름을 바꾼 '레이더스 클랜' 말이에요. 노트북이 뭔지는 모르겠지만 종욱이는 정말 아무런 관련 없어요! 저희들은 몬스터 나오고 나서 관악산은커녕 서울대 근처로 가본적도 없거든요."

갑자기 머릿속이 뒤엉키는 느낌이었다.

'서울 동부 연합'은 강동구와 송파 일대를 아우르던 폭주족 모임이다. 연합의 멤버들은 왼 뺨에 십자가 문신을 하고 다니는 것으로 자신들의 소속을 과시했다.

몬스터 인베이젼에서 살아남은 폭주족 무리는 이후 클랜으로 재편되었다. 그 과정에서 별 볼일 없는 멤버들 상당수가 짤려나갔는데, 김종욱이 바로 그런 케이스였다.

연합에서 쫓겨난 종욱은 고등학교 친구들과 의기투합해 새로운 클랜을 조직했다. 하지만 말이 클랜이지 제대로 된 구심점도, 능력도 없는 떨거지들의 모임이었다. 어중이에 떠중이를 끌어모아 몬스터 사냥을 해보겠다고 설치는 것에 불과했다.

오죽하면 A급 몬스터 리져드 맨 사냥에 나섰다가 10명 중 7명이 역으로 사냥당하는 처지에 이르게 된 것이었다.

"…그, 그렇게 된 겁니다."

"뭐야, 그럼 그 십자가 문신이 단순히 폭주족의 징표였다고?"

태랑은 어처구니가 없었다. 이건 상상도 못했다.

독특한 문신 덕에 범인을 특정하기 쉬울 줄 알았는데, 알고 보니 그런 놈들이 한둘이 아니었던 것이다. 눈앞의 김종욱이라는 청년만 해도 똑같은 모양의 문신을 갖고 있었다. 만약 인상착의가 비슷했더라면 분명 그를 범인이라 단정했을 것이다.

"종욱인 이제 그 클랜하고 아무 상관없습니다. 정말입니다."

친구를 위해 항변하는 청년. 그래도 고등학교 동창이라고 편들어 주는 모습이 제법 의리가 있었다.

태랑은 수현에게 그들의 감시를 맡기고 잠시 유화와 멀리 떨어졌다.

"저놈들 말이 사실일까?"

"일단 폭주족 얘긴 대충 맞는 거 같아요. 딱히 어색한 부분도 없구요. 애초에 종욱이라는 사람은 탈옥수들이 증언하던 인상착의랑은 하나도 맞지 않잖아요. 키도 훨씬 크고… 확실히 다른 사람이에요."

"그렇다면 진짜 범인은 레이더스 클랜에 있을까?"

"그건 모르죠. 아무튼 지금으로선 그게 유일한 단서군요."

"젠장. 겨우 잡았다고 생각했는데…."

태랑이 아쉬움을 감추지 못하자 유화가 위로했다.

"그래도 이 정도 알아낸 게 어디에요, 오빠. 힘내요."

"노트북의 마지막 위치는 분명 63빌딩이었어. 레이더스 클랜에 진짜 도둑놈이 있다면 그게 어쩌다 63빌딩까지 흘러갔는지도 밝혀 낼 수 있겠지. 어쩌면 그게 몇 층에 있는지도 말이야. 그것만 알아내도 큰 성과긴 해."

"네. 동감이에요. 그나저나 저 놈들 이제 어쩌죠? 확 묻어 버릴…."

"뭐라고?"

"아뇨, 한모 아저씨라면 그렇게 말했을 거라구요. 말버릇처럼 그러잖아요."

"난 또… 깜짝 놀랐네. 어쩌겠어. 그냥 풀어줘야지. 솔직히 아무 상관도 없는 놈들이잖아. 게다가 우리랑 같이 다니는 게 오히려 위험할 걸."

유화와 의논을 마친 태랑은 다시 종욱 패거리에게 다가갔다.

"레이더스 클랜 근거지가 어디야?"

"제가 쫓겨날 당시엔 길동 생태공원 근처였어요."

"천호대로 지나는 쪽?"

"네. 하지만 혹시나 옮겼을 수도 있구요."

"음… 마지막으로 하나 묻자. 혹시 서울 동부 연합 애들 중에 키가 175쯤 되가지고 좀 호리호리한 친구 있었어?"

종욱은 잠시 고개를 갸웃하더니 대답했다.

"그게… 저희 멤버가 모임에 잘 안 나오는 친구들까지 다합치면 거의 100명이 넘거든요. 방금 말씀하신 조건이면 절반 가까이 걸릴 걸요?"

'역시 이걸론 무린가.'

"알았다. 지금부터 너희 셋 다 뛸 준비해."

"네, 네?"

태랑이 위협적으로 목소리를 깔았다.

"이 자식들… 구해준 은혜도 모르고 말이지. 아까 뒷담화 깐 걸 생각하면 괘씸하지만, 필요한 정보를 제공했으니 도망칠 기회 정돈 주겠다."

"무, 무슨 말씀이신지."

태랑이 곧바로 좀비들개를 소환했다. 가죽이 벗겨진 대형 세퍼트 견 세 마리가 으르렁 거리며 모습을 드러냈다.

"도망칠 시간은 딱 1분이야. 1분 뒤에 내 사냥개들이 너희를 쫓기 시작할 거야."

"히엑?"

"참, 생긴 거 보면 알겠지만 육식을 즐기는 놈들이야."

"예?! 가, 갑자기 이러시면!"

"카운트 시작."

태랑이 스마트 폰에서 초시계를 켜 앞으로 내밀었다. 화면의 시간은 금세 58초로 떨어지고 있었다.

"으아아아아아악!"

종욱을 비롯한 세 청년은 발바닥에 불이 나게 달리기 시작했다. 태랑은 일부러 겁을 주기 위해 좀비들개를 더 크게 울부짖게 했다.

"어어! 벌써 10초 지났다. 좀 더 빨리 안 달리면 곤란하게 될 걸?"

잠시 후 골목길 사이로 청년들의 모습이 완전히 사라졌다.

유화가 그 모습을 지켜보더니 태랑을 나무랐다.

"오빠, 사람을 그렇게 겁주면 어떡해요?"

"좀 심했나? 근데 이렇게까지 안하면 쫓아내기 힘들 것 같아서 말이야."

애초에 위협만 가하려던 태랑은 좀비들개를 다시 돌려보냈다. 놈들은 쫓아오지도 않는 좀비들개를 피해 도망치느라 고생 좀 할 것이다. 본래 보이지 않는 적이 더 무서운 법이니까.

"수현아, 혹시 게시판에서 레이더스 클랜이라고 들어 본 적 있어? 아니면 서울 동부 연합이라든지."

"아니요, 그건 잘 모르겠어요. 요새 하도 클랜들이 우후죽순범람하고 있어서 유명한 데가 아니면 일일이 체크하기 힘들어요. 막말로 무슨 게임 길드 만들듯 생겨나는 추세거든요."

"흠… 난감하군."

"일단 기지 돌아가는 즉시 수소문해 볼게요. 어느 정도 세력이 갖추어진 클랜이라면 분명 게시판에 이름이 오르내릴 테니까요."

"그래. 부탁한다. 놈들이 폭주족 기반으로 만들어졌다는 거 말곤 정보가 너무 부족해."

"근데 정보는 왜요? 어차피 지금 오빠보다 강한 사람은 없을 텐데? 그냥 가서 때려 부숴버리면 안 돼요?"

유화의 과격한 제안에 태랑은 우려스러운 표정으로 대답했다.

"만에 하나라도… 도둑놈이 노트북에 있는 설정집을 빼내 갔으면…."

노트북 속엔 몬스터 인베이젼을 시작으로 바뀌게 될 모든 정보들이 담겨있다. 몬스터 특징, 아티펙트의 위치, 아이템 조합법 등… 한마디로 공략법을 적어놓은 치트키와 같았다.

"아차! 그럼 오빠랑 똑같은 조건인 거네?"

태랑이 씁쓸하게 고개를 저었다.

"아니. 나보다 더하지. 난 겨우겨우 기억에 의지하는

폭심의
군주 3

형편이고, 놈은 원본 째로 들고 있는 셈이니까."

잠자코 듣고 있던 수현이 반문했다.

"근데 노트북은 분명 63빌딩에 있다지 않았어요? 놈들 위치랑 꽤 차이가 많이 나는 것 같은데…."

"위치추적 상으론 그랬지. 근데 어차피 노트북 자체는 중요한 게 아니야. 그건 껍데기고 알맹이는 안에든 파일이지."

"아! 그렇군요. 파일 빼내는 거야 USB 하나면 충분하니까."

태랑은 고시원에서 도망칠 당시 USB가 고장 나는 바람에 노트북을 통째로 들고 나온 걸 뼈저리게 후회했다. 파일만 추출해서 주머니에 넣고 다녔다면 이렇게 도난당할 일도 없었을 것이다.

금고에 거금을 쌓아놓고도 비밀번호를 잃어버린 느낌이랄까? 하지만 당장은 방법이 없다. 지나간 것은 지나간 데로.

이제라도 후회할 일은 만들지 않는 수밖에.

태랑이 겨우 마음을 다잡고 다시 목표에 집중하기로 했다.

"일단 이 건은 나중에 생각하자. 지금 급한 건 트롤 사냥이야."

"네."

"맞아요. 한모 형님 팔 살려드려야죠."

세 사람은 구룡 마을을 통과해 목적지인 구룡산 자락으로 접어들었다.

❖ ❖ ❖

"으, 왠지 으스스 한데…."

안으로 들어갈수록 나무에 가려진 그늘이 짙어졌다. 쥐 죽은 듯 적막한 분위기 역시 음침함을 더했다. 마치 살아 있는 생물체라곤 산 속을 걷고 있는 세 사람 뿐인 것 같았다.

기이할 정도의 고요.

몬스터라는 포식자가 숲의 동물들을 모조리 쫓아내 버린 것일까?

"누나도 겁나는 게 있어요?"

"야! 나는 뭐 여자 아니니?"

"아니 뭐 꼭 그런 뜻은 아니고요…."

유화는 버럭 화내려다 꾹 참았다. 바로 이런 면 때문에 괄괄하다는 인상을 주는 것이리라.

어려서부터 선머슴 같다는 소릴 자주 듣긴 했지만, 그래도 공무원 준비생이 되고 부턴 나름 조신(?)해 졌다고 생각했다. 앉은뱅이로 공부만 하다 보니 사람들과 크게 부딪힐 일이 없었다. 그러나 몬스터 인베이젼이 시작되자마자 여지없이 본래 성격이 튀어 나왔다.

'칫. 수현이 이 자식! 눈치 없게 하필 태랑오빠 옆에서…'

심술이 난 유화는 수현에게 반격했다.

"네가 지나치게 여성스럽다는 생각은 안 해봤어? 한모 아저씨 같은 상남자는 아니더라도 무릇 남자라면 태랑 오빠 정도로 강단이 있어야지."

"여, 여성스럽다뇨! 그게 무슨 말이에요!"

"흐응. 여자한테 관심이나 있는지 몰라."

유화의 놀림에 수현이 발끈했다.

"저 여자 엄청 좋아하거든요!"

빌미를 잡은 유화가 말꼬릴 잡고 늘어졌다.

"호오 여자? 누구? 설마 우리 중에 있어?"

"……."

수현은 말문이 막혀 얼굴이 빨개졌다. 왠지 놀리는 재미가 들린 유화가 집요하게 추궁했다.

"은숙이 언닌 이미 임자가 있으니까 아닐 테고… 설마 슬아? 맞지? 너 은근 슬랜더타입을 좋아하는 구나?"

"아뇨. 걔는 제 타입 절대 아닌데요. 너무 무뚝뚝해서."

수현의 단호한 대답에 유화는 정작 본인이 당황하고 말았다.

'뭐야? 은숙이 언니도 슬아도 아니면…'

"흠흠… 그, 그래."

"……."

한창 옥신각신 하던 두 사람은 갑자기 묘한 분위기를 느끼고 입을 다물었다. 뻘쭘한 표정으로 엄한 곳을 쳐다보는 두 사람의 모습은 왠지 우스꽝스러운 데가 있었다.

그러나 선두에 선 태랑은 두 사람이 떠드는 것에 별 관심이 없었다. 트롤의 흔적을 찾는데 온 신경을 집중하고 있었기 때문이다.

놈들은 다른 몬스터처럼 쉽게 모습을 드러내지 않기에 좀비들개로는 찾기 어려운 존재였다.

"찾았다!"

한참만에야 태랑이 소리쳤다.

"뭘요?"

"여기 봐."

바닥에 찍힌 것은 거대한 발자국.

어마어마한 크기가 히말라야 고지에 산다는 전설적 인수(人獸), 설인을 연상시켰다.

"으아. 발바닥 크기 좀 봐! 얘 완전 거인이네요?"

"이 정도면 신장이 대체 얼마나 큰 거야?"

발자국은 쭉 이어지다 어느 순간 뚝 끊겨 있었다.

태랑이 곧바로 광각의 심안을 켜 감각의 범위를 확장했다.

'이 근처가 틀림없는데… 대체 어디에 숨은 거냐.'

순식간에 눈앞에 270도의 파노라마 화면이 펼쳐졌다. 시야는 더욱 또렷해지고 주변의 모든 사물들이 면밀하게 스캔되었다. 굴러다니는 돌덩이, 흔들리는 나뭇잎사귀까지도 그의 시야를 벗어나지 못했다.

그러나 아무리 샅샅이 뒤져도 조그만 흔적조차 찾을 수 없었다. 발자국의 주인은, 갑자기 이 자리에서 연기처럼 증발해 버린 듯 했다.

'아니면 땅으로 꺼졌거나….'

"아뿔싸! 모두 피해!"

태랑이 경고성을 내뱉는 순간, 땅 밑이 크게 들썩이며 커다란 충격파가 솟아올랐다. 트롤이 땅속에 숨어 있다 기습을 가한 것이었다. 세 사람은 수류탄이 터진 것처럼 사방으로 튕겨져 나갔다.

이윽고 세 사람이 서있던 자리로 매복해 있던 녹색의 괴물이 벌떡 몸을 일으켰다.

"다들 괜찮아?"

"주, 죽을 정돈 아니에요. 윽. 정정. 죽을 만큼 아픈데요."

"저, 저게 트롤?"

트롤은 녹색의 피부에 얼룩덜룩한 검은 점이 박힌 괴물이었다. 키는 3M에 육박했고, 다리에 비해 팔이 상대적으로 길어 고릴라나 오랑우탄을 연상시켰다.

'젠장, 땅속을 좋아한다는 건 알고 있었는데… 저렇게 완벽하게 매복하고 있을 줄이야.'

태랑은 거구의 트롤이 쥐죽은 듯 숨어있으리라곤 전혀 예상 못했다. 그것은 놈이 가진 버로우(Burrow) 스킬 덕분이었다. 피부호흡 능력이 월등한 트롤은 땅 밑에서 수십 시간 까지도 버틸 수 있었다.

기습을 성공시킨 트롤이 위협적으로 다가오자 유화가 가장 먼저 나섰다. 충격파에 완전히 나가떨어진 다른 이들과 달리, 그녀는 낙법을 통해 곧바로 균형을 잡은 상태였다.

다른 사람이 채비를 갖출 때까지 시간을 끌려는 의도도 있었지만, 강한 상대를 마주하자 특유의 호전성이 발동했다.

"두더지 같은 놈, 이거나 처먹어!"

내지르는 주먹에 순식간에 강철의 건틀릿이 덧씌워 졌다. 팔 목 전체를 감싸는 금속의 조립체가 로봇 팔처럼 빠르게 장착되었다.

팡—!

옆구리에 꽂아 넣은 훅이 제대로 들어갔다. 거대한 덩치의 트롤이 주먹 한방에 휘청하며 뒷걸음질 쳤다. 그녀의 특성으로 인해 보정 받은 5배의 공격력이 유감없이 발휘되고 있었다. 연이어 그녀는 좌수로 칠보장을 날렸다.

"죽어버려!"

왼손에서 강력한 일장이 발출되었다. 단전부를 강타한 칠보장에 놈이 엉덩방아를 찧었다. 쓰러지는 과정에서 트롤과 부딪힌 나무가 우지끈— 부러지며 놈의 어깨위로 떨어졌다.

쿵—!

그 사이 정신을 차린 수현이 유화를 향해 엄지를 치켜세웠다.

"끝내준다! 누나 최고!"

등장과 동시에 신나게 얻어맞은 트롤은 자신의 어깨를 짓누른 나무를 들쳐 매고 다시 몸을 일으켰다. 맷집도 맷집이지만 놀라운 괴력이 아닐 수 없었다.

"아니 저걸 든다고?"

"크르르륵!"

트롤은 부러진 나무를 무기삼아 크게 휘둘렀다. 워낙에 커다란 나무라 마치 전봇대를 뽑아 휘두르는 느낌이었다. 유화는 일부러 아슬아슬 물러서며 속으로 숫자를 셌다.

'…다섯, 여섯…'

"터져라!"

"쿠엑-!"

딱 일곱 걸음을 내딛는 순간, 트롤의 내부에서 칠보장이 폭발했다. 본래 칠보장법의 진정한 위력은 맞고 난 후 내부를 진탕시키는데 있었다.

유화는 일부러 닿을 듯 말 듯한 거리에서 놈의 움직임을 유도한 것이었다. 놈이 고통에 배를 움켜쥐고 무릎 꿇었다. 분명 내장이 다 짓물러졌을 것이다.

"으아아아압!"

유화가 나무기둥을 박차고 뛰어 올랐다. 높이가 낮춰진 지금, 머리통에 주먹연타 스킬을 날릴 절호의 기회였다.

그러나 지켜보던 태랑은 뭔가 잘못 되어가는 것을 느꼈다.

상대는 D급 몬스터, 스킬도 서너가지가 넘는 데다 최강의 재생력을 갖춘 괴물이다. 이렇게 쉽게 끝날 리 없다.

"유화! 안 돼!"

유화의 주먹연타가 터지기 직전, 갑작스레 정신을 차린 트롤이 거대한 손바닥을 들어 유화를 후려쳤다. 파리채처럼 휘둘러진 공격에 공중에 뜬 유화가 속절없이 노출되었다.

유화는 순간적으로 왼팔에 뼈의 장벽을 장착해 충격을 최소화 했다.

콰광-!

유화가 붕- 하고 날아가더니 나무에 등허리를 부딪치며 쓰러졌다.

"누나!"

수현이 급히 달려가 유화를 부축했다.

"으윽… 나, 난 괜찮…."

다행히 뼈의 장벽으로 데미지를 감소시켜 치명상은 피할 수 있었다. 그러나 충격으로 한동안 운신이 불가능한 상황이었다.

반면 때린 트롤 역시 무사하지 못했다. 데미지를 반사시키는 뼈의 장벽의 효과로 인해 놈의 손아귀가 폭탄이 터진 것처럼 걸레짝으로 변한 것이다.

그러나 곧 놈의 능력이 발휘되더니, 뼈가 붙고 살이 차오르기 시작했다. 과연 재생의 괴수라 불리는 경이적인 치유력이었다.

"이 괴물 새끼가! 감히!"

유화의 부상에 흥분한 수현이 번개 창을 뽑아 들었다. 그의 손아귀에 방전을 일으키는 빛 무리가 크게 출렁였다.

"라이트닝 스피어!"

투창처럼 쏘아진 번개 덩어리가 트롤의 몸에 부딪히려는 순간, 갑자기 놈이 오른손을 들어 반투명한 장벽을 생성했다. 수현의 번개창은 그대로 장벽에 흡수되더니 힘을 잃고 사라져 버렸다.

'안티매직 쉴드!'

트롤의 유일한 약점은 마법공격. 그것만 아니면 무한에 가깝게 육체를 재생시킬 수 있다.

번개 마법을 확인하고 바로 스킬을 사용한 것으로 보아 아둔해 보이는 겉모습과 달리 영악하기 짝이 없는 놈이었다.

'버로우 스킬에 충격파, 안티매직 쉴드까지… 쉽게 볼 스킬이 한 개도 없구나.'

"수현, 유화 데리고 물러서 있어!"

태랑이 마침내 본격적인 전투에 돌입했다.

"일어나라 나의 종들이여!"

선언과 동시에 그의 발밑에서 해골병사와 좀비들개가 땅

을 파고 기어 나왔다. 양 옆으론 보디가드 같은 스톤 골렘 두 마리가 자리했다.

"다구리의 힘을 보여주마!"

해골 궁수들의 선제공격이 개시되었다.

리치킹의 분노로 위력이 배가 된 뼈 화살의 관통력은 상상 이상이었다. 순식간에 놈의 몸통이 가시 돋은 선인장처럼 변했다.

이어 방패와 창을 거머쥔 해골 전사가 돌진해 갔다. 성난 해골 전사들 왼편에 좀비들개들이, 오른편에선 묵직하지만 단단한 스톤 골렘이 뒤따랐다.

속도에 차이가 있었기에 전체적인 진형은 빗금을 친 사선을 그리고 있었다. 가장 먼저 달려든 좀비들개가 번쩍 뛰어 올라 트롤의 오른팔을 깨물었다.

트롤은 악다구니같이 달려드는 들개를 때려려고 거칠게 팔을 휘둘렀다. 그사이 도착한 해골들이 우르르 몰려가 창을 내질렀다. 반원으로 에워싸 창을 찌른 해골 전사들로, 트롤은 순간적으로 옴짝달싹 못하는 처지가 되었다.

"스톤 골렘! 날려버려!"

가장 늦게 도착한 스톤 골렘이 결정타를 먹였다. 한 놈이 배를 때려 트롤이 고개를 숙이게 만들더니, 나머지 한 놈이 두 손을 맞잡고 해머처럼 머리를 내리 찍었다.

쩌억-!

두개골이 갈라지는 소리와 함께 거대한 트롤이 쓰러졌다.

과연 쪽수에는 장사 없었다.

태랑은 랜덤으로 소환된 해골 마법사를 이용해 최후의 한방을 먹일 준비를 했다. 두 마리 모두 바람계열 스켈레톤 메이지로 하늘색의 동공을 띠고 있었다.

'좋아, 이제 바람 칼날로 놈을 찢어 버리자.'

그때 갑자기 강력한 충격파가 터지며 좀비들개와 해골들이 사방으로 튕겨 나갔다. 해골들은 수십조각의 뼈다귀로 분해됐고, 좀비들개는 갈기갈기 찢겨 사분오열 되었다.

단단한 스톤 골렘조차 몸이 으스러질 정도로 엄청난 폭발이었다.

'저, 저게 뭐야?'

트롤의 상반신 역시 거의 날아가고 없었다.

'맞다! 놈의 스킬이 하나 더 있었어! 에너지 폭발!'

스스로의 육체를 연료삼아 자폭하는 최악의 마법.

트롤은 궁지에 몰리자 자신의 필살기인 에너지 폭발을 시전한 것이었다.

자폭 스킬인 만큼 보통 동귀어진 할 적에나 쓰이지만, 뛰어난 재생력을 갖춘 트롤이라면 얘기가 다르다. 놈은 회복 시간만 충분히 주어진다면 언제든 과감하게 자폭할 수 있었다.

곧 놈의 몸뚱이가 젤리처럼 부글거리며 차오르기 시작했다. 하반신만 남은 몸뚱이 위로 상체가 스멀스멀 밀려

올라왔다. 머리가 완전히 날아갔음에도 회복력엔 전혀 지장이 없어 보였다.

'미친 괴물 자식 같으니! 내가 회복하게 놔 둘 것 같으냐!'

태랑이 메이지 스켈레톤을 움직여 윈드커터 마법을 날렸다. 반월형의 하늘색 덩어리가 부메랑처럼 날아가 재생을 시작하는 트롤을 절단했다. 해골 궁수역시 사격을 지원했다.

그러나 아무리 상처를 입히고 공격을 가해도 놈의 재생 속도가 더 빨랐다. 끊임없이 분열하고 증식하는 세포는 수 없이 토막을 쳐도 곧장 재생될 뿐이었다.

"나랑 한번 해보자는 거냐!"

태랑이 불타는 좀비를 소환 시켰다.

눈코입이 없는 마네킹 같은 좀비가 바닥에 그려진 검은 원에서 몸을 끄집고 걸어 나왔다. 곧 전신이 불타기 시작한 좀비는 재생되는 트롤을 향해 무작정 돌진했다.

"타올라라!"

쾅-!

불타는 좀비가 트롤과 충돌하며 엄청난 폭발을 일으켰다.

고기 타는 역겨운 냄새가 훅 퍼지며 막 팔이 솟아난 트롤이 몸부림 쳤다. 불타는 좀비의 자폭 공격은 네이팜탄처럼 물체에 들러붙어 타오르는 특성이 있다.

아무리 재생능력이 뛰어나도 세포 자체를 태워버리면 소용없었다. 트롤은 고통을 참지 못하고 쓰러지더니 곧 거대한 잿더미로 변해갔다. 몸을 웅크린 채 새까맣게 굳어가는 모습이 자궁 속에 든 태아의 형상을 닮았다.

"오, 오빠 불!"

유화의 말에 정신 차리고 주변을 살피니, 불타는 좀비 살점이 튄 수목으로 불이 옮겨 붙어 있었다.

'이크! 이러다 산불 나겠네.'

좀비 프린스에게서 포식한 특성 덕에 어느덧 해골들의 소환 쿨이 돌아와 있었다. 새로운 특성은 포스 소모까지 절반으로 줄여주었기 때문에 포스관리에도 예전보다 훨씬 여유가 있었다.

태랑은 다시 해골 병사들을 일으켜 화재를 진압했다. 윈드 커터 마법으로 나무를 베고, 나머지 소환수들이 불이 번지지 않도록 한데 모으는 식이었다.

한참 불을 끄는 사이 마침내 트롤의 숨통이 끊겨졌는지 차크라가 몸속으로 스며들어 왔다. 온 몸이 불타면서도 그때까지 버틴 것을 보면 정말 대단한 재생력이 아닐 수 없었다.

"이제 죽었나 봐요. 진짜 끈질기네."

"아마 한주먹 정도의 몸뚱이만 남아도 다시 부활할 거야. 암세포도 저리가라 할 정도로 대단한 증식력을 가지고 있거든."

"오오. 스킬 차크라도 나왔어요!"

수현과 유화는 오랜만에 나온 녹색의 차크라를 보고 무척 기뻐했다. 태랑의 경우엔 스킬 포인트를 채우려면 멀었기 때문에 드랍된 아티펙트와 아이템에 집중했다.

'드디어 나왔구나. 트롤의 정수!'

[트롤의 정수] 4등급 아이템

-트롤의 재생력을 담고 있는 놀라운 구슬

+성장형 소환수에게 소모시 성장속도를 급 진전 시킴.

+소켓이 뚫린 생동성 아티펙트 장착 시 스스로 생명력을 회복하게 함.

+재생의 묘약을 제작하는 주요 재료.

녹색의 조그만 구슬을 챙긴 태랑은 이어 다른 아티펙트를 감식했다. 단순한 링처럼 생긴 금속제 팔찌였다.

[증폭의 팔찌] 3등급 아티펙트

-주문력을 강화시켜주는 팔찌.

+속성마법의 위력을 30% 증폭시켜줌.

+속성마법 재사용 대기시간 10% 감소.

"이건 완전 마법사 전용 템이네. 수현이 너 써라."

"아앗. 감사합니다! 태랑이형 근데 저 스킬은 어떡할까요?"

"포인트 다 올렸어?"

"네, 방금요."

"일단 벼락창 3Lv로 올리면 어떻게 되는지 확인 좀 해보자."

태랑이 수현의 귀를 만져 스텟을 확인했다.

[성명 : 이수현, ♂(21)]

포스 : 20.56 {증폭의 팔찌-속성마법 공격력 30%↑}

쉴드 : 21.62

스킬 : (5/81Point)

'벼락 창' (2Lv)

+뇌전의 데미지를 주는 번개 모양의 창을 던져 공격력의 200% 피해를 입힘.

+감전 충격을 받은 대상이 1초간 스턴에 빠짐.

+다음 스킬레벨에 도달하면 공격력 250% 효과.

+다음 스킬레벨에 도달하면 번개창이 두 줄기로 뻗어나감.

특성 : 전격의 연결고리

-뇌전 계열 공격 시 체인라이트닝 효과가 자동 발동함.

"번개가 두 줄기로 늘면 공격력도 두 배로 뛰겠네. 괜찮을 것 같은데?"

수현이 머뭇거리며 대답했다.

"근데 형, 저도 다른 스킬 한번 배워보고 싶어요. 너무 원거리 공격만 하니까 아무래도 한계가 있는 것 같고…"

수현은 최근 근접전에서 적잖이 곤란한 상황을 겪었다. 좀비에게 습격당해 결과적으로 한모의 팔을 잃게 하는 원인을 제공하기도 하고, 방금 전처럼 마법이 전혀 안 통하는 상대를 만날 때면 두 손 놓고 구경만 해야 했다.

태랑은 그의 뜻을 이해했지만 고민할 수밖에 없었다.

'내가 유화나 슬아에게 새 스킬을 배우게 권한 건 그들의 잠재력을 미리 알고 있었기 때문이야. 하지만 수현이는⋯.'

스킬은 온전히 랜덤부여다. 스킬북을 통해 익히지 않는 이상 어떤 것이 나올지 장담할 수 없다.

"후회하지 않겠어? 뭐가 나올지도 모르는데⋯."

"저라구 언제까지 민폐만 끼칠 순 없으니까요⋯ 팀에 꼭 필요한 사람이 되고 싶어요."

수현의 눈빛에서 강한 의지가 느껴졌다. 태랑은 그의 고집을 꺾을 수 없다는 것을 알았다.

"그래. 한번 해봐. 어차피 쓸모없는 스킬이란 건 없어. 다 활용하기 나름이지."

"넵!"

태랑의 말에 용기를 얻은 수현이 과감하게 새로운 스킬을 골랐다. 곧 그의 표정이 환하게 밝아졌다.

"형! 이거 대박 좋은 거 같아요!"

"뭔데?"

스킬 : '천둥군주의 심판' (1Lv) (5/81Point)

+포스의 50%를 소모해 반경 10M 범위에 낙뢰를 일으키며 동시에 사용자의 위치가 전이됨. 스킬 사용 후 2분간 천둥갑옷이 몸을 감싸 공격자에게 뇌전 데미지를 돌려줌.

+낙뢰는 공격력의 200%의 데미지를 줌.

+다음 스킬레벨에 도달하면 낙뢰의 시전 범위가 15M로 증가.

+다음 스킬레벨에 도달하면 천둥갑옷의 지속시간이 3분으로 증가.

"오! 축하해. 설명만 읽어도 무시무시한데? 그러니까 벼락과 함께 떨어진다는 거네? 순간이동기나 다름없는데?"

"네, 근데 포스소모가 확실히 엄청나네요. 한방에 절반 가까이 닳아버리다니…."

"이정도면 거의 필살기라고 봐야지. 대신 너도 이제부터 근접 전투 기술 좀 연마해야겠다. 이 기술은 공격과 동시에 적진 한복판으로 난입하는 거야. 자칫하면 역공을 당할 수도 있어."

"네. 명심할게요."

2. 악연

포식의 군주

2. 악연

유화도 수현을 축하했다.

"스킬 잘 뽑았네. 축하해 수현아. 오빠, 저는 그냥 칠보장법 2Lv로 올렸어요. 이제 장법에 맞아 죽으면 시체폭발로 추가 데미지를 줄 수 있데요. 오빠는 뭐 안 골라요?"

"난 저번에 스킬 올린 뒤로 요구치가 243까지 올라버려서 아직 멀었어."

"아⋯."

"대신 트롤이 가진 특성을 빼앗았지."

특성 : 쉼 없는 재생

−회복계열 마법 효과를 누적시간 없이 단번에 적용시킬 수 있음. 단 회복력은 주문의 효과에 한정됨.

"그럼 이제 오빠도 막 트롤처럼 재생하고 하는 거예요?"

"아니 그 정돈 아니고. 트롤이 가진 놀라운 재생력은 특성도 특성이지만 트롤의 정수 덕에 가능 한 거야. 그게 없는 이상 특성만 가지곤 불가능하지."

"아… 그렇구나."

"어쨌든 이제 트롤의 정수도 얻었으니 다음 몬스터 사냥하러 가볼까?"

"벌써요?"

"묘약의 제조에는 트롤의 정수 하나에 에테르 다섯 개가 필요해. 그럼 한 번에 생명의 묘약 포션 다섯 병이 나오거든. 한모 형 치료하는데 한 개 쓰더라도 네 병이 남으니까."

"그렇군요. 그나저나 에테르면 저번에 그 경마공원역 도그 파이터 잡으면 되죠?"

"그렇지. 오늘 하루 쉬고 내일 오전에 돌아가는 길에 들르면 될 것 같아."

"하하. 걔들은 무슨 아이템 조공하는 애들 같네요. 불쌍해라."

"불쌍하다면서 니가 제일 많이 두들겨 패던데?"

"아이 참, 오빠!"

트롤 사냥에 성공한 태랑 일행은 가벼운 발걸음으로 경마공원역 방향으로 향했다.

이동거리와 포스의 회복을 위해 빈집에서 하루를 묵은

그들은, 다음 날 아침부터 경마공원역을 털며 필요한 에테르를 확보했다.

모두 스텟이 상승한 상태라 B급 몬스터인 도그파이터를 상대하는데 큰 어려움은 없었다. 그간의 성장을 충분히 확인할 수 있는 전투였다.

모든 재료를 구비한 태랑은 서둘러 아지트로 향했다.

흘러내린 안경을 밀어 올리며 사내가 만족스런 웃음을 지어보였다.

"찾았습니다."

모니터가 3개나 연결된 컴퓨터 앞에 앉은 안경 사내가 말했다. 그는 유명 해커출신으로 과거 경찰청에서 자문을 구할 정도로 뛰어난 실력자였다.

"프록시를 여러 번 거치면서 아이피를 감춰보려 했지만 아마추어는 아마추어군요. 어디 컴공과 재학 중인 대학생 수준이랄까."

"프록시라… 무슨 말인지 모르겠군."

"예전에 한번 경찰 공조로 아청법에 위배되는 포르노 배포자를 추적한 적 있습니다. 당시도 해외 서버를 통해 IP를 여러 번 경유하는 걸 찾느라 고생한터라 아예 추적 알고리즘을 프로그래밍 해가지고는…."

해커가 자기 자랑을 늘어놓는 기미를 보이자, 이이동이
곧바로 제지했다.

"그만하고, 위치나 알려주게나."

"아… 네. 죄송합니다. 과천시 쪽입니다. PC방이군요."

"과천에 PC방?"

"네. 확실합니다. 네트워크 허브가 피씨방 고유양식을
띄고 있습니다."

"그 말은 역시 단체가 개입되어 있단 소린가?"

"글쎄요… 그건 특정할 수 없지요. 지금 캡쳐 된 화면 보
시면 아시겠지만 레이드 게시판에서 다양한 닉네임으로 물
타기 한 흔적이 있습니다. 다만 이게 한 사람의 짓인지 여
럿이 한 것인지는 불분명합니다. 그나저나 많이도 써놨네
요."

"음… 수고했네. 성공보수는 약속했던 대로 2등급 아이
템 두 개와 1등급 아티펙트로 하지."

해커 사내는 만족스럽게 웃으며 이이동이 건넨 물건을
감식으로 확인했다. 의심할 여지없는 진품. 최근 블랙마켓
을 통해 거래되는 시세로 따지면 거의 수천만원을 호가하
는 물건이었다.

"하핫, 감사합니다. 유명한 클랜이라 그런지 일처리도
깔끔하군요."

"그럼 조심히 가시게나."

해커는 자신이 들고 온 노트북과 외장하드 케이블들을

군주 3

마저 정리했다. 그는 꾸벅 인사를 하고 폭룡 클랜의 임시 거처를 떠났다.

해커 사내가 보수를 받고 떠나자, 그의 뒤통수를 빤히 바라보던 이이동의 표정이 차갑게 돌변했다. 방금 전의 호의적인 미소는 찾아볼 수 없을 만큼 냉정한 얼굴이었다.

그는 부하를 시켜 누군가를 호출했다. 잠시 후 복면을 쓴 헌터가 나타났다. 등에 쌍검을 X자로 교차해 매고 있어 흡사 닌자를 떠올리게 했다.

"방금 그 놈 미행하다 몬스터 습격처럼 위장해서 없애버려. 물건은 다시 챙겨오고."

"…알겠습니다."

"굳이 뒤탈을 일으킬 놈을 남겨 둘 필욘 없지."

명령을 내린 이이동은 다시 자릴 옮겨 클랜 마스터 강찬혁의 병실로 들어갔다. 며칠 새 상태가 호전된 강찬혁은 침상에 앉은 상태로 식사를 하는 중이었다.

"알아냈나?"

"네. 소문대로 뛰어난 해커더군요. 컴퓨터 앞에 앉은 지 1시간 만에 지원 메일을 보냈던 아이피를 역추적 해 게시판 활동내역부터 거주지까지 싹 다 찾아냈습니다. 다만…."

"다만?"

"입이 너무 방정맞은지라…."

강찬혁이 들고 있던 수저를 내려놓더니 물 잔을 들어 벌컥벌컥 마셨다. 화상으로 손상된 입 주변으로 질질 물이

세어 나왔지만 그는 개의치 않았다. 상의가 흠뻑 물에 젖었다.

탁-

물 잔을 거칠게 내려놓은 강찬혁이 이이동에게 말했다.

"…뭐 그런 거야 부단장이 알아서 하셨겠지."

"네. 흑호를 보냈습니다."

"흑호라… 그 날 최정예 멤버를 넷이나 잃은 지금 몇 안 남은 믿을만한 녀석이군."

"그렇습니다. 그나저나 이제 어떡하실 생각입니까? 놈들의 소재는 파악했습니다."

"몸 상태는 거의 돌아왔어. 다만 얼굴이…."

자세히 보니 방안에 거울이라곤 하나도 없었다. 흉물스럽게 변한 강찬혁이 자신의 모습을 보고 싶지 않아 모두 치워버린 탓이었다. 강찬혁이 자괴감에 또 다시 괴로운 표정을 짓자 이이동이 곧바로 화제를 돌렸다.

"참, 놈들이 자신들의 정체를 숨기기 위해 게시판에서 분탕질 한 증거도 확보했습니다. 정말 떳떳한 놈들이라면 그럴 필요가 없었겠지요. 분명 뭔가 숨기는 게 있습니다."

"이강호 그 씹어 먹을 자식도 놈들과 한패였을까?"

"그건 모르겠습니다. 나중에 마스터를 도와준 걸 보면 한 패는 아닌 것도 같기도 한데, 아니면 의심을 피하려고 그랬을지도 모르니… 다만 분명한건 그놈이 이강호에게 시

포식의 군주3

비를 걸면서부터 이 사달이 벌어졌다는 사실입니다."

이이동은 결코 자신의 잘못을 언급하지 않았다.

이강호가 극단적인 자폭을 감행한 데는 분명 자신의 과도한 대처가 결정적이었음에도 불구하고, 그걸 인정하는 순간 자신은 폭룡 클랜에 대역 죄인이 되는 상황이었다.

그는 희생양을 필요로 했고, 따라서 이미 죽어버린 이강호 대신 그와 처음 시비가 붙은 김태랑을 지목했다.

흑갑룡 등장 당시 놀라운 소환술을 선보인 태랑이, 처음부터 정체를 숨긴 채 불순한 의도로 폭룡 클랜에 접근했다며 여론 몰이를 하는 것이었다.

그것은 두 가지 의미에서 효과적이었는데 하나는 이강호 테러에 대한 분노를 외부로 돌림으로써 내부의 단결을 도모하는 것이었고, 또 다른 하나는 그것을 통해 자신의 잘못을 교묘히 면피하는 것이었다.

이강호의 자폭으로 큰 부상을 입는 바람에 한동안 클랜의 통솔권을 넘긴 강찬혁으로서는, 당분간 이이동의 안배대로 움직이는 수밖에 없었다.

"애들 준비시켜. 과천이면 여기서 멀지 않은 곳이군. 일단 한번 놈을 만나 확인해 봐야겠어. 대체 무슨 목적으로 우리 클랜에 접근했는지 말이야."

"알겠습니다."

성남시 최강의 클랜에서, 하루 아침에 바닥까지 몰락한 폭룡 클랜이 마침내 움직이기 시작했다.

공교롭게도 태랑이 유화와 수현을 데리고 막 트롤 레이드를 떠난 시점이었다.

사람들이 모두 떠난 복도식 아파트.

태랑 일행이 숨은 PC방으로부터 200미터 쯤 떨어진 곳이다. 아파트 8층 복도에서 두 사내가 먼 곳을 주시하고 있다.

군용쌍안경을 들고 있는 남자는 폭룡 클랜의 부단장 이이동. 그리고 옆에서 후드를 깊게 눌러쓴 남자는 마스터 강찬혁이었다.

한참 PC방 건물을 감시 중이던 이이동이 강찬혁에게 말했다.

"지금 옥상에 있는 저 여자, 그때 클랜 모집에 참여했던 지원자 아닙니까?"

화상 흉터를 감추기 위해 후드에 마스크까지 착용한 강찬혁이 이이동에게 쌍안경을 인계받았다. 접안 랜즈에 눈을 갖다 대자 멀리 떨어진 PC방 건물 옥상이 눈앞으로 바짝 당겨졌다.

옥상 위에선 젊은 여자는 하나가 아무것도 모른 채 빨랫줄에 옷을 널고 있는 중이었다.

"…그렇군. 2차 테스트에서 김태랑과 한조였던 계집애야. 몸놀림이 유난히 날래서 똑똑히 기억하고 있지. 설마 저 여자까지 한패였을 줄이야."

예상치 못한 발견을 두고 이이동은 내심 안도했다. 폭룡 클랜 내부에서도 이번 행보에 대해 회의적인 사람들이 제법 있었다.

그러나 슬아가 처음부터 김태랑과 한패였다면 얘기가 완전히 달라진다. 그들은 당시 서로 전혀 모르는 사람들처럼 행동했기 때문이다.

"놈들이 애초부터 같은 조직이라 한다면 모종의 음모를 획책했던 것이 틀림없습니다. 어쩐지 실력이 범상치 않더라니…"

강찬혁은 이슬아를 확인한 후 입술을 자근자근 깨물었다. 그때까지 긴가민가했던 이이동의 추측이 점점 설득력 있게 다가오고 있었다.

'이 자식들이 정말로 우리 클랜을 노렸던 것인가…'

"앗, 저기 또 다른 한 사람이…"

이이동의 손짓에 강찬혁이 쌍안경의 방향을 돌렸다. 옥상과 연결된 베란다 쪽에서 걸어 나오는 은숙의 모습이 보였다.

태랑과 함께 지원서를 냈던 그 여자다.

강찬혁은 쌍안경에서 눈을 때지 않은 채 부단장에게 명령했다. 이제 의심은 확신으로 바뀌었다.

"아랫 층에서 대기하는 애들 한숨 재워둬. 새벽에 급습한다."

"알겠습니다. 헌데 김태랑이라는 놈은 어찌 처리하실 생각입니까? 실력이 상당한 놈입니다."

"놈이 제아무리 강력하다 한들 결국 소환사야. 정령사 김도진이 죽은 거 봤지? 정령이든 소환수든 어차피 본체만 제압하면 나머진 허수아비에 불과해. 게다가 이제 나도 힘을 회복했으니 놈 하나 상대하는 것쯤 어려운 일 아니지."

"확실히 일대 일 대결에서 마스터를 이길 사람은 찾기 힘들 겁니다."

"그리고 만에 하나 일이 틀어질 것 같으면…."

강찬혁이 바지 뒤춤에서 권총을 뽑아들었다. 블랙마켓을 통해 사들인 물건이었다. 그는 최근 아티펙트를 상당수 처분하여 군용 물품들을 사들였다.

포스도 입힐 수 없는 무기들이, 몬스터를 잡기 위한 용도일리 만무했다.

"…아무리 각성자라도 인간은 인간, 총알을 견뎌내진 못하겠지.

"지당하신 말씀입니다."

이이동이 만족스럽게 웃었다.

"슬아야, 같이 널자니까 그래."

"아니에요."

슬아가 수건을 힘차게 털어 빨랫줄에 걸었다. 오늘은 날씨가 화창해 아침 일찍부터 빨래를 돌렸다. 은숙은 극구 사양하는 슬아 옆으로 다가오더니 빨래바구니에서 티셔츠를 꺼내 도왔다.

"진짜 괜찮은데…."

"괜찮아. 오빠 어차피 자고 있어. 태랑이가 준 옷 때문에 상태가 더 악화되진 않는 것 같아."

"잘 됐어요."

두 사람은 이후 별다른 대화 없이 계속 빨래를 널었다.

슬아가 원체 말수가 없기도 했지만, 은숙 역시 최근에 웃을 일이 없는 터라 평소처럼 떠들 기분이 아니었다.

한참 빨래를 널던 중 조금 지루해 졌는지 슬아가 모처럼 입을 열었다.

"…다들 괜찮은 거겠죠?"

"태랑이? 너무 걱정 안 해도 돼. 걔는 질 싸움은 시작도 않는 스타일이니까."

"무슨 말이에요?"

은숙이 빨랫감이 바람이 날리지 않도록 빨래집개를 집으며 말했다.

"태랑이는 이기는 싸움만 하는 스타일이야. 우리가 가진 자원과 능력을 충분히 고려한 뒤, 해 볼만 하다 싶을 때만 움직이거든."

"아…."

"어찌 보면 과감한 면은 부족하다 할 수도 있는데, 다르게 생각하면 굉장히 똑똑한 거지. 손자병법에도 그러잖아. 싸워 이기는 건 중책이고 싸우기 전부터 이기는 게 가장 상책이라고."

"언닌 정말 아는 게 많으신 것 같아요. 대단하세요."

공부를 못했던 슬아는, 똑똑한 사람 앞에 필요이상으로 저자세를 취하는 버릇이 있었다. 그것은 일종의 열등감에서 기인했다.

일찍이 고아가 되면서 먹고 살 길을 찾기 위해 운동에 모든 걸 쏟아야 했던 그녀에게, 공부란 너무 고귀해 차마 닿을 수 없는 사치품과 같았다.

슬아가 동경하는 눈으로 자신을 바라보자 부담을 느낀 은숙이 부끄러워 말을 돌렸다.

"아냐 뭘 또 그런 거 가지고… 참, 너 유화랑 사이 되게 좋더라?"

"유화 언니가 잘해주세요."

"그래? 역시 운동하는 사람들끼린 통하는 게 있나?"

"유화 언니도 운동했어요?"

"응, 원래 배구선수 하고 싶었는데 키가 안 커서 관두고 무술만 주구장창 배웠나 보더라구. 대학도 아마 경호학과 출신일 거야?"

"아, 그래서 싸움을 그렇게… 근데 은숙 언니는 사회에서 무슨 일 하셨어요? 왠지 회사 출근 했을 것 같은데."

은숙이 순간 빨래집개를 떨어뜨렸다.

어차피 지난 일이긴 하지만 과거를 드러내는 게 못내 부끄러운 은숙이었다. 그것은 처음 텐트에서 만났던 네 사람을 제외하고 아직 수현에게도 밝히지 않는 비밀이다.

은숙은 자신을 대단히 생각하는 슬아에게 실망을 주고 싶지 않았다.

"음… 나? 그냥 뭐… 번역 같은 일 했어. 나 이태리어 배웠거든. 영어도 좀 하고."

은숙은 학창시절 잠깐 경험했던 번역 아르바이트를 둘러댔다.

"외국어도 잘하세요?"

"아니 뭐. 살짝? 히히. 빨래 다 넌 것 같은데 우리 점심 먹자. 오늘은 내가 해줄게."

"아니에요. 밤 새 간호하느라 고생하시는데…."

"괜찮아. 너도 계속 노는 것도 아니잖아."

"고맙습니다."

두 사람이 건물 안으로 사라지자 멀리 떨어진 건물에서도 감시자들이 모습을 감추었다.

모두가 잠든 새벽.

유화가 레이드를 떠나면서 방에 홀로 자고 있던 슬아가

갑자기 눈을 떴다.

'이게 무슨 소리지?'

다소 예민한 그녀는 밤잠을 자다가도 쉽게 깨는 편이었다. 미세하게 들려오는 발자국 소리가 그녀의 청각을 자극했다.

'…설마 몬스터?'

그녀는 머리맡에 놓아둔 군용대검을 집어 들고 벌떡 일어났다.

슬아가 슬며시 방문을 열고 거실로 나왔다. 숨을 죽인 채 귀를 기울이자 현관문에서 부스럭거리는 소리가 들려왔다.

'몬스터가 아냐. 사람이야.'

그녀는 바짝 긴장했다.

복귀중인 태랑 일행이라면 밤늦게 문을 따고 있을 리 없다. 슬아는 군용대검을 역수로 바꿔 쥐고 정체불명의 적에 대비했다.

'강도일까? 아니면 맨이터?'

그녀는 문밖의 상대가 누구건 결코 가만두지 않을 생각이었다.

한모가 몸져누운 이상 이곳엔 여자들 뿐. 태랑이 굳이 자신을 남겨두고 간 것은 이런 불의의 사태를 대비키 위함이었다. 이는 자신의 임무를 수행할 시간이다.

그녀가 각오를 다지는데 현관문에서 철컥- 하는 소리가 울렸다. 침입자들이 문고리를 따는데 성공한 것이었다.

폭식의
군주 3

'들어오기만 해! 단숨에 목을 따 주지.'

그러나 벌어진 문틈 사이로 들어온 것은 사람이 아니었다.

돌멩이가 같은 물체가 먼저 휙- 굴러 들어왔다.

툭- 데구르르

'수류탄?!'

슬아는 주먹만한 크기의 까만 물체를 보고 깜짝 놀랐다.

당황한 나머지 무작정 은숙이 있는 안방으로 뛰어 들었다. 자칫하면 아무것도 못해보고 속수무책으로 당할 위기였다.

"언니! 피해요!"

그 순간 수류탄으로 추정되는 물체에서 증기처럼 하얀 연기가 부악-하고 퍼져나갔다. 화재가 발생한 것처럼 순식간에 집안 전체가 매캐한 연기로 가득 찼다.

"어, 언니! 일어나… 콜록, 콜록-"

슬아는 은숙을 흔들어 깨우던 중 호흡곤란을 느끼고 쓰러졌다. 흐릿해지는 시선으로 방독면을 뒤집어 쓴 무리가 방안으로 들어오는 게 보였다.

그녀가 기억하는 마지막 장면이었다.

슬아는 한참 만에 눈을 떴다.

숙취가 덜 풀린 것처럼 머리가 깨질 듯 아팠다. 주변을 둘러보니 어딘가의 건축 현장이었다. 노출된 콘크리트가 흉물스럽게 골조를 드러냈고, 샷시가 설치되지 않은 창가에선 외풍이 쉼 없이 밀려들었다. 정확한 위치는 모르지만 높은 층수인 것은 확실했다.

"이제 정신이 드나?"

슬아가 고개를 들자 눈앞에 선 사내가 말을 걸어왔다. 그는 후드에 마스크를 착용한 상태라 얼굴을 알아볼 수 없었다.

"누구냐!"

"그건 오히려 내가 묻고 싶은 질문이야."

"……."

"너희들, 대체 뭐하는 놈들이야?"

강찬혁은 결과적으로 절반의 성공을 거둔 셈이었다.

태랑 일당을 일거에 소탕할 계획을 세웠지만 아지트에는 모두 셋뿐이었다. 은숙과, 슬아 그리고 처음 보는 팔 병신 사내.

피해를 최소화하기 위해 블랙마켓서 구입한 대테러진압용 최루탄까지 소모한 것 치고는 다소 아쉬운 성과였다.

일망타진에 실패한 강찬혁은 김태랑의 잔당이 기지로 돌아올지도 모른다는 판단에 기절한 세 사람을 인근의 공사 현장으로 끌고 왔다. 괜히 적진에서 대기하다가 역으로 포위되는 경우만큼은 피해야 했다.

그때 맞은편에서 은숙의 목소리가 들려왔다.

"그 사람은 환자야! 내버려 둬!"

쓰러진 한모를 밧줄로 묶고 있던 헌터들은 은숙의 요구를 묵살했다. 죽이지 않고 생포해온 것만도 감지덕진데, 깨어나자마자 시끄럽게 구는 것이 여간 못 마땅한 눈치였다.

"언니! 괜찮아요?"

"슬아야! 깨어났어?"

멀리 떨어진 채 서로의 안부를 묻는 두 사람을 보며 강찬혁이 헛웃음 지었다.

'아주 놀고들 있네.'

"야, 저 여자도 이쪽으로 끌고 와."

마스터의 명령에 맞은편에 있던 은숙이 질질 끌려와 슬아 옆에 무릎 꿇려졌다. 그녀도 슬아와 마찬가지로 수갑에 두 팔이 묶인 상태였다. 보통의 수갑보다 두 배 이상 두꺼운 이 수갑은 신체 능력이 강화된 각성자들도 쉽게 끊을 수 없도록 특수제작된 것이다.

강찬혁이 물었다.

"어이 박은숙이, 나 알아보겠나?"

"내 이름을 알아?"

강찬혁은 천천히 마스크를 벗었다. 흉물스럽게 일그러진 얼굴이 드러났다.

은숙은 얼굴을 확인하고도 도통 알아볼 수 없었다. 그가 아는 사람 중 저렇게 징그럽게 생긴 사람은 처음이었다. 그러나 강찬혁이 고개를 살짝 옆으로 돌려 멀쩡한 면을 보여주자 자기도 모르게 이름이 튀어나왔다.

"폭룡 클랜 마스터?"

"그래. 내가 폭룡의 마스터 강찬혁이다."

그때 포박 당하는 한모에게서 고통스런 신음성이 들려왔다. 안정을 취해도 모자랄 판에 새벽녘부터 공사판으로 끌려오는 통에 다시 증세가 악화되는 모양이었다.

은숙이 걱정스런 표정으로 한모를 쳐다보더니 강찬혁에게 말했다.

"저기 저 사람 팔 잘린 거 보이지? 저 사람은 환자야. 며칠 째 의식 불명이라고. 저렇게까지 안 해도 저항 못하니까 밧줄은 풀어줘."

"이 년이 감히 주제도 모르고!"

은숙의 당돌한 요구에 우락부락한 헌터 하나가 때릴 듯이 손을 치켜들었다. 그 모습에 강찬혁이 미간을 찌푸렸다.

"누가 내 앞에 함부로 나서래?"

"그게 아니고 지금 저년이 시건방지게…."

"너 지금 나한테 말대꾸 하냐?"

"아, 아닙니다. 제가 감히."

덩치가 산만한 사내가 강찬혁에게 바짝 쫄아 물러섰다. 강찬혁은 포로로 붙잡힌 와중에도 당당한 은숙의 눈빛이 마음에 들었다.

"좋아. 처음 보는 사이도 아닌데 그 정도 부탁은 들어줄수 있지. 단, 내가 지금부터 묻는 질문에 똑바로 대답한다면."

"아니, 먼저 저 사람부터."

은숙은 한 치도 물러서지 않았다.

그녀의 눈동자가 불꽃이 튀는 것처럼 이글거렸다. 비록 무기를 든 사내들에게 둘러싸여 있지만 전혀 주눅이든 모습이 아니었다.

그녀의 비장한 결기(結己)에 강찬혁이 어깨를 으쓱했다.

"눈빛하나 살벌하군. 애인이라도 되나보지? 내가 최근 병상생활을 해본 적이 있어서 한번 접어주는 건줄 알아."

강찬혁의 고갯짓에 부하들이 한모를 묶은 밧줄을 다시 풀었다. 그러나 여전히 칼을 들고 지키고 서서 언제든지 제압할 준비를 마친 상태였다.

"자, 그럼 질문에 대답해 보실까? 김태랑은 어디 있지?"

은숙은 잠시 망설였지만 진실을 말하기로 했다. 괜히 어설픈 거짓말로 불신을 준다면 자칫 세 사람의 목숨이 위험해 질수도 있었다.

"…레이드 갔어."

"레이드라고?"

"몬스터 사냥하러. 그나저나 대체 왜 우릴 공격한 거지? 우리가 폭룡 클랜과 척을 진 일이 있었나?"

그때 이이동이 다가오면서 말했다.

"그 대답은 우리부터 들어야지. 네놈들은 왜 우리 클랜을 노린 거냐?"

"노리다니? 그게 무슨 소리야?"

은숙은 이들이 뭔가 오해하고 있다고 생각했다.

"둘러댈 생각이면 집어치워."

"혹시 이강호 때문이야? 그게 어떻게 우리 잘못이야? 그놈이 미친놈이지!"

은숙이 따지듯 소리치자 이이동이 코웃음을 쳤다.

"네놈들이 정녕 떳떳하다면 왜 레이드 게시판에 그런 글들을 올린 거지? 정체를 숨겨보려고 되지도 않는 유언비어를 잔뜩 퍼뜨려 났더군. 게다가 저 계집애는 또 뭔데? 같은 편이면서 테스트 내내 모르는 척 시치미 뗐잖아?"

"아니 그건…."

이이동은 은숙의 답변을 듣지도 않고 이어 스마트폰을 들이밀었다. 액정에는 사진 한 장이 떠있었다.

"그리고 이건 네놈들 아지트에서 찍어온 거다. 똑똑히 봐라."

사진속의 내용물은 거실벽면에 걸어두었던 태랑의 공략지도였다.

확대된 서울시 지도를 바탕으로 구성된 공략지도엔 63빌딩을 공략하기 앞서 클리어 해야 할 던전과 주요 몬스터, 그리고 그것을 통해 얻을 수 있는 특성과 아이템 목록이 상세하게 기록되어 있었다. 이는 태랑이 틈 날 때마다 수정과 보완을 거듭해 완성시킨, 기억의 소산이자 노력의 집합체와 같은 것이었다.

태랑의 아지트를 급습한 후 우연히 그것을 목도한 강찬혁과 이이동은 놀라 입을 다물지 못했다.

지도에 적힌 내용이 모두 사실이라면, 모든 정보들을 미리 알지 않고서는 도저히 설명할 수 없을 정도로 디테일했기 때문이다.

던전에 대한 제반 내용들은 블랙마켓에서도 극비에 취급될 정도로 고급정보.

이제 막 중소규모 던전들에 대한 내용들이 조금씩 교류되는 시점에서, 태랑의 공략지도는 지나치게 상세하고 방대한 내용을 다루고 있었다.

"네놈들… 대체 무슨 짓을 꾸미고 있었던 거냐?"

최초의 오해에서 비롯된 일은 이제 걷잡을 수 없을 만큼 커져버렸다.

만약 이들이 위 정보를 외부에 팔아넘긴다면, 기껏 세워둔 태랑의 계획이 수포로 돌아갈 수밖에 없는 처지였다.

그것을 깨달은 은숙은 밀려오는 절망감에 좌절했다.

놈들이 어떤 목적으로 일행을 찾아왔건, 그 공략지도를 봐버린 이상 결코 곱게 물러나지 않을 것이다.

'제길. 태랑이만 있었어도….'

하지만 후회해 본들 소용없었다. 이미 엎질러진 물이다.

은숙은 최악의 상황에서도 어떻게든 사태를 수습해보기 위해 머리를 굴렸다.

'그래. 아직 포기할 단계는 아냐.'

"오케이. 내가 싹 다 설명할게. 대신 우릴 해치지 않는다고 약속해."

은숙의 대답에 강찬혁이 모처럼 만족스러운 웃음을 지었다.

"물론이지. 우린 인간 사냥 따위엔 흥미 없거든. 솔직하게 답해 준다면야 굳이 너희들을 해치울 필욘 없지."

"…지금은 듣는 귀가 너무 많아."

은숙이 좌우를 둘러보더니 나직하게 말했다.

'놈들을 최대한 분산시켜 놔야 해.'

강찬혁은 은숙의 말을 곱씹더니, 이이동과 쌍검 흑호 그리고 힐러 강아현까지 수뇌부 셋만 남기기로 결심했다.

어차피 상대는 의식도 없는 환자 하나에 두 팔이 포박된 여자 둘. 이 정도라면 클랜 간부만으로도 충분히 제압할 수 있다.

또 은숙의 말마따나 고급 정보를 말단부하들의 귀에까지 들어가게 하는 것은 현명한 처사가 아니었다.

"너희들은 잠시 밑에 내려가 있어."

"마스터, 이 팔 병신 놈은 어떻게 할까요?"

"신경 꺼도 돼. 부단장이랑 흑호도 남아 있으니."

"알겠습니다."

부하들이 폐건물 밑으로 내려가자 이제 이곳엔 포로로 붙잡힌 은숙 일행과 폭룡 클랜의 핵심 멤버들만 남게 되었다.

"이쪽은 우리 클랜의 간부들이다. 어차피 내가 알게 되는 사항은 모두 공유하니까 들어도 상관없어. 자 이제 설명해 보시지. 대체 저 지도에 적힌 게 뭔지 말이야."

은숙은 자신과 마찬가지로 등 뒤로 돌려진 슬아의 손을 꼬옥 붙잡았다. 불안감을 감추기 위한 행동처럼 보였지만, 사실은 슬아의 손바닥에다 손톱으로 사인을 보내는 것이었다.

손바닥으로 필담을 나눔과 동시에 은숙이 입을 열었다.

"…너희들이 찾고 있는 태랑은 특별한 아티펙트를 가지고 있어."

"아티펙트라고? 그게 뭔데?"

"몬스터 볼."

은숙이 없는 말을 지어내기 시작했다.

지금 여기서 태랑의 예지몽이나 특성 포식의 능력에 대해 떠들 필요 없었다. 놈들이 납득할만한 이야기를 들려주는 것으로 충분하다.

"그게 뭐야? 좀 더 구체적으로 설명해."

"태랑이 항상 품에 갖고 다니는 몬스터 볼은 일종의 수정구야. 놀랍게도 몬스터가 어디에 있는지, 또 그 몬스터가 어떤 능력을 가지고 있는지, 그리고 그 몬스터를 잡게 되면 어떤 아티펙트나 아이템 등이 나오는지를 알려주는 도구지."

이이동은 은숙의 설명을 들으며 스마트 폰에 담긴 공략지도를 확대시켰다. 그녀의 말처럼 체크된 지하철역마다해당되는 정보가 빼곡하게 적혀있었다.

"말 그대로면 정말 대단한 아티펙트군. 어떻게 그런 걸 손에 넣은 거지?"

"솔직히 순전 운이었어. 간신히 C급 몬스터를 잡았는데 그게 떨어졌거든. 그 뒤로 우린 태랑의 아티펙트를 이용해서 레이드를 거듭했고, 남들보다 빠르게 성장할 수 있었지."

"확실히 상대를 골라가며 필요한 아티펙트를 챙긴다는 건 엄청난 메리트겠군. 헌데 그건 그렇다 치고 왜 우리 클랜 모집에 끼어들었던 거지? 굳이 정체까지 숨겨가면서 말이야."

은숙은 천천히 심호흡 했다. 일단 가상의 아티펙트를 꾸며낸 놈들을 속이는 데 성공했다. 물론 그러는 와중에도 그녀는 슬아와의 손바닥 필담을 멈추지 않았다.

"성격도 급하시긴. 이제 막 그걸 설명하려던 참이야. 사실 몬스터 볼의 능력은 불규칙적이지. 평소엔 아무 반응 없다가 갑자기 어떤 장소가 비춰지면서 정보가 주르륵 나오는 거야. 우린 거실에 지도를 걸어두고 몬스터 볼의 능력이 발휘될 때마다 하나씩 기록했지. 그게 지금 너희들이 찍어 놓은 사진이고."

"그렇군."

"그러던 어느 날인가? 폭룡 클랜의 신입모집 장소, 그러니까 성남시종합체육관에 몬스터가 하나 숨어있다는 것을 알게 된 거야."

"흑갑룡 말인가?"

"그래. 우린 흑갑룡 레이드를 위해 자연스럽게 클랜 모집공고에 응했던 거야. 너희들이 신입 대원을 모집하는 장소에 가서 우리가 레이드 좀 할 테니 비켜 달라고 할 수도 없지 않겠어? 결코 남의 잔치를 망칠 의도는 아니었어."

"말도 안 되는 소리! 그런 엄청난 괴물을 레이드 하겠답시고 온 거라고? 결국엔 네놈들도 도망쳤잖아? 앞뒤가 전혀 안 맞지 않나?"

강찬혁의 날카로운 반문에도 은숙은 태연했다.

"아니, 이걸 알아야 돼. 몬스터 볼의 능력은 제한적이야. 출현하는 몬스터의 등급이 얼만지, 놈이 얼마나 강한지 까진 알 수 없어. 특성을 보고 대강 짐작할 뿐. 그래서 멋모르고 덤볐다가 지금 저이 팔도 잘려 나갔잖아."

은숙이 고갯짓으로 한모를 가리켰다.

이이동과 강찬혁은 한모의 잘린 팔을 보더니 어느 정도 납득을 하는 눈치였다. 확실히 약한 상대만을 골라 레이드 했다면 저렇게 부상자가 발생하진 않았을 것이다.

"몬스터 볼의 도움을 받더라도 결국 한정적인 정보만으로 움직이는 거야. 우리도 그렇게 강한 몬스턴 줄 알았다면 그쪽으로 가지도 않았겠지."

잠자코 듣고 있던 이이동이 물었다.

"좋다. 네놈들 말이 다 맞다 치더라도, 왜 저 계집애를 모르는 척 했나? 게다가 레이드 게시판에다는 왜 그런 짓을 했고?"

"그건 충분히 오해할 수도 있다고 봐. 하지만 맹세컨데 슬아랑은 그날 처음 만난 거야. 흑갑룡을 피해 달아나던 중 우연히 합류하게 된 거지. 오갈 데 없는 애를 동료로 받아들인 게 잘못이라면 할 말은 없어. 또 게시판의 일은 우리 정체를 숨기고 싶어서 그런 거고."

"정체를 숨겨?"

"정확히 말하면 태랑이 가진 몬스터 볼. 남들이 알면 누구나 탐낼 수밖에 없는 아티펙트 말이야. 당시 태랑이 보여준 소환술로 게시판이 시끌벅적 했잖아. 쏟아지는 관심을 호도하기 위해선 그런 글들을 올릴 수밖에 없었어. 괜히 노출이 되었다간 곤란한 경우가 발생할 테니까."

"음…."

은숙의 해명을 듣고 난 강찬혁은 고민에 빠졌다.

그녀의 말이 모두 사실이라면 이번 사건은 애당초 음모와는 거리가 먼 이야기였다.

그러나 비록 오해에서 빚어진 일이라도 이제는 돌이킬 수 없다. 두 집단의 시작이 화해와 타협보다, 강압과 협박으로 뒤틀려버린 까닭이다. 잘못 꿰어진 첫 단추로 줄줄이 엉망 된 셈이다. 게다가 몬스터 볼의 존재는 강찬혁의 욕망을 더욱 부채질했다.

은숙이 그 점을 파고들었다.

"우릴 무사히 풀어준다고 약속하면 태랑을 설득해서 몬스터 볼을 양보할게."

"잠시 부단장과 얘기 좀 나누겠다."

이이동과 강찬혁은 흑호와 강아현에게 이들의 감시를 맡기고 멀찌감치 떨어져 둘만의 대화를 나눴다.

"저 이야기 어떻게 생각하나 부단장."

"백프로 신뢰할 수 없지만, 대충 설명은 되는 것 같습니다. 아귀가 맞아떨어지는 군요."

"그렇지? 저 얘기가 사실이라면 태랑이라는 놈의 아티펙트는 엄청난 물건이 틀림없어. 그것만 있으면 클랜을 재건하는 건 물론이고, 누구보다 강한 클랜을 만들 수도 있을 거야. 저 여자말대로 저들을 인질로 삼아 몬스터 볼을 받아내자."

이이동은 잠시 고민하더니 다른 의견을 냈다.

"제 생각은 좀 다릅니다."

"어떻게 말인가?"

"태랑이라는 놈이 동료를 포기하고 잠적하는 경우까지 고려해야 합니다."

"뭐라?"

의외의 발언에 강찬혁이 눈을 치켜 떴다.

"우린 태랑이라는 놈이 어떤 놈인지 전혀 모르는 상탭니다. 어쩌면 인질로 협상을 제안하는 순간, 최악의 경우 그대로 잠수 타버릴지도 모릅니다."

"정말 그럴까?"

"생각해 보십시오. 어차피 지금 세상에 헌터는 차고

넘칩니다. 놈이 몬스터 볼의 가치를 제대로 파악하고 있다면 그걸 쉽게 내주겠습니까? 저 같으면 차라리 팔 병신 한 놈과 여자들을 포기하고 새로운 동료를 모집하는 쪽을 선택하겠습니다."

"그 생각까진 미처 못 했군. 그럼 어떡하는 게 좋을까?"

이이동은 수갑을 채워놓은 두 여자를 슬쩍 쳐다보았다. 그의 눈에 살기가 비쳤다.

"…차라리 저것들을 지금 죽여 버리죠. 그리고 아무것도 모른 채 기지로 되돌아올 김태랑을 매복해서 해치우는 겁니다. 그 편이 훨씬 확실하지요. 어차피 몬스터 볼을 빼앗고 나면 증거인멸 할 계획 아니었습니까?"

이이동의 제안을 듣던 강찬혁이 화상으로 일그러진 얼굴을 기괴하게 비틀었다. 그것은 그가 지어보일 수 있는 가장 만족스러운 웃음이었다.

"크크. 역시 자넨 나랑 잘 통한단 말이지. 자네 덕에 엄청난 아티펙트를 손에 넣게 되겠어."

"솔직히 재수가 좋았죠. 소 뒷걸음질 치다 쥐 잡은 격이랄까요?"

"끝이 좋으면 다 좋은 거지. 저놈들 때문에 클랜이 위기에 처하고 내 얼굴마저 망가졌지만, 놈들 덕에 결국 최강의 클랜으로 거듭나게 되겠군."

이이동은 마스터의 기분이 좋아보이자 한 술 더 떴다.

"기왕 죽일거면 둘 다 얼굴도 반반한데 밑에 기다리는

애들 회포나 풀어주는 게 어떻습니까? 사내놈들이란 가끔 물을 빼줘야 말을 잘 듣는 법이거든요."

"흐흐. 난 개인적으로 은숙이란 년 빨통이 커서 맘에 들더군. 부하들에게 돌리기 전에 나부터 맛 좀 봐야겠어."

"그럼 전 옆에 여자애로 하죠. 마스터와 구멍동서가 되긴 싫으니까요."

"하하!"

한편 은숙은 멀리 떨어져 이야기를 나누는 두 사람의 표정을 관찰하며 일이 어그러진 걸 직감했다. 특히 이이동이 자신들을 쳐다 볼 때의 표정은 소름이 끼칠 지경이었다.

'…틀렸구나. 놈들이 우릴 살려두지 않을 작정이야.'

애초 그녀가 몬스터 볼이란 가상의 아티펙트를 꾸며낸 데는 두 가지 목적이 있었다.

하나는 태랑이 가진 진정한 힘을 숨기기 위함이고, 또 다른 하나는 '교환 가능한 물건'을 등장시킴으로써 인질로서의 가치를 확보하기 위한 이유였다.

놈들이 태랑에게 엄청난 아티펙트가 있다는 것을 믿게 된다면, 최소한 그와 접선하기 전까지는 목숨을 담보할 수 있을 것이라 판단했던 것이다.

그러나 놈들은 좀 더 극단적인 선택을 한 것으로 보였다.

비록 멀어서 대화를 엿듣진 못했지만 음흉한 눈빛만 보아도 그들의 비열한 수작을 짐작할 수 있었다.

은숙이 급하게 슬아에게 싸인을 보냈다.

-플랜 B-

사실 은숙은 처음부터 최악의 사태까지 고려한 상태였다. 놈들이 자신의 거짓말에 속지 않거나, 지금처럼 살인멸구할 가능성까지 염두한 것이다.

그녀는 위기 속에서도 침착했고 실낱같은 가능성을 붙잡기 위해 최선을 다했다.

그녀는 몬스터 볼 이야기를 꾸며내는 동안 뒤로 필담을 통해 계속 슬아에게 싸인을 보냈다.

-포박을 풀 수 있겠니?-

두 팔이 뒤로 묶인 상태로는 저항이 불가능하다. 놈들과 최소한의 싸움이 성립되기 위해선 수갑부터 풀어야 한다. 수차례의 반복된 시도 끝에 슬아가 은숙의 메시지를 이해했다.

-네.-

슬아는 바로 기계체조 전공자.

처음 정신을 차린 순간부터 그녀는 뒤로 묶인 팔을 엉덩이 사이로 통과시켜 뺄 수 있지 않을까 생각했다.

이는 허리가 뒤로 완전히 젖혀질 만큼 놀라운 유연성과 과거에 무리한 운동으로 어깨 쪽에 습관성 탈골이 있었기에 가능한 것이었다.

그녀는 은숙이 폭룡 클랜의 간부들을 상대로 뻥을 치는 사이 억지로 힘을 줘 어깨를 탈골시켰다. 엄청난 고통이 밀려왔지만, 끝까지 내색하지 않았다.

곧 이이동과 강찬혁이 대화를 나누기 위해 저만치 물러나자, 이제 그들 앞엔 쌍검을 맨 사내와 힐러 여자 뿐이었다.

기습을 한다면 최적의 타이밍.

그때 일이 틀어진 걸 예감한 은숙에게 다시 싸인이 왔다.

-플랜 B-

내내 무릎을 꿇고 있던 슬아가 서서히 쪼그려 앉는 자세로 포즈를 바꿨다. 그러자 그들을 감시 중이던 흑호가 나섰다.

"움직이지 말고 가만있어."

"…화장실이 급해서 그래요."

"그냥 바지에 싸."

"제발요."

슬아는 토끼걸음으로 엉거주춤 몸을 일으켜 애원하는 표정을 지었다. 그러나 흑호는 티끌만큼도 인정 없는 사내였다.

"다시 무릎 꿇어. 어서."

그가 강제로 그녀를 꿇어앉히기 위해 다가왔다.

그 순간 슬아가 펄쩍 뛰어 오르며 무릎을 가슴 바짝 당겨 붙였다. 이어 돌려진 그녀의 팔이 줄넘기 줄처럼 앞으로 넘어왔다.

"어?"

사람이 어떻게 저런 동작이?

눈으로 보고도 믿기지 않는 장면에 흑호가 얼이 빠졌다.

슬아는 그 잠깐의 틈을 놓치지 않았다.

그녀는 물구나무로 몸을 뒤집어 강제 탈골시켰던 어깨를 잡아 끼웠다. 동시에 몸을 비틀어 옆 돌기 자세로 전환했다.

그녀의 두발이 물레방어처럼 쏟아지며 흑호의 가슴팍을 내리찍었다.

퍼벅-!

그녀의 발차기는 가속스킬이 더해지면서 엄청난 위력을 선사했다. 흑호는 미처 검을 뽑아 보지도 못하고 속수무책으로 나가떨어졌다.

쉴드를 무시하는 특성 덕에 흑호는 단 한 번의 공격에 갈비뼈가 금이 갈 정도였다.

슬아의 기습과 동시에 은숙이 몸을 돌려 강찬혁 쪽으로 매직미사일을 날렸다. 유도 기능을 갖춘 그녀의 마법은, 타켓팅이 정확하지 못했음에도 놈들을 향해 휘어져 날아갔다.

예상 밖의 저항에 놀란 이이동이 급히 블링크를 시전했다. 그러나 1Lv 블링크의 짧은 이동거리는 유도미사일의 유효범위를 벗어날 수 없었다.

퍽-

그는 결국 매직미사일에 머리를 적중당해 쓰러졌다. 쉴드가 버텨주어 즉사는 피했지만 의식이 끊길 정도로 강한 충격이었다.

당황한 강아현이 허리춤에 단검을 뽑아 들더니 슬아를 향해 무작정 휘둘렀다. 그러나 힐러인 그녀의 검술 실력은 형편없었다.

슬아는 일부러 수갑의 연결부위를 갖다 대 쇠줄을 끊었다.

"고마워."

슬아가 피식 웃으며 어쩔 줄 몰라하는 강아현을 향해 돌려차기를 날렸다. 그녀는 단검을 놓치고 한방에 넉다운되었다.

순식간에 부하 셋이 속수무책으로 쓰러지자 강찬혁의 얼굴이 분노로 일그러졌다.

"이, 이놈들이 감히!"

그는 뒷주머니서 권총을 뽑아 사방팔방으로 날뛰기 시작한 슬아를 노렸다. 슬아의 가속 능력이 아무리 대단하다 해도 총알을 피할 순 없었다.

은숙이 총구방향을 확인하고는 즉시 슬아에게 베리어 마법을 걸었다. 때맞춰 날아온 총알은 노란색의 막에 막혀 튕겨나갔다.

사격이 실패하자 강찬혁은 권총을 내던지고 곰 변신을 시도했다. 그러나 이때는 이미 슬아가 단검을 이용해 은숙의 수갑 줄마저 끊어 낸 상태였다.

이제 전세는 완전히 역전된 2:1.

곰으로 변신한 강찬혁을 두고 은숙이 두 손을 털며 소리 쳤다.

"곰 사냥 시간이다. 슬아야."

"네, 언니."

"쿠아아앙!"

곰이 몸을 일으켜 포효했다.

그의 스킬은 변신하는 동안 포스와 쉴드를 세 배로 상승 시키는 기술. 또한 변신 곰 특유의 물어뜯기, 허리꺾기, 밥 상뒤집기 등의 공격이 가능했다.

곰으로 변신한 강찬혁은 네 발로 뛰며 두 사람에게 달려 들었다.

일전의 화상 흔적은 변신 후에도 남아있었는데, 얼굴 반쪽과 상반신 군데군데 털이 빠진 흉물스러운 모습이었 다.

"꺼져! 더러운 짐승 새끼!"

은숙의 매직미사일이 곰의 머리통을 향해 곧장 날아갔 다. 그러나 강력한 물리력을 자랑하는 그녀의 마법도 변신 곰의 내구력을 뚫을 순 없었다. 놈이 두 팔로 얼굴을 보호 하며 충격을 견뎌냈다.

은숙은 공격이 통하지 않는 것을 보고도 놀라지 않았 다.

그녀의 공격은 애초에 시선 끌기.

마법을 막아내느라 강찬혁이 주춤한 사이 슬아가 도약

스킬을 이용해 거리를 좁혔다.

강아현에게서 빼앗은 단검이 빠르게 곰의 옆구리로 파고
들었다.

'1등급 아티펙트 가지고 내 몸에 터럭이나 상처 낼 성 싶
으냐!'

강찬혁은 슬아의 공격을 무시하고 그대로 앞발을 휘둘렀
다. 살을 주고 뼈를 깎는 전략. 그만큼 자신의 강화된 쉴드
를 자신했지만, 그것은 오판이었다.

푸슉-

슬아의 공격이 강찬혁의 쉴드를 무시하며 그대로 옆구리
를 베었다. 불에 댄듯한 끔찍한 통증에 강찬혁이 자기로 모
르게 뒷걸음질 쳤다.

뼈는커녕 살만 내준 셈.

"쿠엉!"

'아니, 무슨 놈의 공격이!'

강찬혁은 옆구리에 피를 철철 흘리면서도 다시 자세를
잡았다. 일단 붙잡기만 하며 물어뜯기든 허리꺾기든 한방
에 그녀를 보내버릴 수 있었다.

그러나 아무리 붙잡으려 덮쳐도 동작이 빠른 슬아를 잡
기엔 역부족이었다. 그녀는 도약과 가속 스킬을 섞어 가며
강찬혁의 공격을 무위로 돌렸다.

변신 곰으로 파워업 되었다 한들 상대방에게 타격을 주
지 못하면 의미가 없었다.

오히려 자신의 상처만 늘었다. 간간히 날아오는 매직미사일도 점점 버티기 버거웠다. 당장은 여력이 남아 상대가 몸을 사리고 있지만 힘이 빠지는 순간 급소를 노릴 것이다.

'젠장! 이대로는 당하고 말아.'

그때 총성을 들은 폭룡 클랜의 부하들이 밑에서 올라왔다.

"마스터! 무슨 일 입니까? 아닛!"

그들은 사방에 쓰러진 클랜 간부들과, 곰으로 변신한 강찬혁을 보며 빠르게 사태를 파악했다. 놈들이 저마다 무기를 뽑아들었다.

'체엣. 잔챙이 놈들이 성가시게!'

은숙은 강찬혁을 슬아에게 일임하고 자신은 새롭게 합류된 폭룡 클랜의 부하들을 상대했다.

"목숨이 아깝지 않는 놈만 들어와!"

은숙은 저격수처럼 자세를 잡고 가장 먼저 달려드는 놈에게 매직미사일을 뿌렸다. 놈들의 낮은 쉴드는 그녀의 마법을 한방도 버티기 힘들었다.

강찬혁은 도와주러 온 부하들마저 힘없이 쓰러지자 더 이상 싸워봐야 승산이 없음을 직감했다.

분명 태랑 외에는 자신의 적수가 없을 것이라 생각했는데 막상 뚜껑을 열어보니 은숙이나 슬아 역시 감당할 수 없을 만큼 강했다.

'도망쳐야 하나…'

기회는 지금뿐이다. 그러나 이대로 물러서자니 아쉬움이 발목을 잡았다.

분명 방금 전까지만 해도 몬스터 볼을 손에 넣는 꿈에 부풀어 있었다. 그것이 한순간에 물거품이 되 버린 것이다.

곧바로 놈들을 해치우지 않은 걸 후회하던 그는, 구석에 쓰러져 있는 한모를 발견했다.

'…그렇군. 아직 끝난 게 아니야. 저놈을 납치해서 인질 교환을 시도해봐야 겠다. 밑져야 본전이지.'

강찬혁은 주변에 있던 물건을 사납게 집어던져 상대를 물러 세운 뒤 빠른 걸음으로 한모를 향해 달려갔다.

놈과 한창 싸우던 슬아는, 그가 한모를 노릴거라곤 예상을 못했기에 눈뜨고 당하고 말았다.

강찬혁은 쓰러져 있던 한모를 입에 물고는 느닷없이 창가쪽으로 몸을 날렸다. 건물 아래는 5층 밑이었다.

쿵-!

"언니!"

폭룡 클랜 부하들을 상대하느라 정신이 없던 은숙은 슬아의 비명소리에 깜짝 놀라 고개를 돌렸다. 그녀의 시야에 거대한 곰이 한모를 입에 물고 건물 아래로 몸을 날리는 장면이 들어왔다.

"여긴 나한테 맡기고 빨리 놈을 쫓아!"

슬아의 도약능력이라면 착지는 어렵지 않았다. 그러나 하필 그 무렵 힐러 강아현이 몸을 일으켜 부상을 입은 흑호를

회복시켰다. 갈비뼈가 금이 갔던 흑호가 힐 마법을 통해 전
투력을 복구했다.

"너희들, 죽인다!"

흑호가 무시무시한 기세로 자신의 쌍검을 뽑았다.

슬아는 난간 앞에 서 밑으로 도주하는 강찬혁을 내려 보
다가 다시 일어선 흑호를 보고 갈등했다.

'안 돼. 나 없이는 언니 혼자신 무리야!'

"얼른 한모씨 구하러 가래니까!"

"안 돼요! 지금은 언니가 더 위험해요!"

결국 슬아는 도주하는 강찬혁을 포기할 수밖에 없었다.

태랑 일행은 레이드를 마치고 복귀를 서둘렀다.

이번 트롤 레이드는 상당한 성과를 남겼기에 돌아오는
발걸음이 무척 가벼웠다.

트롤의 정수를 확보해 한모의 팔을 재생시킬 재료를 구
한 것은 물론, 스킬 차크라를 얻어 각각의 성장도 이루었
다.

유화는 칠보장법을 2Lv로 올렸으며, 수현은 천둥군주의
심판이라는 새로운 스킬을 획득했다. 태랑 역시 불카투스
의 화신 숙련도를 높임으로써, 과거와 달리 직접 전투에 참
여할 수 있는 가능성을 열었다.

수현은 한모를 회복시킬 포션을 구해왔다는 기쁜 소식을 전하기 위해 활기차게 아지트의 문을 두드렸다.

쿵쿵쿵-

"누나, 저희 왔어요!"

"언니 문 열어주세요!"

그러나 한참을 기다려도 안에서 대답이 없었다. 아직까지 잠을 자고 있기엔 벌써 해가 중천에 뜬 시각.

불길한 예감을 느낀 유화가 일행을 물러 세운 뒤 주먹으로 철문을 강타했다.

쾅-!

강철 건틀릿의 강화된 힘에 철문이 순식간에 구겨졌다. 그녀가 부서진 문을 확 열어재치자 아직 남아있는 최루탄의 잔향이 코를 찔렀다.

"윽, 이게 무슨 냄새람?"

"설마!"

태랑은 손으로 코를 틀어 막으며 급히 거실로 뛰어들었다.

안방에도 화장실에도, 옥상 어느 곳에서도 사람의 흔적을 찾을 수 없었다. 수현은 거실 한 켠에 굴러다니는 최루탄 껍데기를 집어 들었다.

"형, 이것 봐요! 여기 이런 게!"

"누군가 습격했다!"

아지트에 남아있는 증거는 명백한 인간의 침입을 드러내고 있었다. 유심히 보니 방바닥이고 거실이고 신발자국들이 무수히 찍혀 있었다.

"한두 놈이 아냐. 아직 최루가스가 남아있는 걸 봐선 오늘 새벽녘에 당한 것 같아."

"감히 어떤 놈들이!"

유화가 벽을 내리치며 분개했다.

설마하니 몬스터도 아닌 같은 인간에게 공격을 당하리라곤 상상도 못한 일이었다. 수현이 걱정스런 표정으로 말했다.

"대체 누가… 혹시 맨이터들 일까요?"

"그건 아닌 것 같아. 사람을 죽여서 능력치를 올리는 놈들이었다면 이 자리에서 끝장을 봤겠지. 이건 분명 납치해간 거야."

"슬아랑 은숙이 언니가 쉽게 당할 사람들은 아닌데…."

"잠결에 기습을 당했으니 제대로 저항도 못했겠지."

태랑은 습격자들의 단서를 찾기 위해 아지트를 샅샅이 뒤졌다. 그때 거실 벽에 걸린 공략지도가 훼손되어 있는 것을 발견했다

누군가 억지로 뜯어낸 것처럼 지도가 갈기갈기 찢겨 있었다. 침핀과 실로 연결해 두었던 포인트도 모두 떨어져 엉망이었다.

"누군지 몰라도 놈들이 이걸 봤구나."

"저희 작전 계획요?"

"그래. 바보가 아닌 이상 보는 순간 뭔지 알아챘겠지. 젠장, 내가 방심했어. 설마 기지를 습격하는 놈들이 있을

폭식의
군주 3

줄이야."

　태랑은 기억이 아직 생생할 때 최대한 많은 정보를 남겨
두고 싶었다. 비록 본인이 직접 설정집을 만들었다곤 하나,
시간이 갈수록 기억이 왜곡되고 망각될 것은 불 보듯 뻔한
일이었다.

　그래서 그는 기억을 되새기는 겸하여 지도에 상세하게
기록을 남겼던 것이다.

　"어떡하죠 오빠? 언니랑 한모 아저씨, 슬아는 별일 없겠
죠?"

　유화가 걱정되는지 눈물을 글썽였다.

　태랑이 유화를 안심시키기 위해 손을 꼭 잡았다.

　"너무 걱정하지 마. 어떤 놈들인지 몰라도 굳이 힘들게
납치해 간걸 보면 당장 죽일 생각은 없는 것 같아. 게다가
이 지도까지 확인했다면 분명 우릴 다시 찾아 올 거야."

　"정말이요?"

　"지도에 있는 내용이 진짠지 확인하고 싶을 테니까. 만
약 세 사람을 털끝하나 건드렸다면…."

　태랑의 눈이 분노로 이글거렸다.

　"…절대 곱게는 안 죽여."

　한편 은숙과 슬아의 싸움은 막바지에 이르고 있었다.

챙챙챙챙챙-!

흑호의 쌍검이 엄청난 속도로 몰아쳤지만 슬아의 반응은 그 이상이었다. 모든 공격이 단검의 행로에 막히는 순간, 흑호는 끝내 슬아의 손에 목이 떨어졌다.

"꺄아아악! 제, 제발 살려주세요."

마지막까지 저항하던 흑호가 죽자 강아현이 바닥에 주저앉아 비명을 내질렀다. 그녀도 이제 바닥에 쓰러진 수많은 시체들 중 하나가 될 터였다. 슬아는 단검을 역수로 쥐고 사신처럼 걸어갔다. 그때 은숙이 슬아를 만류했다.

"슬아야. 저 여잔 살려두자."

"네? 저흴 죽이려고 했잖아요. 동정해줄 필요 없어요."

"동정은 아니고, 한모씨가 잡혀갔잖아. 맞교환할 인질이 필요할지도 몰라."

"같은 목숨 값이면 부단장이 낫지 않아요?"

"아까 확인해보니 두개골이 함몰됐더라. 벌써 죽었어."

"아…."

은숙은 이이동의 품에서 찾아낸 스마트폰을 바닥에 내던져 발로 짓밟았다. 액정을 박살낸 것도 모자라 매직미사일까지 날려가며 완전히 가루로 만들었다.

그녀의 마법에 콘크리트 바닥이 패이는 것을 본 강아현은 사시나무 떨듯 부르르 몸을 떨었다. 죽은 클랜원 중 태반이 바로 저 매직미사일 마법에 골로 갔다.

"야. 너 클랜 간부라고 했니?"

"네, 네!"

"이 폰에 담겨있던 사진. 또 있어 없어?"

"자, 잘 몰라요."

"그렇게 애매하게 대답하면, 니 목숨도 굉장히 애매해질 거야. 다시 대답해."

"아, 아니 그, 그게 아니고 부단장님이 그걸 발견하고는 그쪽 근처로 다른 사람은 얼씬도 못하게 했어요. 사진을 찍고 나서는 지도도 다 찢어 버렸구요."

"그럼 이 폰에 담긴 게 전부란 말이지?"

"네, 네. 확실해요."

은숙이 사본의 여부를 꼬치꼬치 캐묻는 것은 다름이 아니었다. 강찬혁에게 만약 해당 공략지도의 사본이 있다면 최악의 경우 몬스터 볼을 포기해 버릴 수도 있었다. 그 말은 한모의 이용가치가 더 이상 쓸모없어진다는 소리.

그러나 다행히 사진을 찍은 것이 이것 하나뿐이면 분명 놈은 한모를 이용해 거래를 하려들 것이다. 있지도 않은 몬스터 볼을 말이다.

"당장 우리 둘이서 놈을 쫓기 힘들어. 일단 아지트로 돌아가 태랑을 기다리자. 아니 어쩌면 지금쯤 왔을지도 모르겠네."

은숙이 중천에 떠오른 해를 바라보며 말했다.

폭룡 클랜을 일망타진하면서 스텟을 끌어올리긴 했지만 한모의 납치로 인해 전혀 기뻐할 수 없는 두 사람이었다.

"주소로는 이쪽 동네가 틀림없는데…."

장검을 빗겨 찬 사내가 주소가 적힌 쪽지를 보며 중얼거렸다. 그는 혼자 먼 길을 여행하느라 행색이 남루하기 그지없었다. 그러나 눈빛만은 정갈하여 상당한 기도를 풍겼다.

그때 사내의 귀에 쿵쿵거리는 소리가 들려왔다.

'몬스터인가!'

그는 급히 몸을 숨겼다.

이제껏 많은 사냥을 통해 충분히 강해졌지만, 상대를 확인하기 전까지 결코 경거망동하지 않는 침착한 타입이었다.

'다행히 한 놈 뿐이군. 곰 형상의 몬스터구나. 아니 근데 뭘 들고 오는 거지?'

멀리서 뛰어오는 곰 같은 몬스터의 두 손엔 뭔가 들려있었다. 곰이 가까이 다가올수록 형체가 확실해졌다.

'사람!? 이 괴물 자식이 감히 사람을 잡아먹으려고!'

민준이 스르릉 검을 뽑았다.

❖　❖　❖

곰으로 변신한 강찬혁은 정신없이 내빼는 중이었다.

'제길! 폭망 클랜이니 뭐니 손가락질 받을 때마다 보란 듯 재기해서 그 손가락 부러뜨려 주고 싶었는데!'

한모를 데리고 도망치기 직전 상황을 봐선 다들 무사하기 어려울 것이다.

상당한 강자였던 이이동도 매직미사일 한방을 견디지 못했다. 아니 심지어 마스터인 자신조차 슬아라는 계집애 하나 어쩌지 못하는 수준이었다.

과연 1:1로 계속 대결을 해본들 이길 순 있었을까?

끝내 피 흘리고 쓰러지는 쪽은 자신이 아니었을까?

강찬혁은 뭔가 커다란 착각을 했다는 것을 인정하지 않을 수 없었다.

그렇다.

사실 폭룡 클랜은 너무도 약했던 것이다.

부단장 이이동이나 검객 흑호 가지곤 어림 반푼도 없었다. 아니 이강호에게 테러 당하기 전 멀쩡했던 모든 정예 멤버들을 끌고 왔더라도 놈들을 제압하지 못했으리라.

이렇게 강한 자들을 부하로 데리고 있는 태랑은 또 얼마나 강할 것인가? 과연 소환술이 그가 가진 실력의 전부일까?

'곰 변신 스킬을 얻었을 때만 해도 세상을 다 가진 줄 알았는데….'

가진 포스와 쉴드를 3배나 뻥튀기 시키는 놀라운 변신 능력.

그는 로또를 맞았다고 생각했다.

랜덤으로 떨어지는 스킬 중 이보다 좋은 스킬은 없다고 자신했다.

각성하면서 받게 된 '형상변환 시 공격력 50% 추가'라는 특성과 시너지를 이루며 초반부터 기세 좋게 치고 나갔다.

주변으로 강자들이 끊임없이 합류했고, 불과 두어 달여 만에 '성남 제일 클랜'이란 명성을 거머쥐었다. 남들은 구경도 힘들다는 아티펙트와 아이템도 차곡차곡 쌓였다. C급 몬스터 타우렌을 잡을 때만 해도 전국 제일의 클랜이 되는 것도 시간문제라고 여겼다.

하지만 호사다마였을까?

본격적인 세력 확장을 위해 대대적으로 진행한 신입대원 모집부터 모든 것이 어긋나기 시작했다.

미치광이 이강호의 자폭에 이은 흑갑룡의 난동은 클랜에 치명적인 타격을 입혔다. 자신은 겨우 죽다 살아났고 스무 명을 넘나들던 클랜원 역시 한순간에 반 토막 났다.

그리고 이번의 습격 실패로 폭룡 클랜을 완전한 재기 불능에 빠질 것이다.

'폭망, 아니 좆망이다. 좆망 클랜이라 불려도 할 말이 없어.'

강찬혁은 주저앉아 울고 싶은 심정이었다.

하지만 지체하다간 뒤를 잡힐지 모른다. 그렇게 되면 부하들을 사지에 몰아넣고 도망친 보람이 없다. 이왕 비겁하기로 한 이상 끝까지 살아남아야 한다.

'…어떻게든 살아남아 몬스터 볼을 빼앗고 재기하겠어. 나는 부러질지언정 쓰러지지 않아. 부하들은 다시 모집하면 돼.

능력은 사냥으로 키우면 그만이야. 지금 네 밑에 있다고 언제까지 같은 자리에 있을 거라고 생각지 마라. 나는 강찬혁이다.'

그가 각오를 다지던 순간이었다.

"질풍참!"

느닷없이 회오리바람이 불어와 그를 덮쳤다. 육중한 곰의 몸체가 크게 흔들릴 만큼 강력한 돌풍이었다.

그는 순간적으로 물고 있던 한모를 놓치고 옆으로 나동그라졌다.

"쿠와아아왕!"

(뭐, 뭐야!)

발성기관이 변형되면서 사람의 말을 할 수 없게 된 강찬혁이 울부짖었다. 그때 옆에서 검을 든 사내가 튀어나왔다.

"하찮은 마물 따위가 감히 인간을 간식거리 삼으려 하다니!"

"쿠왕, 크르릉!"

(이 새낀, 또 뭐야?)

도망치기도 시급한 와중에 날파리 같은 놈이 엉겨 붙었다. 혹시나 주변을 둘러보니 한 놈 뿐이었다. 아마도 자신을 몬스터로 오인하여 덤벼드는 것이리라.

'그 따위 쇠막대기로 감히!'

곰 형상으로 변신한 그는 더 이상 날붙이를 겁내지 않았다.

곰의 두꺼운 가죽에 철사같이 뻣뻣한 털은 어지간한 물리적인 충격은 모두 흡수해 냈다. 게다가 3배로 강화된 쉴드는 총알마저 버텨낼 정도. 그렇기에 그는 자신의 몸에 쉽게 상처 내는 슬아의 단검에 식겁하고 말았던 것이다.

'내가 아무리 좆망 했기로서니 이젠 개나 소나 다 엉겨 붙는구나!'

강찬혁은 치밀어 오른 분노를 애꿎은 힌티에게 풀기로 했다.

그래도 한땐 성남시 최고 클랜 마스터였던 사내.

더 이상의 모멸적인 대우는 스스로 용납할 수 없었다.

"쿠아아앙!"

(죽어! 이 잔챙이 새끼야!)

찬혁은 멀리 나가떨어진 한모를 내버려둔 채 눈앞의 검사를 붙잡기 위해 달려들었다.

'척추를 뒤로 접어주마! 머리통을 뽑고 사지를 찢어 주겠다.'

하지만 검사는 몹시 날랬다. 순식간에 횡스텝을 밟아 옆으로 피하더니 오히려 빠르게 검을 찔러왔다. 찬혁은 그의 검이 자신을 해할 수 없다고 믿었지만, 슬아의 사례가 떠오르며 자기도 모르게 뒤로 물러섰다.

"이놈! 축생 주제에 제법 피할 줄도 아는구나!"

민준이 검을 쳐들고 연거푸 몰아붙였다. 주춤거리던 찬혁은 그의 말을 듣고 도저히 참을 수 없었다.

"쿠아아아앙 쿠앙!"

(이놈이 누굴 감히 짐승에 빗대느냐, 시간방진 놈!)

찬혁은 앞 발바닥에서 발톱을 뽑아 크게 휘저었다. 마치 X맨의 클로(Claw)처럼 칼날 같은 세가닥 발톱이 민준의 검과 부딪혔다.

차캉-!

포스와 포스가 격돌하며 강력한 충격음을 냈다.

민준이 조금 놀란 표정을 지었다.

그가 가진 '무한의 검제' 특성은 자신보다 포스가 낮은 상대를 무조건 절단해 버리는 능력. 발톱이 그의 검을 견딘다는 말은 놈의 포스가 그의 포스를 상회한다는 의미였다.

한편 당황하긴 강찬혁 역시 마찬가지.

자신의 곰 발톱은 어지간한 강철이상으로 단단했다.

하찮게 여겼던 민준이 그와 힘 대 힘으로 맞붙어도 밀리지 않는다는 것은, 그의 능력이 결코 자신보다 아래가 아님을 보여주는 것이었다.

상대의 포스를 짐작한 민준은 자신이 얻은 두 번째 스킬을 발동했다.

"오러 블레이드!"

스킬을 발동하자 그의 검이 제다이 나이트의 광선검처럼 연두색으로 빛나기 시작했다. 질풍참에 이어 얻은 오러 블레이드라는 스킬로, 도검류 무기의 포스를 순간적으로 두 배로 강화시켜는 기술. 그의 특성과 합쳐지면 베지 못할 상대가 없었다.

부웅-!

검기가 씌워진 민준의 검이 기세 좋게 휘둘러지며 강찬혁의 왼 발톱 3개를 깨끗하게 잘라냈다.

곰은 기겁하며 뒷걸음질 쳤다.

"커어엉! 쿠우우우웅! 커어허허헝"

(말도 안 돼! 이젠 갑자기 툭 튀어나온 일개 헌터조차 제압 못 하다니!)

강찬혁은 구슬프게 울부짖었다. 그의 자존감이 바닥까지 떨어졌다. 어쩌면 태랑일행이 강한 게 아니라, 자신이 형편없이 약했던 것일까?

그의 말귀를 알아들을 수 없던 민준은, 검을 머리 위까지 수평으로 올려 세운 자세로 말했다.

"거참, 아까부터 쉴 틈도 없이 짖어대는 구나. 너처럼 시끄러운 몬스터는 난생 처음이다."

이제 강찬혁은 다시 목숨을 걱정해야 하는 처지였다.

자신의 강철 발톱을 잘라낼 정도의 절삭력이면 피륙은 말할 것도 없었다. 맨몸으로 덤비기엔 너무나 위협적인 상대.

그는 저항할 수단을 찾기 위해 폭격으로 무너져 내린 건물 잔해로 훌쩍 몸을 날렸다. 그는 이내 커다란 파편을 머리위로 들어 올리더니 민준을 향해 던졌다.

"쿠아아앙!"

(이거나 맞고 뒤져라!)

한아름은 될 법한 거대한 콘크리트 덩어리가 민준을 향해 빠르게 날아왔다. 민준은 피하지도 않고 그대로 검을 들어 수직으로 내리쳤다. 커다란 돌무더기 가운데 빛이 번쩍이더니 두부를 썰어낸 것처럼 깨끗하게 좌우로 갈라졌다.

"쿠엉?"

(이럴 수가?)

오러 블레이드의 놀라운 위용에 찬혁이 전의를 상실했다. 놈은 싸워 이길 상대가 아니었다. 초라한 행색을 보고 방랑 헌터 정도로 생각했는데, 재야에 숨어 있던 극강의 고수였던 것이다.

이제부턴 출구전략을 세워야할 시기.

닥치는 대로 건물 잔해를 집어 던지며 시간을 벌던 강찬혁은 타겟을 바꿔 구석에 나가떨어진 한모를 노렸다.

'젠장, 인질이고 뭐고 나부터 살아야겠다.'

그는 점점 거리를 좁혀오는 민준의 시선을 돌리기 위해 무방비로 쓰러져있는 한모를 향해 돌덩이를 집어 던졌다.

놈의 의도를 파악 못하던 민준은, 투사체의 낙하지점이 한모를 향한 것임을 깨닫고 대경하며 방향을 틀었다. 그러나 날아가는 돌덩이의 속도가 너무 빨랐다. 잠시 후면 한모가 돌덩이에 깔려 압사될 위기였다.

'아차, 방심했다!'

"질풍참!"

민준은 검을 휘둘러 회오리바람을 날려 보냈다. 깔때기 모양의 돌풍이 빠른 속도로 날아가더니 돌덩이의 방향을 비틀었다.

쾅-!

돌덩이가 아슬아슬 한모 옆으로 추락하며 옆에 있던 전신주를 들이받았다. 그 충격에 전신주가 기우뚱 흔들리더니 하필 한모 쪽으로 기울어지기 시작했다.

민준은 부리나케 달려가 쓰러진 한모를 끌어냈다.

다시 쿵- 하는 소리와 함께 방금 전까지 한모가 누워있던 자리로 전신주가 쓰러졌다.

"휴-"

안도의 한숨이 절로 나왔다.

민준이 다시 뒤를 돌아보았을 땐, 벌써 저 멀리 도주하고 있는 갈색곰의 뒷모습이 보였다. 쫓아갈지 망설이는데 기절해 있던 남자가 신음성을 흘렸다.

"으으…."

사람을 살리는 게 우선이라고 판단한 민준은 곰을 쫓는 것을 포기하고 한모의 안위부터 살폈다.

"정신이 좀 드십니까?"

"으…."

민준이 자세히 보니 붕대에 감긴 왼팔에서 핏물이 뚝뚝 떨어지고 있었다.

'저런! 손목을 잘렸구나….'

한눈에 봐도 붕대 아래 있어야 할 부분이 보이지 않았다. 민준은 측은한 마음을 느끼며 한모를 편한 곳에 눕혀주었다. 그런데 어느 정도 정신을 차린 후 얼굴을 보는데 무척 익숙한 느낌이 드는 것이었다.

'어라… 이 사람, 구면인가?'

긴가민가하던 민준은 한모의 팔뚝에서 용 문신을 발견하고는 소스라치게 놀라 소리쳤다.

"설마 한모 형님?!"

아지트로 은숙과 슬아가 돌아온 것은, 태랑이 복귀한지 얼마 지나지 않아서였다. 무사히 귀환한 두 사람을 보며 유화가 펄쩍 뛰며 기뻐했다.

"와아! 무사했군요! 언니, 그리고 슬아도!"

"이게 어떻게 된 거야? 한모 형님은?"

"어? 저 사람은 누구?"

슬아가 끌고 온 강아현을 다른 방으로 데려가 감시하는 사이 은숙이 자초지종을 간략히 설명했다.

"기습한 놈들이 폭룡 클랜이라고? 이 개 같은 놈들이 감히!"

조금이나마 미안한 마음을 품고 있던 태랑은, 이번 습격의 배후가 그들로 밝혀지자 주먹을 불끈 쥐며 분개했다.

"그럼 강찬혁이 한모 형님을 납치해 갔다구요?"

"맞아. 나머지 놈들은 모두 해치웠는데 하필 놈을 놓쳐버렸어. 설마 그 높이에서 뛰어내릴 줄은 몰랐어."

"그래서 저 여자를 생포해 왔구나? 인질끼리 교환할 용도로?"

"그렇긴 한데 어쩌면 놈이 다른 것도 요구할지 몰라."

"다른 것이라니?"

은숙은 강찬혁을 속이기 위해 가상으로 꾸며낸 아티펙트를 설명했다. 태랑의 정체를 숨기고, 목숨을 부지하기 위한 방편이었다고.

그 말을 듣던 태랑이 눈을 반짝였다.

"정말 그걸 네가 생각해 냈다고?"

"응, 왜?"

"아니 좀 놀라서. 네가 말한 물건은 실제로 존재하는 아이템이거든."

"뭐라고?"

은숙이 놀라 되물었다.

"물론 '몬스터 볼'이란 이름은 아니고, '디텍터'라고 불리는 소모성 아이템이야. 그걸 사용하면 근처 던전이나 타워에 있는 몬스터의 종류나 특성을 알 수 있어. 지금은 모르지만 1년 정도 지나서 조합법이 밝혀지면서 던전 공략에 거의 필수품으로 쓰이게 되는 물건이야."

"그게 정말이야?"

"응. 네가 말한 거랑은 좀 차이가 있지만 거의 비슷해. 그나저나 대단한 기지야. 순간적으로 그런 걸 생각해 내다니."

태랑의 칭찬에 살짝 고무되었던 은숙은 금세 다시 시무룩해졌다.

"…그래봤자 뭐해. 결국 놈들은 우릴 죽이려고 했어. 한모씬 납치돼 버렸고. 다 내 잘못이야."

"너무 자책마. 어쨌든 놈은 한모형님을 해치우진 못 할거야. 인질로 잡힌 강아현이나 몬스터 볼 때문에라도."

그때 옥상에 나가 망을 보고 있던 수현이 급히 뛰어왔다.

"혀, 형! 태랑이 형!"

"무슨 일인데? 설마 강찬혁이 나타났어?"

"아, 아뇨! 멀어서 잘은 안 보이는데 강찬혁은 확실히 아니에요. 누가 한모 형을 업고 이쪽으로 오고 있어요."

"뭐라고?!"

오랜만에 태랑과 해후(邂逅)한 민준은, 인사를 나누기도 전에 한모를 구하게 된 사연부터 밝혔다.

"…그렇게 겨우 한모 씨를 구해냈지만, 화상 입은 곰은 달아나 버렸습니다."

태랑은 놈을 놓친 게 무척 아쉬웠다. 그래도 한모를 구출한 것만도 다행이라 여겼다. 찝찝하긴 했지만 조직이 완전

와해 된 강찬혁 이라면 당분간 신경 쓰지 않아도 될 터였다.

"일단 한모형에게 이 포션부터 먹이자."

태랑은 오는 길에 제조해 온 재생의 묘약을 누워있는 한모에게 삼키게 했다.

"한두 시간 지나면 정신을 차릴 수 있을 거야. 잘린 팔도 다시 자라날 거고."

"와 그럼, 이 약만 있으면 장애도 극복할 수 있겠는데요?"

"아니 선천적인 건 치유가 안 돼. 시간이 많이 흘러도 힘들고. 형님 같은 경운 부상을 입은 지 일주일도 안 되었기 때문에 재생시킬 수 있던 거야. 상처가 완전히 아물어 버리면 복구가 안 되거든."

"그렇군요."

한모를 회복시키기 위해 침대에 눕힌 태랑이 민준에게 감사를 표했다.

"정말 고맙습니다. 덕분에 큰 시름을 덜었어요. 근데 같이 다니던 동생 분은?"

"보경인 양평에 계신 부모님과 함께 남쪽으로 피난 갔어요. 마침 경기 동부권역에서 출발하는 피난 행렬이 있더라구요."

"그렇군요. 고생하셨어요. 이렇게 혼자 찾아오기 쉽지 않았을 텐데…"

폭식의
군주 3

"운이 좋아 적당한 몬스터만 상대했죠."

"근데 두 분 계속 존댓말 하실 거예요?"

유화가 두 사람의 대화를 듣다가 물었다.

"실례지만 나이가…?"

"네. 올해 스물일곱입니다."

"아, 저랑은 동갑이네요. 이왕 같은 팀이 됐으니 말 편하게 할까?"

"그럽시다. 아니. 그래."

가장 극적인 순간 세이버 클랜에 합류하게 된 민준이 어색하게 웃었다. 이로서 태랑의 팀은 모두 일곱으로 늘었다.

한모가 마침내 눈을 떴다.

그는 긴 꿈을 꾸다 깨어난 느낌이었다.

"워메. 나가 얼마나 자븐 것이여?"

"사나흘 쯤 지났어, 오빠."

마침내 무사히 회복한 한모를 보고, 은숙이 눈시울을 붉히며 대답했다.

새롭게 자라난 왼팔을 보며 눈을 깜빡거리던 한모는 묘한 이질감을 느꼈다. 마치 한여름에 태닝이라도 한 것처럼, 잘린 경계면을 중심으로 피부색이 확연하게 달랐다. 보통의 경우와 반대로 손목 아래쪽 톤이 더 밝은 게 신기한 모습이었다.

"분명 태랑이가 팔을 잘라브렀는디…?"

그의 기억은 군데군데 가위질 된 필름처럼 단편적으로 남아있었다. 마지막으로 그가 기억하는 장면은 태랑이 군용대검으로 팔을 내리치는 순간이었다.

"태랑이가 이후에 재생의 묘약을 구해와 팔을 재생 시킨 거야."

"뭐시여? 그런 것도 돼? 그래서 피부색이 요라고 다르구만. 신기하네잉."

"손가락 한번 움직여 보세요."

한모는 남의 팔을 억지로 때다 붙인 사람처럼, 묘한 표정으로 손가락을 하나씩 까딱였다. 엄지부터 차례로 손가락을 접던 한모는 갑자기 신음성을 내뱉었다.

"웃!"

"왜 그러세요?"

"오빠!"

"형님! 무슨 문제라도?"

그는 갑자기 손목을 잡고 부들부들 떨었다. 주변에 모여 있던 사람들은 하나같이 놀란 표정으로 한모를 쳐다보았다.

"소, 손가락이 말을 안 들어 븐당께!"

"네!?"

"뭐라구요?"

"그럴 리가 없는데?"

한참 부르르 손을 떨던 한모는, 갑자기 중지 손가락 하나만 편 채 나머지를 모두 접었다.

Fuck You 제스쳐였다.

"크크, 장난이여. 놀래기는… 잘 움직인다잉."

"아이씨! 아저씨 놀랬잖아!"

"형!"

"휴-. 난 또 내가 잘못 조합한줄 알고…."

과한 장난으로 긴장을 해소시킨 한모가 말했다.

"아, 근디 자는 동안 엄청난 꿈을 꿔브렀어야."

"그게 뭔데요?"

"커다란 곰이 나를 물고 막 도시를 뛰어 댕기는디 진짜 살벌 하드랑께. 언뜻 봤는디 곰 얼굴이 화상으로 절반 쯤 뭉게져 가지고…."

"어, 그거 꿈 아니에요."

"으잉? 뭐시여?"

태랑이 자초지종을 설명했다.

"…그리고 우연히 오늘 합류하게 된 민준이가 형님을 구해준 거예요."

"어쩐지! 생생하더라니… 그럼 민준이는 어디가브렀어? 생명의 은인한테 고맙다는 말이라도 해줘야 쓴디…."

"폭룡 클랜 잔당 한명을 생포했는데, 지금 거실에서 감시중이예요."

그 소릴 들은 한모가 버럭 화부터 냈다.

"뭐시여? 고런 것을 뭣헌디 아직까징 살려 둔다냐잉. 확 조사브러야제."

그는 몸소 해결 하겠다는 듯 벌떡 몸을 일으켰다. 그러나 한동안 영양 공급이 되지 않아 머리가 핑-도는지 휘청거리며 벽을 짚었다.

"아따, 갑자기 어지러워 블구마잉."

"계속 누워 계세요. 아직 무리하면 안돼요. 일단 포로 처리에 대해선 좀 더 논의를 해볼게요. 조사할 것도 있고."

한모를 진정시킨 태랑은 그의 간호를 은숙에게 맡기고 거실로 나갔다. 의자에 묶인 채 포박된 강아현 앞엔 민준이 팔짱을 끼고 감시하고 있었다.

"한모형 깨어났어?"

"아주 팔팔해. 깨어나자마자 빡큐부터 날리더라고."

"응?"

"아무튼 그런 게 있어. 너한테 고맙다고 전해달래. 유화야. 옥상에 있는 슬아랑 교대해줘. 습격 당시 상황 좀 물어볼게 있으니까."

"네."

그들은 폭룡 클랜 습격 이후 교대로 외부를 경계했다. 위치가 노출된 이상 불의의 기습을 방지키 위한 임시방편이었다.

잠시 후 거실에는 태랑과 민준, 그리고 수현과 슬아가 의자에 묶인 강아현을 두고 쇼파에 둘러앉았다.

"지금부터 내가 묻는 말에 똑바로 대답해야 할 거야."

"저, 전 시키는 대로 한 것뿐이에요. 처음부터 이번 기습을 반대 했다구요. 믿어주세요."

"그거야 니 주장이고. 그나저나 어떻게 이곳을 알아 낸 거지? 미행이라도 붙였나?"

강아현은 이이동이 해커를 고용해 지원메일을 보냈던 아이피를 역추적해 주소를 파악했노라 실토했다.

"혹시 걸릴까봐 아이피를 우회했었는데… 죄송합니다."

고개를 푹 떨구는 수현을 보며, 태랑이 다독였다.

"수현. 네 잘못이 아냐. 상대방이 그 정도까지 할 줄은 나도 몰랐으니까."

태랑이 다시 강아현에게 물었다.

"그럼 왜 우릴 타겟으로 삼았지?"

"부단장이 선동했어요. 당신들이 의도를 가지고 우리 클랜에 접근한 거라며… 복수를 해야 한다고."

"의도?"

"부단장은 이강호의 자폭 테러에 대한 책임을 회피하려고 했어요. 솔직히 따지면 본인의 잘못이 가장 큰데도, 구실을 붙여가며 당신들을 적으로 몰았죠. 사실 당시엔 의심스러운 정황이 있긴 했거든요."

"정황이라니?"

"실력을 숨기고 우리 쪽에 접근했던 거나, 나중에 레이드 게시판에서 아이피를 바꿔가면서 게시 글을 올린 것도…"

태랑은 정체를 숨기기 위해 수현에게 여론 몰이를 지시한 것이 이런 파장을 가져온 것에 씁쓸한 기분을 느꼈다. 결국 이강호와의 다툼부터 게시판의 글까지, 모두 자신이 단초를 제공한 셈이었다.

세심하지 못한 결정으로 파티에 큰 화를 입힐 뻔한 태랑은 다시 한 번 판단에 신중을 기해야겠다는 생각을 했다.

"그런데 기습을 반대했다는 건 무슨 소리야?"

"솔직히 전 이번 공격이 내키지 않았어요. 클랜 내부에서도 반대하는 사람들이 제법 있었죠. 하지만 부단장의 뜻을 거스를 수가 없었어요. 그 사람은 겉보기랑 다르게 무척 비열한 사람이었거든요. 자신을 거역하면 어떤 식으로든 해코지를 했어요."

"지금 죽은 사람 핑계 대는 거야? 어쨌든 너도 동조했잖아. 범죄를 방조하는 것도 공범이나 마찬가지야."

태랑의 지적에 강아현이 고개를 떨궜다.

"…그건 정말 죄송해요. 저도 설마 마스터가 그렇게까지 할 줄 몰랐거든요. 솔직히 말해서 우릴 버리고 도망친 마스터를 보면서, 그나마 있던 정까지 다 떨어졌어요. 그 사람은 정말 최악이에요."

태랑이 슬아에게 물었다.

"저 여자 말이 사실이야?"

"네. 상황이 위급해 지니까 혼자 한모오빠 데리고 도망치더라구요."

"흠…."

태랑은 고민했다.

강아현의 해명을 듣고 나니 그녀를 처단하는 것이 조금은 껄끄러웠다. 죄의 경중을 가리지 않고 무조건 사람을 죽인다면, 그건 살인마나 다름없었다.

태랑의 눈치를 살피던 강아현이 조심스럽게 말했다.

"…이런 말하기 염치없지만 저를 클랜에 받아주시면 안 되나요?"

"뭐라고?"

"저는 힐러예요. 분명 쓸모가 있을 거예요. 어차피 폭룡 클랜은 망했고, 이제 오갈 데도 없는 몸이에요. 절 받아주신다면 정말 열심히 할게요."

강아현은 필사적이었다.

태랑이 자신을 풀어준다 해도 혼자 살아남을 자신이 없었다. 자신의 능력은 다른 각성자들의 보호를 받을 때 만 쓸모가 있었다.

태랑은 의외의 제안을 두고 쉽게 결정 내릴 수 없었다.

포식의
군주

3. 새 아지트

몬스터와의 전투는 필수적으로 부상을 동반한다. 육체를 감싼 쉴드가 자연치유력을 높여준다고는 하지만 그 한계는 뚜렷하다.

레이드가 거듭될수록 부상은 누적 될 테고, 그만큼의 전력약화는 피할 수 없다. 결국 클랜에는 전문적인 힐러가 필수적이다.

문제는 힐러 특성이 매우 희귀하다는 점에 있었다.

수많은 공격과 방어기술, 그리고 마법 스킬들 가운데 힐링 스킬을 받을 확률은 극히 낮다.

현재 아티펙트에 귀속된 1Lv 힐링 마법과 트롤을 잡아 제조한 재생의 묘약 몇병이 전부인 만큼, 2Lv의 힐링 마법을 보유한 강아현의 합류는 큰 보탬이 될 것이다.

혹시 그녀가 레벨링을 거듭해 3~4Lv까지 도달한다면 재생의 묘약이 더 이상 필요 없을지도 모른다.

분명 강아현의 합류는 도움이 된다.

그것은 자명한 사실이다.

다만 태랑이 망설인 것은 다름이 아니었다.

'…한 번 배신했던 사람은 언제든 배신할 수 있어.'

궁지에 몰린 그녀는 곧바로 투항을 결심했다. 과거를 반성하는 척하며 함께했던 동료들을 싸잡아 비난했다.

설령 자신의 주장대로 이번 일을 반대했다 해도, 결국 그녀역시 범죄에 가담한 공범인 건 변하지 않는 사실이었다.

그녀가 진실로 정의로운 사람이었다면, 방조와 침묵이 아닌 적극적인 설득과 거부가 있었어야 했다. 또 그녀를 받아주는 것은 태랑이 추구하는 클랜의 가치관에도 맞지 않았다.

지금의 세상은 신이 주사위 놀음을 한 것이나 다름없다.

지독한 연쇄 살인마도 뛰어난 특성과 스킬을 부여받을 수 있으며, 법 없이도 사는 기부천사라도 최악의 능력을 받지 않으리란 보장은 없다.

즉 능력과 도덕성은 별개의 일이다.

하지만 도덕적인 못한 사람이 뛰어난 능력을 갖게 되었을 때의 부작용은 그 어느 때보다 심각하다. 그들은 잠재적인 맨이터들이며, 자신이 가진 힘을 인류의 해방이 아닌 자신의 탐욕을 위해 사용하는 자들이다.

태랑은 그렇기에 더더욱 선악의 기준이 확고한 사람들을 모집하려 했다. 생명의 가치를 경시하고, 스스로의 욕심을 위해 능력을 남용하는 사람들은 '세이버' 클랜에 필요 없었다.

당장 강아현의 능력이 탐난다 하여 그녀를 덥석 받아들인다면, 그로인한 이득보다 클랜의 정체성에 큰 혼란을 줄 것이다.

태랑이 고심 끝에 입을 열었다.

"거부한다."

"네?"

예상치 못한 대답에 강아현이 크게 눈을 치켜떴다. 그녀라고 지금 세상에 힐러가 어떤 대우를 받는지 모를 리 없다. 그런데도 태랑은 확고한 표정이었다.

"네가 아무리 뛰어난 능력자라도 나는 싫어. 적극적으로 범죄에 가담하지 않았다고 네가 무죄인 건 아니지. 방조 역시 범죄니까. 나는 너 같은 팀원이라면 열 명이라도 싫다."

"그, 그래도…."

"내가 싸움에 지고 투항하면 다 받아줄 만큼 호락호락해 보였나? 지은 죄를 참작해서 죽이지 않는 것만도 다행으로 여겨."

강아현이 울상을 지었다.

태랑은 이번 결정으로 클랜원의 기준을 확고히 했다. 능력은 필수지만, 능력만 뛰어난 사람이라고 다 받지 않는다는 것.

이는 좋지 못한 전례를 만들 수 있는 문제였으므로, 무엇보다 원칙에 입각해야 했다.

태랑이 선언하듯 말했다.

"우린 이제 이곳을 떠날 거야. 우리가 떠난 다음 어디로 가든 네 마음이다. 하지만 몬스터에게 잡아먹히기 싫다면 이곳에 머무르는 것도 나쁘진 않을 거야. 행운을 빈다."

강찬혁이 살아 도망치면서 아지트의 위치가 노출되고 말았다. 이제는 정든 아지트를 떠나야할 시기였다.

태랑은 강아현은 옥상으로 끌어내고 좀비들개를 풀어 감시했다.

"자, 이사 준비하자. 너무 많이 챙길 생각 말고 꼭 필요한 것들 위주로."

"근데 갈 곳은 정했어요?"

"지금 도시는 전기가 언제 끊겨도 이상하지 않아. 자체적으로 전력 생산이 가능한 곳으로 이동해야겠어."

"서울에 그런 데가 있어요?"

"응, 태양광 발전 연구소. 강동 쪽에 하나 있어."

태랑 일행은 서둘러 짐을 꾸렸다. 사용했던 컴퓨터는 모두 파괴하고 하드디스크를 뽑아 전자렌지에 넣고 돌렸다.

파지직 전기가 튀며 모든 기록이 삭제되었다. 이번 경우처럼 해커의 개입을 우려한 조치였다.

대충 짐정리를 마무리한 태랑은 밧줄로 묶인 아현을 향해 커터칼을 던져주었다.

"이걸로 열심히 줄 끊어봐. 언젠간 풀 수 있을 거야. 그럼 우린 먼저 간다."

"이이!"

태랑은 죽여 후환을 없애자는 한모를 겨우 말렸다.

"어차피 강찬혁이 도망친 이상 입막음은 의미 없어요. 힐러 특성만 가진 애를 혼자 버려두고 간 것만으로 충분히 단죄한 거라고 생각합니다. 본인이 운이 좋다면 살아남을 수도 있겠죠."

"아따, 니는 사람이 그렇게 물러가지고서는…."

한모는 불만어린 표정을 지었지만 리더의 결정에 반대하지 않았다. 그의 권위를 인정하는 것이었다. 태랑 일행이 떠난 뒤 홀로 버려진 강아현은 서러움에 펑펑 울었다.

강아현은 몇 시간에 걸쳐 겨우 포박을 풀어냈다. 커터칼로 두꺼운 밧줄을 자르는 것은 결코 쉬운 일이 아니었다.

"흑, 정말 나쁜 새끼들이야!"

그녀는 이제 자유의 몸이 되었지만 쉽사리 아지트 바깥
으로 나가질 못했다. 그녀가 가진 능력은 힐링 마법이 전
부.

미흡한 전투능력 가지곤 A급 몬스터 무리만 만나도 위
험한 상황이었다.

다행히 아지트에는 태랑일행이 버리고 간 음식들이 아직
남아있었다. 그녀는 3일 째 혼자 태랑의 아지트에서 숙식
을 하며 고민을 거듭했다.

그러나 언제까지 이곳에 머무를 순 없었다.

"내일은 꼭 떠나야겠어. 다른 클랜이라면 내 능력을 높
이 사 주겠지. 흥! 나를 팽한 걸 후회하게 될 걸?"

그녀가 깊은 잠에 들었을 때 건물에 불이 났다.

1층에서부터 올라온 불길은 5층 건물 전체를 전소시키며
다음날 아침까지 활활 타올랐다.

불길이 걷힌 뒤, 화재 잔해를 뒤지던 사내는 안방에서
새까맣게 타들어간 여자의 시체를 보고 흠칫 몸을 떨었
다. 그녀의 목에는 형체가 뭉개진 왕관 형태의 펜던트가
걸려있었다. 그것은 분명 자신과 함께 했던 동료의 것이
었다.

사내는 씁쓸한 표정을 지으며 발길을 돌렸다.

돌아서는 그의 얼굴 절반은 화상으로 일그러져 있었다.

❖ ❖ ❖

태랑 일행은 과거의 아지트가 화재로 전소되던 날 마침 내 태양광 발전 연구소에 도착했다. 이동 중 몬스터를 만나 기도 했지만, 일곱 명의 헌터들은 거칠 것이 없었다.

현재 그의 클랜에는 한 클랜의 마스터 급이라고 해도 과 언이 아닐 강자들이 즐비했다.

태랑의 설정 집에선 이들에게 별명처럼 따라붙는 호칭도 존재했다. 권왕, 소드마스터, 침묵의 암살자 등이 바로 그 것이었다.

거기다 이들에 비해 다소 떨어지지만 한모와 은숙 그리 고 최근 두각을 드러내고 있는 수현 역시 만만치 않은 수준 까지 올라와 있었다.

태랑은 점차 보강되어가는 멤버들을 보며 슬슬 레이드 난이도를 높여야겠다는 생각을 했다.

그러나 당장은 새로운 거주지를 안정시키는 것이 우선이 다.

"와, 저 판넬 좀 봐요."

유화가 큼지막한 태양광 집전판을 보고 아이처럼 신기해 했다. 들판에 넓게 펼쳐진 판넬들은 멀리서 보면 잔잔한 바 닷가의 물결처럼 반짝거렸다.

"근데 이런 데는 어떻게 알았어?"

"언제까지 PC방 건물에 있을 순 없다고 생각했지. 언제 끊길지 모르는 전력문제도 그렇지만, 지리적으로 너무 외진 곳이라 이동거리에서 손해를 많이 보잖아. 마침 검색해 보니 서울 한복판에도 태양광 연구소가 있더라고."

"아하. 정말 센스 굿인데? 태양이 꺼지지 않는 이상 전기가 끊길 일은 없겠네?"

"그렇지."

몬스터의 침략이 시작된 지도 어언 두어 달여.

슬슬 화력발전소의 잔여 전력이 바닥나면서 도심의 전기가 끊기기 시작할 것이다. 수도나 가스역시 마찬가지.

자생적인 시스템을 갖추지 않으면 힘든 시기가 오고 있었다. 이에 태랑은 지리적인 여건을 고려하여 새로운 아지트를 물색했다.

서울에서 가깝고 도심에서 살짝 떨어져 있을 것, 여럿이 공동생활을 할 수 있을 만큼 넓은 공간을 갖추고 있을 것, 마지막으로 전기가 자체적으로 공급될 것이 포인트였다.

그런 면에서 태양광 발전 연구소는 최적의 입지를 갖췄다.

입구에서부터 포장된 길을 따라 한참 들어오자, 3층짜리 건물이 나타났다. 크기만 봐서는 지역 도서관 정도의 단출한 건물.

관리가 안 된 건물 주변에는 잡초가 무성하게 자라있었다. 먼지가 낀 유리창은 지저분했고, 부서진 출입구는 탈출 당시의 다급한 흔적을 짐작케 했다.

"혹시 모르니 샅샅이 뒤져보자. 민준이랑 한모형은 건물 주변을 둘러봐줘. 나머지는 1층부터 3층까지 완전 수색한다."

"알겠어."

건물 전체를 탐색했지만 몬스터의 흔적은 찾을 수 없었다. 인구 밀집지에서 떨어져 있는 곳이라 이곳까지 쳐들어오진 않은 모양이었다.

"별거 없네. 수현이는 컴퓨터랑 인터넷 연결되는지 확인하고, 은숙이는 취사 시설 좀 살펴줘. 나랑 슬아는 잠잘 곳을 알아볼게."

"예썰"

사방으로 흩어졌던 일행은 30분 뒤 2층의 미팅 룸으로 모였다. 타원형의 테이블 위엔 연구원들이 놓고 간 A4 용지들이 사방에 펼쳐져 있었다.

"어지간히도 급했나 보네."

"정리할 시간이 있었겠어? 목숨이 왔다갔다하는 판국에. 참, 주방같은 건 따로 없는데 복도 끝에 탕비실이 하나 있어. 거기서 취사가 가능할 것 같아. 인버터랑 가스렌지가 있더라구. 조그만 밥솥도 있고."

"인터넷도 잘 되는 거 같아요. 바탕화면에 암호를 걸어 놨는데 키보드 뒷판 포스트잇에 다 적혀 있더라구요. 보안의식하고는."

태랑은 '보안'이라는 말에 갑자기 생각난 듯 수현에게 말했다.

"그래. 말이 나왔으니 말인데, 이제부터 레이드 게시판에는 절대 글을 올리지 않는 것을 원칙으로 하자."

"눈팅만 하자는 소리죠?"

"그렇지. 저번에도 아무 생각 없이 인터넷 쓰다가 폭룡 클랜에게 위치가 노출됐잖아. 앞으로는 항상 조심해야겠어."

"알았어요."

건물 외곽 쪽 순찰을 맡았던 민준은 테이블 위로 무언가를 올렸다.

"경비실에서 이걸 발견했어."

"무전기?"

검은색의 물체는 손바닥 만한 소형 무전기였다.

"연구소 부지가 제법 넓잖아. 경비원들이 순찰할 때 쓰던 물건 인가봐."

핸드폰이 안 터지는 현 시점에서 무전기의 발견은 상당한 호재였다. 이제 서로 거리가 떨어져 있더라도 의사소통의 문제가 해결되었다.

"작동하긴 해요?"

"주파수 맞춰져있는지 켜니까 바로 되던데? 충전기도 찾았어."

"좋네. 숙소는 1층에 숙직실이 있는데 방이 하나 뿐이야. 거기서 여자들이 자고 남자들은 2층 사무실을 치워야 할 것 같아."

"샤워시설은?"

은숙이 물었다.

"숙직실 안에서 샤워도 가능할 거야. 물이 나올지는 모르겠지만."

"아마 나올 거시여. 밖에 보니 지하수 끌어다 쓰는 것 같더라고."

"지하수요?"

"상수도 배관이 여기까지 안 이어졌나 보지. 시골은 지하수 퍼먹었잖아."

"잘하면 자급자족도 가능하겠는데요?"

"아냐. 먹을 게 없어."

"아, 맞다."

"가지고온 식량은 얼마나 남았어요?"

태랑이 한모에게 물었다. 그는 팀의 전반적인 물자를 책임지고 있었다.

"사람이 좀 많아 가꼬 몇 일 못 갈 거시여. 잘해야 일주일?"

"당장 급한 건 먹을 거네."

태랑 일행은 한참동안 새로운 아지트를 정리했다. 여자들은 당직실에 짐을 풀었고, 남자들은 잘 공간을 확보하기 위해 사무실 하나를 통째로 비웠다.

태랑은 그 와중에 좀비들개를 소환해 건물 외곽을 순찰시켰다.

"혹시 모르니 감시체계를 갖춰야겠어."

"계속 그러면 마나소모 크지 않아요?"

"좀비들개 한두마리는 괜찮아. 새롭게 얻은 특성으로 소모량이 절반으로 줄었거든."

저녁이 되었을 때 태양관 발전소는 제법 사람이 살만한 곳으로 탈바꿈 되었다. 아직 쓸데없는 공간들이 많았지만, 용도는 차차 생각해 볼 일이었다.

미팅룸으로 일행을 불러 모은 태랑은 간단하게 요기를 때우며 차후 계획을 밝혔다.

"식량 확보부터 서둘러야 겠어. 지도를 보니 15Km 반경에 할인마트가 있더라. 거길 털자."

"마트면 먹을 건 진짜 많겠는데요?"

"일단 거기서 필요한 물건들 챙기고 나면, 그 다음엔 길동 생태공원을 수색할 거야."

"저번에 말한 그 폭주족들 때문이지? 구룡 마을에서 우연히 만났다는 서울 동부연합인가 뭔가."

"노트북 행방에 대한 단서를 찾아야 해. 파일만 빼내간 것은 아닌지, 그게 아니면 최소한 몇 층에 두고 왔는지라도."

노트북에 든 설정집이 꼭 필요한 상황에서 태랑은 지푸라기라도 잡고 싶은 심정이었다. 만에 하나 놈이 파일을 들고 있다면, 무리해서 63빌딩을 공략할 필요도 없는 셈이다.

가능성이 낮지만 시도해볼 가치가 있었다.

"그리고 앞으로는 공략도 같은 건 안 만들 생각이야."

"아무것도?"

"그래. 데이터화 된 정보는 어떤 식으로든 유출될 가능성이 있어. 지난번엔 다행히 깔끔하게 마무리 했지만 역시 최선의 보안은 머릿속에만 넣어두는 거지."

"그 많은 걸 다 기억할 수 있겠어?"

"지도에 표시하면서 대충 외웠어. 그래도 혹시 모르니 조그만 수첩에다 나만 알아 볼 수 있도록 정리해 가지고 다닐려고."

"그거 좋은 생각이다."

회의를 마친 태랑은 담배를 물고 옥상에 올랐다.

하루 종일 움직여서 그런지 몹시도 담배가 땡겼다.

라이터에 불을 붙이는데 뒤이어 누가 따라 올라왔다.

'유환가?'

"유화니?"

"슬안데요."

"아…."

슬아의 손엔 양철 텀블러가 들려 있었다. 텀블러에선 뽀얀 김이 모락모락 올라왔다. 편한 복장으로 갈아입은 슬아의 모습은 흡사 야밤에 산책이라도 나가는 차림새였다.

'저렇게 입으니까 확실히 어려보이네. 학생 같아.'

"무슨 일이야?"

"잠깐 바람 쐬러 나왔어요."

"그건 커피?"

"녹찬데요."

슬아는 차를 즐겨 마시는 취미가 있었다. 한동안 없어서 못 마시던 차가 탕비실 찬장에 가득했다. 그녀는 오랜만에 차를 우려내 옥상에 올랐다가 태랑을 만난 것이었다.

"난 담배 좀 필게."

"네."

태랑은 슬아에게 멀찍이 떨어져 담배에 불을 붙였다. 혹여 연기가 흘러갈까 배려를 잊지 않았다. 한명은 차를 홀짝이고, 한명은 담배를 태우는 시간이 지루하게 이어졌다. 태랑이 담배를 다 태울 때 까지도 슬아에게선 한마디 말이 없었다.

'진짜 무지하게 조용하네.'

과묵해서 싫다는 수현의 얘기가 동감이 가는 태랑이었다. 은숙의 경우 처음 낯을 가리긴 했어도, 금세 유쾌한 본모습을 드러냈다. 유화는 원체 괄괄해서 누구나 쉽게 친해졌다.

그러나 슬아는 확연히 달랐다.

그녀는 다른 사람과 거의 대화를 나누지 않았다. 여자들과는 가끔 얘기를 했지만, 다른 남자랑 말을 섞는 모습을 본적이 없었다.

아까 전 미팅 룸에서 회의를 할 적에도 끝날 때까지 입을 꾹 다물었다. 그렇다고 딴청을 피우거나 집중하지 않는 것도 아니었다. 골똘히 상대를 응시하는 것을 보면 경청하는 것은 분명했다. 다만 꼭 필요한 말이 아닌 이상 굳이 말하지 않는 타입 같았다.

태랑은 슬아가 다른 사람들과 좀 더 어울렸으면 하는 바람이 있었다. 그녀의 불우한 과거를 알고 있기 때문에 더욱 그랬다.

담배를 다 태운 태랑이 천천히 슬아에게 다가갔다.

"힘들지? 이런 생활."

"견딜 만해요."

"매일 몬스터와 싸우고, 가끔 사람하고도 싸우고, 정착할만하면 옮겨 다니고… 참 힘든 시절이야."

슬아가 녹차를 홀짝였다.

그녀의 시선은 멀리 떨어진 도심을 응시하고 있었다. 과거 화려한 야경을 자랑하던 도심은, 이제 새까맣게 변해 음울한 그림자만 드리우고 있었다. 물끄러미 먼 곳을 바라보던 슬아가 천천히 입을 열었다.

"…살아남을 거예요."

"응?"

"전 꼭 살아남을 거예요."

스스로를 다독이듯 다짐하는 모습에서 강한 결의가 느껴졌다. 슬아가 모처럼 자기 얘기를 꺼냈다.

"어렸을 때 부모님이 교통사고로 돌아가셨어요."

"응."

"저만 겨우 살아남았죠. 그땐 너무 세상이 미웠어요. 차라리 같이 죽게 내버려 두지, 왜 나만 살려가지고…."

태랑은 말없이 고개를 끄덕였다. 갑작스럽게 홀로 세상에 내던져진 소녀. 그녀에게 이 세상은 얼마나 위태롭고 험난한 곳이었을까.

"죽으려는 생각도 자주 했어요. 도저히 살아갈 자신이 없었거든요. 말수도 줄고 실어증까지 겪었죠."

"많이 힘들었겠다."

"그러던 어느 날 병실 거미줄에 걸린 나방을 봤어요."

"나방?"

"네, 나방이요. 발버둥 치더라구요. 필사적으로. 그 조그만 것이 살아보려고 하루 종일 날갯짓을 멈추지 않는 거예요. 지쳐 포기할 만도 한데 끝까지… 그때 깨달았어요. 한낱 미물도 저렇게 애쓰는데 나도 할 수 있지 않을까 하구요."

그녀는 그날 이후로 다시 입을 열었다고 한다. 물론 줄어버린 말수는 쉽게 극복되지 않았지만 예전처럼 대화를 단절하거나 질문에 침묵하지 않았다.

"체조에 재능을 발견하고 체육고에 진학했어요. 전국체전에서 메달도 땄죠. 열심히 사니까 또 살아지더라구요. 남들은 저보고 천재라고 했어요. 하지만 제가 얼마나 노력했는지 아무도 모를 거예요. 지금도 어깨가 자주 빠져요. 무릎도 시원찮고. 나이에 비하면 관절은 40대나 마찬가지에요."

"저런…."

"세이버 클랜에 합류하기 전엔 성폭행도 당할 뻔 했어요."

"그 이야긴 들었어."

"호의로 살려줬더니 그렇게 배신을 하더라구요. 그때 처음 사람을 죽였어요."

불쾌한 기억에 슬아의 얼굴이 딱딱히 굳었다. 태랑이 그녀를 위로했다.

"그건 절대 네 잘못이 아니야."

"알아요. 어쨌든 그렇게 여기까지 왔어요. 전 죽고 싶지 않아요. 사고로 병원에 누워있을 때 다짐했어요. 나는 꼭 오래오래 살자. 부모님 몫까지 최선을 다해 살자고."

슬아는 잠시 고개를 돌리더니 소매로 눈물을 훔쳤다.

어린 그녀가 겪었을 아픔과 고통이 가슴으로 전해왔다. 태랑이 그녀의 등을 토닥였다.

"그래. 꼭 살아남자. 나만 믿고 따라와. 꼭 그렇게 만들어 줄게."

"…정말이죠?"

"그래. 난 솔직히 뛰어난 사람은 아니야. 실수도 잦고, 냉철함도 부족하지. 하지만 처음부터 뛰어난 사람은 없잖아. 나는 점점 성장할 거야. 완벽해 지려고 노력할 거야. 그래서 여기 있는 모두는 물론 세상을 구원하고 싶어."

태랑의 말에 슬아의 눈빛이 반짝였다. 태랑은 자신이 내뱉고도 머쓱한 듯 어깨를 으쓱했다.

"참, 마스터는 부모님 걱정 안 되세요?"

"나?"

"네. 마스터는 부모님이 계시잖아요."

"당연히 걱정되지. 폰이 안 터지니 연락할 방법도 없고, 두 분 다 이메일도 쓰실 줄도 모르고… 그래도 몬스터 침공에서 빗겨난 남쪽지방에 계시니까 무사할 거라고 믿어."

"보고 싶진 않아요?"

"보러 갈 수도 있었지. 아니 지금도 마음만 먹으면….”

"근데요?"

"나는 생각했어. 나도 남들처럼 피난가서 부모님이나 모실까 하고. 하지만 어차피 그렇게 되면 결국 한국은 끝장이야. 길어야 3년? 커널이 뚫리고 나면 그나마 버티는 것도 불가능해 지겠지. 서울에 남아서 그걸 막는 게 어쩌면 부모님을 살리는 가장 확실한 길이야. 그래서 포기 한 거야."

슬아가 태랑을 존경스러운 눈길로 바라보았다.

그의 자기희생과 정의감이 그녀에게 깊은 감명을 주었다.

"마스터… 멋있어요."

"쑥스럽게 왜 그래."

"아니에요. 마스터, 존경합니다. 끝까지 충성할게요."

"너 그 마스터 호칭은 좀….”

두 사람은 이후로도 녹차가 미지근해 질때까지 대화를 계속했다. 태랑은 슬아의 말문이 트인 것 같아 다행이라고 생각했다.

물론 슬아가 태어나서 남자랑 이렇게 오래 이야기한 것
이 처음이라는 사실을 그는 알지 못했다.

유화는 찌뿌둥한 몸을 풀러 잔디밭에 나와 스트레칭을 하
고 있었다. 몬스터와의 전투가 없는 날에도 컨디션 관리를
위해 항상 한두 시간 씩 운동을 멈추지 않는 그녀였다.

"하앗!"

칠보장법에 이어 펼쳐지는 주먹 연타가 허공을 격하고
강력한 파공성을 만들었다. 공기가 찢어지는 소리가 달빛
아래 울려 퍼졌다.

한참 스킬 연습을 끝내고 휴식을 취하는 그녀에게 누군
가 다가왔다.

"여기 수건."

"어라? 수현이 너 언제 왔어?"

"한참 전에요. 너무 열중하셨나봐요. 사람 오는 줄도 모
르고."

유화는 수현이 건넨 스포츠타월로 이마의 땀을 훔쳤다.

"고마워. 근데 설마 나 주려고 일부러 가져 온 거니?"

유화의 직설적인 화법에 수현이 당황하며 대답했다.

"아, 아뇨. 전 그냥 산책을 하다가…."

"산책하는데 수건을?"

"그러니까… 운동 삼아 빠르게 걷다보니…."

"윽. 뭐야. 너 지금 니 땀 닦던 걸 나한테 준 거야?"

"아니에요. 절대 안 썼어요."

유화는 태랑 앞에선 수줍은 티를 많이 냈지만, 다른 사람들에겐 전혀 달랐다. 한모에겐 막말도 서슴지 않았고, 슬아는 친동생처럼 편하게 대했다. 하물며 나이도 어리고, 숫기마저 없는 수현 정도는 거리낌 없는 상대였다.

유화가 타월을 목에 걸고 삐딱하게 수현을 쳐다보자, 수현은 더욱 난처해져 시선을 둘 곳을 못 찾지 못했다.

"쯧쯧. 너 솔직히 말해봐."

"네?"

수현은 침을 꼴깍 삼켰다. 심장이 미친 듯 쿵쾅거렸다. 일전 트롤 레이드 때 은근슬쩍 언급은 했지만 유화가 당장 본심을 묻는다면 어떻게 해야 고백해야 할지 눈앞이 깜깜했다.

'아, 아직은 마음의 준비가….'

"너 학교 다닐 때 빵셔틀 했지?"

"맞아요! 좋… 네? 빵셔틀이…요?"

"맞지? 어쩐지. 야, 그러지 마. 과잉친절은 오히려 불편하다고. 그렇게 눈치 볼 필요 없어. 여긴 너 괴롭히는 사람 없으니까."

"아…."

"넌 참 얼굴은 잘생겼는데 어쩌다… 에휴, 그러니까 운동

146

좀 하지 그랬니. 남자가 그렇게 비실비실 대니까 그렇지."

수현은 졸지에 빵셔틀로 오해받은 게 억울했지만, 그래도 본심을 들키지 않아 내심 다행이라고 여겼다.

"누난 그럼 남자다운 사람이 좋아요?"

"소심한 남자보다야 백배 낫지."

"아… 그렇구나."

"뭐해? 산책 안 가?"

"네? 아, 네."

수현은 맥없이 돌아서다 다시 각오를 굳히고 유화에게 말했다.

"누나."

"왜 더 할말 있어?"

"…저 싸움 좀 알려주세요."

"응? 갑자기 그건 왜?"

"새로운 스킬이 적에게 접근하는 기술이거든요. 근데 싸워본 적이 없어서 누나한테 배우려구요."

수현이 겨우 용기를 냈다. 이걸 빌미로 둘만의 시간을 보내다 보면 정이 들지 않을까 하는 속셈이었다.

유화가 허리에 손을 얹으며 웃었다.

"나 대련할 때 절대 안 봐주는데 괜찮겠어?"

"물론이죠!"

'누나에게라면 맞아 죽어도 좋은 걸요.'

수현은 유화가 흔쾌히 승낙하자 속으로 쾌재를 불렀다.

그렇게 두 사람은 틈나는 대로 근접전 연습을 약속했다.

유화는 기뻐하는 수현을 보며 잠시 생각했다.

'수현이가 아니고 태랑오빠였으면 더 좋았을 텐데… 하필 창술 같은 걸 익힐게 뭐람. 칫.'

2층 휴게실엔 은숙과 한모, 민준이 모여 있었다. 본래 티타임을 위한 장소인 듯 응접용 테이블과 의자가 놓여 있었다. 세 사람은 의자에 둘러 앉아 간식삼아 뜯은 견과류 깡통을 놓고 담소를 나누었다.

"으따 찝찝한 그."

"왜 오빠?"

"아니 고년 말이여. 폭룡 클랜 가스나."

"힐러 강아현?"

"그래. 고년을 확 묶어 들고 왔어야 쓴디."

한모는 태랑의 말을 따라 그녀를 풀어줬지만, 괜스레 뒤통수가 가려웠다. 묵묵히 아몬드를 먹던 민준이 말했다.

"태랑이 말도 일리가 있잖아요. 그녀의 잘못이 없다고 할 순 없지만, 죄의 경중을 따져 처벌해야죠."

"경중? 왐마, 야도 태랑이처럼 순딩이구만. 그런 거 따지

다가 우리가 골로 가는 수가 있어. 나가 경험담 하나 얘기
해줄까?"

한모는 조폭 시절의 일화를 꺼냈다.

그가 한참 조직의 행동대장으로 활동하던 때였다. 상대
조직과 피튀기는 혈전을 끝내고 마지막에 조무래기 한 놈
이 남았다. 당시 한모는 이제 막 고등학교를 졸업한 것으로
보이는 놈을 불쌍히 여겨 그냥 돌려보냈다.

"아 근디 그 놈 자식이 나중에 내 뱃대지에 칼을 꽂아 블
드랑께, 그 씨벌놈이."

한모가 상의를 들춰 칼에 맞은 자국을 내보였다. 길게 찢
어진 흉터는 그때의 부상이 얼마나 심각했는지는 보여주고
있었다.

"스물일곱 바늘을 꼬맸씨야. 내장이 삐져 나와가꼬 손으
로 쑤셔 넣느라 혼났당께. 그 상놈의 새끼가 나한테 칼침
박음서 뭐라고 한 줄 아냐?"

그러니까 죽일 수 있을 때 죽였어야지. 머저리 같은 놈.

커헉. 너 이 새끼. 그때 그….

값싼 동정심에 나를 살려두니까 이렇게 돼지는 거야.
구한모.

한모는 다시 상의를 내렸다.

"야밤에 부하들도 없는디 혼자 기습을 당해 가꼬 하마터
면 황천 갈 뻔 했제."

"진짜 위험하셨네요. 어떻게 살아나셨어요?"

"놈이 나를 너무 물로 본거제."

─아야, 담에는 한방에 담글라믄 여그를 찔러라잉, 어린 노무 새끼야. 니한테 다음이 있진 않겠지만 서도.

한모가 주먹으로 심장을 두들겼다.

놀란 놈이 칼을 뽑아보려 했지만 한모가 복부에 힘을 주자 박힌 칼이 본드가 붙은 것처럼 옴짝달싹 하지 않았다. 한모는 당황하는 놈을 발을 걸어 넘어뜨리고 주변에 짱돌을 들어 머리통을 찍어 버렸다.

"그때 내가 느낀 것이 있어야. 덤비는 놈이 있으면 첨부터 아조 싹을 밟아 브러야 한다는 것이제."

"확실히 태랑이 마음씨가 여린 편이긴 해."

은숙이 손끝에 묻은 아몬드 양념을 털며 말했다.

"하지만 그게 태랑이 가진 매력이기도 하지."

"매력?"

"태랑의 리더쉽은 바로 그 관대함에서 나오는 거야. 심지어 적에게도 자비가 넘치는. 앞으로 클랜이 성장하려면 태랑은 그런 이미지를 계속 구축해 나가야 돼. 사실 이미지라기 보단 본래 성격이지만."

"아따, 이때까징 내 얘길 콧구멍으로 들었냐잉."

"오빠, 계속 들어봐. 태랑이는 태랑이 본연의 모습을 지키는 게 우리 클랜을 위해 좋다는 거야. 이렇게 혼탁한 난세에 정의롭고 자애로운 리더라니, 얼마나 멋있어? 누구나 존경하고 따르고 싶지 않을까? 그 고매한 인품에 인재들이

구름처럼 모여 들 거야."

조용히 듣고 있던 민준이 은숙의 본의를 짐작했다.

"혹시 그 말은…."

"그래. 지금 태랑에게 필요한건 번견(番犬)이야. 더러운 일도 마다하지 않고 조직의 안위를 위해서 꼭 필요한 존재. 찝찝한 부분을 깔끔하게 뒤처리 해줄 사냥개 말이지."

"음…."

민준은 두 사람의 대화를 들으며 속으로 생각했다.

'한모 형님은 단순히 잔인하지만, 은숙은 완전히 여우같은 구석이 있군. 하지만 꼭 틀렸다고 볼 순 없어. 지금같은 세상에선 이런 마인드가 당연한 거야.'

은숙이 두 사람을 보고 말했다.

"둘 다 명심해야 돼. 세이버 클랜은 태랑이 만들었지만, 태랑의 것만은 아냐. 그는 그대로, 우리는 우리대로 조직을 위해 할 수 있는 일을 하는 거야. 꼭 피를 묻혀야 한다면 굳이 그의 손을 더럽힐 필욘 없지."

"흐흐. 사냥개, 고거 이름 하나 마음에 드네. 난 찬성."

"무슨 말인지 알겠어. 나 역시 내 방식대로 그를 돕도록 하지. 어쨌든 이게 세상을 구하는 일이라면 말이야."

"오, 민준이 보기보다 쿨한데? 완전 선비 같은 줄 알았더니."

"나도 기본적으로 태랑과 비슷한 입장이야. 하지만 은숙의 너의 말도 충분히 납득이 가. 호의가 계속되면 호구인줄

아는 놈들이 있거든. 그건 나도 사양이라서."

세 사람은 모처럼 의기투합 했다.

새로운 아지트에서의 밤이 지나가고 있었다..

태랑 일행은 다음날 먼 거리를 이동해 대형 마트에 도착
했다.

"저는 항상 시간이 멈춘다면 마트를 터는 상상을 했어
요."

수현이 말했다.

"마트엔 진짜 별게 다 있잖아요. 음식도 옷도, 특히 가전
제품. 그걸 카트에 잔뜩 싣고 오는 거예요. 생각만 해도 신
나지 않아요?"

"그래? 대게 남자들은 그렇게 되면 여탕 훔쳐볼 생각부
터 한다던데? 우리 수현이는 역시 여자에는 관심이 없나?"

"저노마는 남탕부터 갈지도 몰라 껄껄."

한모가 수현을 놀렸다. 평소 수현 성격이라면 얼굴 빨개
져 대꾸도 못했을 텐데 이번만큼은 달랐다. 남자다운 성격
을 좋아한다는 유화를 의식해서였다.

"저, 저도 여자 좋거든요!"

"오메? 그라믄 여탕을 보긴 보겠다는 것이네? 하기사 이
라고 커븐 께잉."

한모가 오른 팔을 내밀며 왼손으로 팔꿈치를 감쌌다. 주 먹감자를 날리는 자세였지만 은숙은 대번에 그 의미를 알 아차렸다.

"진짜? 그 정도야?"

"완전 대물이여 대물. 앵간한 여자는 자지러져 불걸."

"와, 수현이 그렇게나 순진한 얼굴로…."

은숙이 시선이 물끄러미 수현의 사타구니를 향했다.

"으으, 너무 저질이에요 다들!"

"그래. 그만 좀 놀려."

"뭐시여, 태랑이 니도 봤잖애. 자 완전히 가정파괴용이 랑께?"

"그럼 오빤 뭔데?"

"나도 업소용 레벨은 되제. 아따, 그때 다마를 빼는 것이 아닌디, 염증이 도져가꼬는."

"아으! 진짜 못 들어 주겠네!"

유화가 무력시위를 하듯 철제 셔터를 붙잡고 아래위로 쩌억 벌렸다. 입구에 내려져 있던 쇠창살 같은 셔터가 우악 스럽게 우그러졌다. 강철 건틀릿의 파워업 효과와 그녀의 포스가 합쳐진 결과였다.

"자자, 이제 문 열었으니까 음담패설은 그쯤하고 카트 하나씩 잡아. 담아야 할 건 다 알지? 은숙이랑 유화는 식료 품코너, 한모 형이랑 민준이는 가정용구, 수현이는 전자제 품, 나랑 슬아는 옷가지."

태랑의 지시에 일행들이 일사분란 짝을 지어 흩어졌다.

그때 유화가 슬아를 따로 불러 세웠다.

"슬아야, 너가 언니랑 다닐래? 내가 의류 쪽 맡을게."

"왜요?"

"내가 실은 속옷이 좀 필요한데 사이즈 맞춰 챙겨야 할 것 같아서."

"언니 사이즈는 저도 아는데…."

슬아가 좀처럼 양보를 안 하자 다급해진 유화가 은숙에게 구원의 눈짓을 보냈다. 이번에는 은숙이 다가와 슬아의 손을 덥썩 붙잡았다.

"우리 막내, 언니랑 다니기 싫어? 사실 식량도 챙기는 김에 슬아한테 특식 좀 만들어 주려고. 지난번에 같이 고생한 것도 있구 말이야. 너 먹고 싶은 거 직접 골라봐."

"아… 네 알겠어요 그럼."

슬아를 등 떠밀며 식료품 매장으로 내려가던 은숙은, 몰래 뒤를 돌아보며 유화에게 윙크했다.

'화이팅, 잘해봐!'

사실 마트에 도착하기 전, 태랑이 각각의 역할을 분담했을 때 유화는 불만이 많았다.

하필이면 슬아가 태랑과 한 조가 된 것이었다. 아무리 슬아가 남자에 관심 없다지만, 젊은 남녀가 어두컴컴한 곳을 붙어 다니다 보면 없던 감정이 생겨날지도 몰랐다. 그래서 은숙과 서로 말을 맞춘 다음 역할을 바꾸기로 한 것이었다.

의류 매장 쪽으로 향하던 태랑은 슬아가 아닌 유화가 카트를 밀고 따라오자 이상해서 물었다.

"어? 넌 식료품 담당 아니었어?"

"슬아랑 바꿨어요. 왜요, 바꾸면 안 돼요?"

"아니. 난 두 사람이 주로 요리를 해서 식자재를 맡긴 건데."

"슬아도 뭐 요리 잘해요. 걔 자취 경력이 있는데."

"그래. 뭐 상관없지."

그때 어두웠던 마트 안으로 조명이 들어왔다. 배전실로 향한 수현이 전원을 켠 모양이었다. 어두컴컴한 분위기를 틈타 스킨십을 시도하려던 유화의 입술이 삐죽 튀어 나왔다.

'에이씨, 좀만 있다 켜지. 도움이 안 되네 이 자식은.'

"어? 불 들어왔다. 다행이네. 전기가 안 끊긴 거 보니 냉동식품도 무사하겠는데?"

"…네네, 다행이네요. 참."

"그나저나 트레이닝 복은 어디지? 여긴 죄다 양복뿐이네."

태랑이 두리번거리는데 유화의 눈에 마네킹에 걸린 정장이 들어왔다.

'태랑 오빠가 입으면 참 멋있겠다.'

"오빠."

"응? 찾았어?"

"아니 아니, 이거 한번 입어 봐요."

유화가 재빨리 마네킹에 걸린 슈트를 벗겼다. 검은색 투 버튼에 허리라인이 잘록하게 들어간 최신 스타일이었다.

"이걸? 요즘 같은 때면 입을 일도 없잖아."

"에이, 그러니까 기분 좀 내보자구요."

"나참."

태랑이 마지못해 슈트를 걸쳤다. 맞춤 옷처럼 핏이 딱 떨어지는게 무척이나 잘 어울렸다. 거울을 보며 태랑이 어색해하는데 유화가 함박미소를 지었다.

"와, 오빠 슈트 빨 되게 잘 받는다. 멋있어요."

"민망하다. 너무 띄워지 마."

태랑이 옷을 벗자 유화가 그걸 받아 카트에 담았다.

"이건 오빠한테 잘 어울리니까 챙겨놔야지."

"그걸 입을 일이나 있겠어?"

"그래두요. 한 벌로 입으면 더 폼 나겠다."

유화는 마네킹을 넘어뜨려 바지까지 싹싹 벗겨냈다.

"이런 거 챙길 시간 없는데…."

"뭐 어때요. 다른 팀들도 한참 걸릴 텐데."

둘이서 카트를 밀고 마트를 돌아다니니 유화는 마치 데이트라도 하는 기분이었다.

'아니, 이건 신혼부부들이 하는 장보기 같잖아? 히힛. 신난다.'

혼자 망상에 빠져 해벌쭉 웃는 유화를 보자 태랑도 기분이 좋아졌다.

"뭐가 그렇게 좋아?"

"그냥 뭐. 수현이랑 비슷한 거예요. 마트에 있는 물건을 원하는 만큼 쓸어 담는 거, 누구나 한 번씩 꿈꾸는 거잖아요."

"하긴 그렇긴 해. 어, 속옷 코너다. 여기 좀 멈추자."

"네."

태랑은 남성용 팬티를 사이즈별로 싹 쓸어 담았다. 유화는 태랑의 눈치를 보며 브래지어를 챙겼다.

'은숙이 언니 사이즌 이런 매장에선 찾기 힘드네. 슬아는 B니까 이걸로 하고… 하아. 거의다 내꺼구나. 역시 대한민국 평균이란 건가. 이걸 좋아해야 하는 거야 슬퍼해야 하는 거야?'

유화가 A컵 사이즈 브래지어를 들고 한숨을 내쉬는데 남자 속옷을 모두 챙긴 태랑이 불쑥 나타났다.

"다 담았어?"

"헉!"

유화가 황급히 브래지어를 뒤로 감췄다.

"뭐, 뭐에요! 실례잖아요!"

"응? 입던 것도 아닌데 왜 그래?"

태랑의 말에 유화는 과민하게 반응한 걸 깨닫고 들고 있던 브래지어를 바닥에 집어 던졌다.

"여, 역시 이건 너무 작겠지? 하하."

"그거 담으려던 거 아니었어?"

"무슨 소리에요! A컵은 꽉 껴서 불편하단 말이에요. 저를 뭘로 보구."

"난 니꺼라고 안 했는데…."

태랑의 말에 유화는 얼굴이 빨개져서 카트를 밀고 휑하니 가버렸다. 태랑은 떨어진 브래지어를 집어 들고 뒤따라갔다.

"야, 이거 넣어야지."

"아 몰라! 오빠 진짜 바보야!"

태랑은 머쓱해져 뒤통수를 긁적였다.

"거참, 변덕이 죽 끓듯 하는 구나 쟤도. 기분이 좋았다가 갑자기 삐지다니. 종잡을 수가 없네."

연애감정이 무딘 태랑은 유화가 부끄러워하는 이유를 이해하질 못했다. 그러던 그가 마네킹에 입혀진 하얀 원피스를 보고 멈추었다.

'이건 유화가 입으면 참 예쁘겠다.'

태랑은 유화가 원피스를 입은 모습을 상상했다. 그 옆에는 정장을 입은 태랑이 서있었다. 그가 멋쩍게 웃었다.

"아이고, 내가 뭔 생각이야. 지금은 그럴 여유가 없잖아."

태랑은 멀어지는 유화를 뒤따르며 생각했다.

언젠가 분명, 이렇게 멋지고 예쁜 옷을 입고 그녀와 함께할 순간이 오리라고.

❖ ❖ ❖

1시간 뒤.

각각의 카트를 가득 채운 일행이 마트 입구로 모였다.

"신선제품은 다 썩어 빠졌는데, 다행히 냉동은 살아있더라. 그래서 냉동삼겹살 좀 챙겼어. 오늘 저녁은 오랜만에 고기 파티야."

"와! 진짜요? 근데 기지까지 가는데 시간 좀 걸릴 텐데 녹아 버리진 않을까요?"

"당연히 아이스박스 넣었지. 가는 데는 문제없어. 쌀이랑 찬거리도 두어 달 분은 될 거야."

"식량은 그만하면 충분하고, 민준이는?"

"우린 무기로 쓸 것을 담았어. 다마스커스 강(鋼)으로 만든 식칼이랑, 알류미늄 배트, 그리고 못이랑 자전거 체인도."

"나가 또 뚝딱뚝딱 해서 연장 만들어 줄랑께 기대해라잉."

태랑은 수현의 카트에 담긴 물건을 보고 물었다.

"저건 뭐야?"

"GPS 수신기요?"

"아니 그 밑에."

"아, 외장하드에요. 나중에 자료를 옮길 때 필요할 것 같아서. 노트북도 몇 대 챙겼어요."

"관리 잘해. 이번엔 해킹 안 당하게."

"당연하죠. 이제 무조건 랜선 뽑고 쓸 거예요."

각각 맡은 품목의 쇼핑을 마치고 나니 어느덧 오후였다.

태랑이 손목에 찬 스포츠 시계를 보며 말했다.

"벌써 시간이 이렇게 됐네. 얼른 출발해야겠다. 다들 카트에서 떨어져봐."

카트를 정렬 시키고 물러서자 태랑이 그 자리로 해골병사 4마리와 좀비들개 두 마리를 소환했다. 불쑥 솟아난 해골들이 장보기라도 할 것처럼 카트 손잡이를 잡고 섰다. 정찰 명령을 받은 좀비들개는 일행을 앞질러 좌우로 갈라졌다.

"기지까지 운반은 이제부터 내 해골들이 맡을 거야. 계단 있는 곳에서만 도와주면 돼."

"아따, 쫄따구들이 많응께 확실히 편하구만."

해골들이 카트를 밀며 뒤따르는 장면은 퍽 신기한 장면이었다. 해골 병사를 오랜만에 다시 본 민준이 태랑에게 물었다.

"그때 거미여왕 때 봤을 때하곤 좀 달라진 것 같은데? 갑옷도 입고 있는데다 뼈마디도 더 두꺼워 진 것 같아. 눈빛도 좀 진하고."

"너랑 만났을 땐 2레벨이었거든. 지금은 3레벨이야. 레벨업이 될수록 숫자도 늘지만 방어구랑 무기도 같이 진화해."

"이야, 그럼 키우는 맛이 있겠는데? 혹시 말귀도 알아들어?"

"아니. 지성은 없어. 시키는 대로만 움직여. 가까이 있으면 통제력이 커져 정밀한 동작도 가능하지만, 일정 거리 이상으로 멀어지면 통제력을 잃어버려."

"그럼 항상 전장에 붙어 있을 수밖에 없겠구나. 좀 위험하지 않을까?"

"그럴까봐 호위무사를 두고 있지."

"호위무사?"

"슬아 말이야."

조용히 듣고 있던 슬아가 고개를 돌려 태랑을 바라보았다. 그녀는 알 듯 모를 듯, 희미한 미소만 짓고 있었다.

"슬아는 나를 지키는 검이야. 필요할 때 적의 급소를 찌르는 비수이기도 하고."

"오빤 내가 지켜 줄게요, 나도 능력 되는데…."

유화가 볼 맨 목소리로 투덜거렸다. 태랑이 자꾸 슬아와 엮이는 것이 못마땅한 그녀였다.

"유화 넌 나만 지키기엔 가진 능력이 아깝잖아. 한모 형이나 민준도 마찬가지야. 근접 전사들은 전방에서 싸워주는 게 클랜의 전투력을 극대화하는 방법이야. 슬아는 일대일에 특화되어 있으니 필요시에만 후진입 하는 편이 낫고."

"그렇군. 무척 전략적인 포메이션인데?"

민준이 감탄했다.

"어쩌다 보니 우리 조합이 참 좋아. 수현이랑 은숙이가 원거리 딜러로 뒤에서 백업도 가능하니까. 여기에 힐러나 버퍼만 있으면 딱 완전첸데….”

“그때 그 힐러 받아주는 건 어땠을까?”

“강아현? 솔직히 솔깃했지. 우리에게 딱 필요한 멤버였으니까. 하지만 너도 알다시피 내 비밀은 믿을 만한 사람하고만 공유해야 돼. 그렇게 쉽게 배신하는 사람이라면 너무 위험부담이 커. 언제 또 다른 클랜에 다 불어 버릴지 모르잖아.”

“하긴 그렇긴 하네.”

태랑이 한참 민준과 대화를 나누며 가고 있는데 좀비들개 한 마리와 연결이 끊긴 것이 느껴졌다. 포스를 공유하는 소환자는 소환수가 강제 귀환되는 것을 본능적으로 느낄 수 있었다.

“전원 정지. 전방에 적 출현이다.”

“어디?”

“왼쪽에 있는 좀비들개가 공격을 받았어.”

“몬스터인가?”

“일단 카트 한쪽에 세울게. 슬아야, 위로 올라가서 확인 좀 해볼래?”

“네.”

슬아가 지면을 박차고 솟아오르자 순식간에 건물 3층 높이까지 다다랐다. 그녀는 마트에서 챙긴 단망경을 꺼내 태랑이 가리킨 방향을 지향했다. 좀비들개가 종적을 감춘 곳을 한참 내다보던 슬아가 다시 지상으로 내려왔다.

"건물들 때문에 잘 안보여요. 죄송해요."

"아니야. 여긴 도심 한복판이니… 근처에 지하철역이 있었나?"

"저희가 온 방향 말고 반대편 1km 근방에 하나요."

GPS 수신기로 위치를 확인한 수현이 대답했다.

'지하철에서 올라온 괴물들일까?'

태랑은 보이지 않는 적을 우회하여 돌아갈지 아니면 사냥을 하고 갈지 고민했다. 지금의 멤버라면 F급까지도 해볼 만하다. 힐러는 없지만 설혹 큰 부상을 입어도 포션으로 때울 수 있다. 잘하면 레벨링과 아티펙트를 얻을 수 있는 기회.

태랑은 일행을 한데 모았다.

"잡고 가자. 내 좀비들개를 한순간에 지운 걸 보면 최소 C급 넘어설 거야. 레벨링을 할 수 있는 기회야."

"흐흐, 난 찬성."

"저두요."

민준은 대답 없이 스르릉 검을 뽑았다. 일행의 동의를 확인한 태랑이 지시를 내렸다.

"일단 적을 확인 못한 상태니까 최대한 조심해서 접근하자."

"오케이."

태랑 일행은 최대한 발소리를 죽여 가며 접근했다. 건물의 모퉁이를 돌아서자 대로변에 몬스터들이 모여 있는 게 보였다.

"어, 저거 예전에 봤는데? 그 뭐랬지? 쌍두랑?"

은숙이 말했다.

"맞지 한모씨? 그때 지하철에서 도망쳤을 때 밖에서 사람들 잡아먹던 늑대같은 놈 말야."

"맞구마잉. 머리 두 개 달린 것이 확실하네."

"생각보다 많군. 근데 저놈들 뭘 먹고 있는 거지?"

다행히 쌍두랑은 건물을 등지고 멀리 떨어진 태랑일행을 발견하지 못한 상태였다. 태랑은 광각의 심안을 일으켜 안력을 돋았다. 순식간에 시야가 확 트이며 전체가 스캔 되었다.

"사람 시체다. 근데 이상해."

"뭐가?"

"절단면이 칼로 자른 것처럼 반듯하게 잘려 있어. 놈들이 뜯어 먹은 흔적이 아냐. 처음부터 토막 난 채 버려진 시체들이야."

"그게 무슨 소리야? 설마 누가 저기다 버려졌다는 거야? 대체 왜?"

태랑의 표정이 딱딱하게 굳었다.

몬스터 중에서도 칼 같은 발톱을 지녔거나 검을 들 놈들이라면 저런 상처가 가능하다. 그러나 몬스터라면 사람을 죽이고 버려두고 갔을 리 없다. 분명 사람 짓이었다.

"…사람 시체를 미끼로 썼군."

"뭐? 진짜?"

그때였다. 토막 난 시체를 주워 먹느라 정신이 팔린 쌍두랑에게 화살비가 쏟아져 내렸다.

태랑 일행이 숨은 반대편에서 날아온 화살이었다.

4. 서리 마녀

포식의
군주

4. 서리 마녀

쏟아지는 각도로 보아 화살은 건물 위에서 발사되는 것으로 보였다. 마치 성벽 위를 지키며 공성중인 적을 향해 갈기는 것처럼, 중력에 힘입은 화살이 쌍두랑의 머리위로 가차 없이 퍼부어졌다.

퍼버버벅-

"크르르르!"

불시에 기습을 당한 쌍두랑은 두 개의 머리를 좌우로 두리번거리며 발사점을 찾았다. 때마침 날아온 화살이 탐색 중이던 쌍두랑의 눈알에 박혔다. 눈에 꽂힌 화살은 머릿속 깊이 파고들어 뇌를 헤집었다. 놈이 곧 혀를 내밀고 축 늘어졌지만, 그 덕에 나머지 다른 머리가 화살의 시발점을 찾을 수 있었다.

놈은 축 쳐진 머리를 덜렁거리며 건물을 향해 거침없이 돌진해 갔다. 한 놈이 선두에 나서자 나머지도 뒤따랐다. 총탄처럼 달려 나가는 쌍두랑의 폭발적인 주력은 치타의 그것을 떠올리게 했다.

쌍두랑이 빠르게 거리를 좁혀가는 와중에도 화살세례는 멈추지 않았다. 그러나 온몸 전체에 주렁주렁 화살을 매단 채 달려오는 쌍두랑의 모습은 오금이 저릴 정도로 무시무시했다.

'저런 화살만 가지고 쌍두랑을 저지할 수 있다고 믿는 건가? 놈은 머리 하나 쯤 날아가도 아랑곳 안할 만큼 끈질기다고.'

태랑은 건물 위에서 화살을 날리던 헌터들이 곧 위기에 처하리라 확신했다.

'C급 몬스터를 너무 쉽게 본 거 같은데…'

그러나 쌍두랑이 건물 입구까지 진입했을 때, 갑자기 발밑에서 불기둥이 치솟았다.

화르륵!

불기둥은 달려오던 쌍두랑을 한순간에 집어 삼키며 놈을 새까맣게 태워 버렸다. 놀란 무리가 사방팔방 흩어지는데, 발길이 닫는 곳마다 불규칙적으로 불기둥이 솟구쳐 올랐다.

"깨개갱!"

둘레가 한아름을 될 법한 거대한 불기둥은 쌍두랑에게
치명적인 타격을 입혔다. 태랑은 보는 순간 대번에 무슨 스
킬인지 알아챘다.

'파이어 마인(Fire Mine)?'

건물 입구 주변으로 화염계 마법의 종류인 파이어 마인
이 깔려 있던 것이다. 화염 지뢰 마법은 매설 지대를 밟는
순간 반응하여 불기둥이 치솟는 기술이었다.

파이어 마인의 피격에도 살아남은 쌍두랑을 향해 건물
입구에서 헌터들이 쏟아져 나왔다. 근접 무기를 든 다른 헌
터와 달리 무리의 가운데 있던 여자는 한손에 석궁을 들고
있었다.

"멍청한 똥개들 같으니. 차크라는 잘 먹겠다."

푸슉—

순식간에 남은 쌍두랑이 모두 정리되었다. 태랑은 C급
몬스터 무리를 한순간에 제압해낸 그들의 전술에 무척 놀
랐다.

'저런 실력자들이 있었나…'

옆에서 훔쳐보던 다른 사람도 놀라긴 마찬가지.

"저것들 대갈빡 좀 굴리는 구마잉."

"태랑, 어떡해? 지금 나가?"

쌍두랑을 정리하고 전리품을 챙기는 놈들을 보며 태랑이
생각했다.

'솜씨는 빼어나지만, 어쨌든 사람 시체를 미끼로 쓰는

놈들이야. 맨이터라면 살려 둬선 안 돼.'

태랑은 결심을 마쳤다. 놈들이 C급 몬스터 대여섯 마리
를 해치운 실력자라 한들, 세이버 클랜에 견줄 바는 아니었
다.

"어이 거기!"

태랑이 모습을 드러내자 놈들이 시선이 일제히 쏠렸
다.

아이템을 챙기던 놈들은 갑자기 등장한 태랑 일행을 보
고 경계하는 태도를 취했다. 특히 석궁을 들고 있던 여자는
리더 인 듯 대표로 나서며 말했다.

"너희들은 뭐야? 애석하지만 사냥은 끝났어. 콩고물이라
도 기대한다면 오산이야. 이건 순전히 우리가 유인해서 잡
은 거니까."

"그딴 건 관심 없다. 네놈들 사람 시체를 미끼로 쓴 거
냐?"

태랑의 표정은 강한 분노를 드러내고 있었다. 말아 쥔 손
이 부들부들 떨릴 정도였다. 석궁을 쥔 여자 헌터가 대답했
다.

"그게 뭐 어째서?"

"설마 사람을 죽인 건가?"

그제야 태랑의 의도를 깨달은 여자 헌터가 허리에 손을
얹고 코웃음 쳤다.

"아항. 뭔가 오해한 모양이군. 이봐, 불청객씨. 우리가

미끼로 사람 시체를 가져다 쓴 건 사실이지만 우린 맨이터가 아니야. 보시다시피 매우 건전한 클랜이라고."

"오해?"

"그래. 근데 내가 왜 이런 것까지 너한테 구구절절 설명해야 되는 건데? 어디서 굴러왔는지 모르겠지만, 볼일 끝났으면 갈길 가. 자꾸 귀찮게 하면 더 안 봐줘."

여자는 피식 웃으면서 꺼지라는 손짓을 했다.

그 모습을 본 한모가 분을 참지 못했다.

"이 씨부럴 년이 말하는 싸가지 보소?"

한모가 쇠파이프를 들고 나서자 갑자기 위에서 화살이 한발 날아와 그의 발 앞으로 꽂혔다.

푹—

건물 위에 아직 궁수들이 남아있었던 것이다. 한모가 움찔 물러서자 여자 헌터가 깔깔 웃었다.

"다음에는 경고 정도로 안 끝날 거야. 입에 걸레 문 아저씨, 조심해."

"뭐여? 요 쌍년이 확 그냥!"

사태가 커지는 걸 막기 위해 민준이 뒤에서 그를 만류했다.

"형님, 일단 사정을 좀 들어보는 게 좋을 것 같습니다."

태랑은 안력을 돋아 건물 위에서 시위를 당기는 헌터들을 확인했다.

'모두 10명 정돈가. 보기보다 치밀한 성격이군. 뒷정리가 다 끝날 때까지 궁수들을 물리지 않았어.'

태랑은 옆에 있던 은숙에게 눈짓했다. 필요하면 언제든 베리어를 치라는 말이었다. 태랑의 의도를 알아차린 은숙이 고개를 끄덕였다. 태랑이 다시 소리쳤다.

"얼렁뚱땅 말 돌리지 말고 맨이터가 아니라는 증거를 대."

태랑이 쉽게 물러설 기미를 안보이자 석궁을 든 여자 헌터도 더 이상 그를 무시할 수 없었다.

"우린 아쳐스 클랜이다. 나는 클랜 마스터 곽시은. '속사의 쇠뇌'로 증명하면 되겠어?"

시은이 들고 있던 석궁을 내밀었다. 태랑이 감식하자 곧바로 정보가 떴다.

[속사의 쇠뇌] 3등급 아티펙트

−재장전이 필요 없는 마법의 석궁

+넉백 효과를 주어 상대를 물러서게 함.

+포스 12% 상승효과.

+20%의 확률로 '관통' 특성이 발현되어 화살이 상대를 뚫고 나간다.

수현이 태랑의 귀에 대고 속삭였다.

"들어본 적 있어요. 아쳐스, 강동구에선 제법 유명한

클랜이예요. 저 아티펙트도 마스터가 들고 다닌다는 무기 맞아요. 맨이터라는 소문은 없었어요."

수현의 설명을 들은 태랑은, 다시 곽시은에게 물었다.

"그럼 시체는 어디서 난 거지?"

"거 듣자듣자 하니 도가 지나. 치구만? 니들 뭐야? 경찰이라도 돼? 어디서 시건방지게 취조를 하고 있어?"

곽시은 옆에서 팔짱을 끼고 있던 덩치가 목을 좌우로 꺾으며 걸어 나왔다. 상당한 등빨을 자랑하는 한모보다 더 목이 두꺼운 사내였다. 나시를 입어 드러난 오른쪽 어깨에는 태극기 문신이 그려져 있었다.

"어? 나 저 사람 티비에서 봤는데? UFC 파이터 노윤기?"

유화가 아는 체를 했다.

그 사이 윤기가 태랑 일행 앞으로 바짝 다가왔다. 그의 주먹에는 쇠로 된 너클이 끼어져 있었다.

너클은 바깥으로 돌기 같은 가시가 튀어나와 그 자체가 흉기나 다름없었다. 그는 너클을 끼운 주먹을 쥐락펴락하며 공포감을 조성했다. 그것이 한모를 자극했다.

"뭐시여 시방? 한번 해보자고?"

한모가 지지 않고 맞섰다.

두 사람은 계체량을 마친 파이터가 눈싸움을 벌이듯 바짝 다가섰다. 이마가 맞닿을 만큼 가까운 거리. 윤기의 키가 한 뼘 정도 컸기에 위에서 짓누르는 느낌이 있었지만,

독기가 오른 한모 역시 한 치도 물러서지 않았다.

두 명의 파이터가 신경전을 벌이자 순식간에 분위기가 험악해졌다. 민준은 밑으로 향하던 검 끝을 세웠고, 슬아 역시 단검을 역수로 쥐며 가슴위로 들어 올렸다. 그 모습에 아쳐스 클랜의 헌터들도 제각기 무기를 뽑았다.

가장 압권은 클랜의 마법사들이었다. 수현이 오른손에 번개창을 일으키자, 파이어 마인을 매설한 아쳐스의 화염 마법사도 머리위로 3개의 화염구를 띄운 것이다. 핸드볼 공 크기의 화염구가 트라이앵글 모양으로 위협적인 공전을 시작했다.

건물에 배치된 활잡이들이 시위를 당겨 조준하자, 태랑이 발밑에서 해골 방패병을 소환했다. 검은 동공을 번뜩이는 해골들이 솟아오르자 아쳐스의 마스터 곽시은은 자기도 모르게 반사적으로 석궁을 세워 들었다.

일촉즉발의 위기.

금방이라도 터질 것 같은 폭탄을 곁에 둔 것처럼 분위기가 과열되었다.

태랑이 다시 또박또박 물었다.

"시체가 어디서 났는지 확실히 말해."

"거부한다면?"

"나는 맨이터를 경멸한다. 너희들이 비정상적인 방법으로 무고한 시민을 죽여 미끼삼은 것이라면, 절대 가만두지 않겠어."

태랑의 눈빛이 이글거렸다. 시은은 재빨리 형세를 판단했다.

비록 상대의 숫자는 일곱에 불과했지만, 하나같이 범상치 않는 자들이었다. 싸운다 한들 승리를 장담할 수 없었고, 굳이 불필요한 오해 때문에 피를 보고 싶지 않았다.

결국 그녀는 미간을 찡그리며 명령했다.

"···다들 물러서."

마스터의 지시에 건물에 있던 활잡이들이 화살을 거뒀다. 화염마법사의 머리 위를 돌아가던 3개의 화염구도 사라졌고, 한모와 눈싸움을 벌이던 윤기 역시 한 발짝 물러섰다. 마스터의 장악력을 엿볼 수 있는 부분이었다.

상대편이 한 발 빼는 모양새를 취하자 태랑 쪽 일행들 역시 대치를 풀었다. 시은이 어깨를 으쓱거리며 말했다.

"거참, 꽉 막힌 사람이네. 분명히 말해두지만 이건 너희들이 오해한 거야."

"대답이나 해."

"저 해골들부터 치워. 쳐다보는 눈빛이 기분 나쁘다구."

화살공격을 막기 위해 전진배치 된 해골병사들이 스르륵 좌우로 물러났다. 그녀가 입을 열었다.

"시체들은 우연히 발견 한 거야. 몬스터가 먹잇감으로 숨겨 뒀나봐."

"뭐라고? 몬스터라면 진작 잡아먹었겠지. 거짓말 마."

"정말이야."

"내가 봤을 땐 시체의 상태가 부패도 되지 않을 만큼 멀쩡했어. 설사 너희들 말이 맞다 쳐도 그건 어떻게 설명할 거지?"

"그건… 시체들이 얼음안에 갇혀 있었기 때문이야."

"얼음?"

"그래. 우연히 던전을 터는 데 꽁꽁 언 얼음덩어리 안에 시체들이 들어 있었어. 석빙고처럼 온도가 낮은 곳이라 얼음이 녹지 않은 체였지. 시체를 미끼로 썼다고 우릴 비난할 생각이라면 집어치워. 죽은 사람은 죽은 거고, 산 사람이라도 살아야지."

태랑은 얼음에 갇힌 시체를 듣는 순간 다른 말은 들리지 않았다. 그의 직감이 굉장히 불길한 느낌을 전하고 있었다.

"잠깐, 너희들이 시체를 발견한 데가 어디야?"

"저쪽에 있는 던전."

그녀가 가리킨 곳은 수현이 1Km 쯤 떨어져있다고 말한 지하철역이었다.

"던전 안에 뭐가 있었지?"

"몰라. 우린 1층만 털고 나왔으니까. 던전 보스에 대한 정보가 부족한 상태라 더 이상 진행할 수 없었어."

태랑의 표정이 더욱 심각해졌다.

그가 알기론 사람을 얼음 감옥에 넣어 두는 괴물은 '서리마녀'가 유일했다.

뱀의 하체의 여성형의 상반신을 가진 마녀는, 지옥의 군단병이라 불리는 리퍼를 하수인 삼는 F등급 몬스터였다. 본체 자체도 괴물이지만, B등급 몬스터 리퍼 역시 만만치 않은 상대.

만약 이들이 던전에서 가져온 시체가 서리마녀의 '식량'이 확실 하다면 그것은 엄청난 문제였다. 서리마녀는 자신의 식량을 건드린 놈들을 결코 용서하지 않기 때문이다.

"…벌통을 건드렸군, 너희들."

"뭐라고?"

"사람 시체를 미끼로 쓴 죗값은 톡톡히 받게 될 거다."

'이놈들과 있다간 서리마녀의 공격 받을 거야. 어서 발을 빼자.'

태랑이 그렇게 말하며 돌아선 순간이었다.

갑자기 그의 광각의 심안으로 엄청난 규모의 몬스터가 감지되었다. 적어도 일백이 넘는 병력들이 이쪽으로 몰려오고 있었다.

"젠장! 하필 이 타이밍에! 다들 전투 준비해! 리퍼 군단이 몰려온다!"

"무슨 소리야? 몬스터라니?"

"우, 우악! 저, 저기!"

누군가 가리킨 방향으로 먼지가 피어올랐다. 붉은 색 악마들이 성난 물소 때처럼 쇄도하고 있었다.

이마에 황소 뿔을 단 괴물은 손에 트라이던트라 불리는 삼지창을 들고 있었다. 등뒤로 화살표 같은 꼬리를 말아 올린 B등급 몬스터 리퍼였다.

"적이 너무 많아!"

태랑은 물러서기엔 늦었다고 판단하고 급하게 시은에게 말했다.

"일단은 협공하자. 따로 싸워서 해치울 수 있는 상대가 아니야!"

"알았어. 아쳐스! 궁술 대형!"

시은의 명령에 건물 위에 배치된 궁병 들이 시위를 멀리 겨누었다. 아쳐스의 근접 헌터들이 전면에 나서자 태랑도 일행들에게 말했다.

"적의 숫자가 너무 많아. 같이 싸워야 돼."

"니미럴, 지금 저놈들하고 연합하자고?"

"한모 형! 지금 그런 거 따질 형편이 아니에요! 민준이랑 유화도 같이!"

다들 불만어린 표정이었지만, 눈앞까지 당도한 붉은색 악마를 보는 순간 앞뒤 잴 겨를이 없었다.

어쨌든 이쪽은 인간이고, 적들은 몬스터.

상대에 대한 본능적인 적의는 당장의 불편을 상쇄할 만큼 컸다.

태랑 역시 모든 소환수를 총동원하여 전방으로 내보냈다. 아쳐스의 화살공격을 시작으로 치열한 육탄전이 전개되었다. 각 클랜의 근접 전사들은 좁은 길목을 틀어막으며 포위당하지 않도록 맞섰다.

태랑의 소환수를 보탰음에도 숫적인 열세는 자명했다. 태랑은 삼지창을 든 리퍼와 싸우는 중에도 광각의 심안으로 리퍼 군단의 후방을 주시했다.

'리퍼는 서리마녀의 하수인들, 분명히 어딘가에 F급 몬스터가 있다. 놈을 찾아야 돼.'

생각지도 않던 F급 몬스터와의 교전이 모두를 흥분시켰다.

두 클랜의 연합군과 서리마녀의 군단이 잡탕처럼 어우러졌다.

몬스터는 크게 두 종류로 나눌 수 있다.

야생의 짐승에 비유하면 호랑이과 타입, 사자과 타입이다.

호랑이과에 속하는 몬스터는 대게 독립적으로 활동한다.

개개의 무력이 강력한 편이며 혼자서 사냥감을 독차지하는 욕심쟁이들이다. 흑갑룡 같은 경우가 대표적으로 각개

로 움직이므로 운신의 폭이 넓고, 주로 기습을 통해 일거에
상대를 제압하는 사냥 방식을 취한다.

반면 사자과 몬스터는 집단사냥을 즐긴다.

무리에 리더가 있으며, 리더의 명령에 따라 조직적으로 행
동한다. 오크나 리져드맨같은 하급 몬스터에서 주로 보이는
유형이지만, 소환수를 부리는 몬스터들도 이런 타입에 속한
다. 개개의 무력은 다소 떨어져도, 응집된 힘을 활용해 상대
를 전면에서 압박하는 스타일이다.

그런 사자과 몬스터 중에서도 가장 강력한 종류는 '군단
지휘자' 타입. 이들은 기본적인 특성에서 통솔력에 보정 받
으며 노련한 장수처럼 백병전을 이끈다.

단순하게 숫적 우위로만 몰아 부치는 게 아니라 인간처
럼 전술적으로 사고하고 판단하는 것이다.

F급 몬스터 '서리마녀'는 전형적인 '군단 지휘자' 타입
이었다. 본인의 강력한 능력도 능력이지만, 악마군단 리퍼
를 수족처럼 부리며 전투력을 극대화 시키는 몬스터.

이런 대규모 '몬스터 군단'의 존재는 분산된 헌터들의
결집을 이끌어냈고, '군주'라 불리는 강력한 길드집단을
형성시킨 결정적인 계기로 작용했다.

태랑 역시 이 사실을 잘 알고 있었다.

'제길, 그래서 되도록이면 지휘관 타입만은 피하려고 했
건만….'

아무리 날고 기는 헌터라도 다수를 상대하는 대는 한계가

있다. 물론 네크로맨서처럼 소환사 계열은 잘만 성장하면 '1인 군단'까지 이를 수 있다지만, 그것은 어디까지나 먼 훗날의 일이었다.

태랑의 판단으로는 100여 명이 넘는 병력을 통솔하는 지휘 몬스터와의 일전은 아직 시기상조였다. 그러나 아쳐스 클랜이 우연히 놈들을 도발하는 바람에 의도치 않은 싸움에 휘말려 버린 셈이었다.

'…아냐. 좋게 생각하자. 어쩌면 지금이 서리마녀를 해치울 절호의 기회일지도 몰라.'

현재 세이버 클랜 멤버는 모두 일곱.

태랑의 소환수까지 더하면 거진 서른에 가까운 병력이다. 이 숫자만 가지고 100여명의 리퍼군단과 '서리마녀'를 상대하긴 무리다. 하지만 지금은 아쳐스 클랜이 합류한 상태였다.

광각의 심안으로 파악한 아쳐스 클랜의 숫자는 스무 명.

이들은 열한 명의 궁수와 화염계 마법사 하나, 그리고 여덟 명의 근접전사로 이루어져 있다.

도합 50 vs 100의 싸움.

두 배 차이로 숫자에서 밀리긴 하지만, 이정도면 아주 못해 볼 정도는 아니다. 특히 지형의 배치가 병목처럼 좁아지는 길목을 점한 상태라 수비 측에 많이 유리했다. 건물 위에서는 펼쳐지는 궁수들의 지원사격은 큰 힘이 될 것이다.

'두 배의 병력이면 해볼 만한 해. 서리마녀만 조심한다면 충분히 승산이 있을거야.'

태랑은 넓은 전장 전체에 광각의 심안을 풀로 가동하느라 머리가 어질어질 했다.

해당 특성은 인간의 뇌로 감당하기 힘들 만큼 많은 정보를 한꺼번에 유입시켜 과부하를 초래하는 부작용이 있었다. 결국 태랑은 휴식을 위해 잠시간 광각의 심안을 차단했다.

시야가 다시 평소처럼 좁아지면서 전방을 뚫고 들어오는 리퍼 한 마리가 눈에 들어왔다. 두터운 가슴근육을 자랑하는 놈은, 거대한 포크 같은 삼지창을 휘둘러 아쳐스의 근접전사 하나를 찍어 눌렀다.

푹-!

가슴팍에 꿰뚫린 헌터는 그대로 꼬챙이에 꽂혀 들어 올려졌다. 한손으로 70kg가 넘는 사람을 들어 올린 괴물은, 바둥거리는 헌터의 팔을 물어뜯었다. 산채로 씹어 먹는 것이었다.

"저리 가! 악마 같은 놈!"

아쳐스의 마스터 곽시은이 석궁을 조준해 날렸다. 자동 장전된 마력의 화살이 리퍼의 옆구리에 깊숙이 박혔다. 리퍼는 주춤거리긴 했지만 식인행위를 멈추지 않았다.

"그만두라고!"

곽시은이 앞구르기로 거리를 좁힌 뒤 앉아쏴 자세로 다

시 석궁을 날렸다. 가까워진 거리만큼 조준률을 끌어올린 그녀의 쿼렐이 정확하게 리퍼의 머리통을 향했다.

제아무리 B급 몬스터라도 머리를 맞으면 한방에 죽을 것이라는 판단이었다. 그러나 리퍼는 만만치 않은 괴수였다.

놈은 삼지창을 휘둘러 꼬챙이에 매달려있던 헌터를 방패삼았다. 그녀의 석궁이 이미 절명한 헌터의 등판에 꽂혔다.

"아차!"

아군을 향해 화살을 쏘았다는 죄책감에 시은의 몸이 얼어붙었다. 그 순간 리퍼가 삼지창을 흔들어 헌터를 털어내더니 시은에게 달려왔다.

당황한 시은이 아무렇게나 휘갈긴 쿼렐이 러퍼의 옆을 스치고 지나갔다. 마지막 한발을 허무하게 허공을 갈랐다. 시은이 눈을 감았다. 그 순간 태랑이 둘 사이에 뛰어들었다.

"어디서 감히!"

태랑은 소환수를 모두 전방에 투입한 상태였기 때문에 직접 나설 수밖에 없었다. 그의 양창날이 삼지창 날을 가로막으며 공격을 차단했다.

챙-!

"뒤로 물러서!"

태랑이 주저앉은 곽시은을 돌아보며 소리치는데 무기

가 겹친 리퍼가 힘을 주어 삼지창을 비틀었다. 그 바람에 삼지창 날 사이에 낀 태랑의 양날창 날이 뚝 부러지고 말았다.

"잔재주 부리지 마라!"

다행히 양날 창의 날은 두 개.

태랑은 그대로 리퍼의 품속으로 파고들더니 아래쪽 창날을 휘둘렀다. 밑에서 올려친 그의 공격이 방심한 리퍼의 가슴팍에 깊은 상처를 냈다.

"켁!"

붉은 리퍼의 몸에서 새까맣고 걸죽한 피가 흘러 나왔다. 흥분한 리퍼가 두 손으로 삼지창의 창대를 붙잡고 머리위로 들어 올리는데, 뒤에서 쿼렐이 날아와 뿔 사이의 이마를 꿰뚫었다.

푹―!

정신을 차린 시은이 석궁을 쏜 것이었다. 쿼렐을 정통으로 맞은 리퍼가 풀썩 쓰러졌다.

"이, 이제 주고받은 거야!"

"뭘?"

"구해준 목숨 값!"

태랑은 갑자기 빼액― 소리치는 곽시은을 보고 어이없는 표정을 지었다. 분명 방금 전 상황은 전혀 위험하지 않았던 것이다.

'…자존심이 센 편이군.'

"성벽 위에 궁수들에게 리퍼의 장궁병을 조심하라고 알려!"

"뭐라고?"

"놈들 중에 거대한 화살을 날리는 놈들이 있어. 그걸 조심해야 돼."

"네가 그걸 어떻게 알아?"

"잔말 말고 일단 알려!"

그러나 태랑이 말이 끝나기도 전에 벌써 장궁병의 공격이 시작되었다.

리퍼 군단의 구성은 크게 삼지창을 든 리퍼 전사, 그리고 거대한 마울을 든 리퍼 돌격병, 마지막으로 영국식 롱보우를 든 리퍼 장궁병으로 구성되어 있었다.

태랑의 예상대로 건물 위에서 화살을 날리는 아쳐스의 헌터들 때문에 리퍼 전사들의 피해가 발생하자, 서리마녀가 장궁병을 운용해 맞대응 했다.

리퍼의 장궁은 활대 길이가 사람 키만한 거대한 무기로, 화살 역시 어머어마 했다. 과장해서 말하면 대들보를 날려대는 것 같았다.

콰광-!

거대한 화살이 건물 위로 날아가더니 엄폐물로 삼고 있던 벽면을 무너뜨렸다.

"으아악!"

부서진 파편에 맞은 헌터 하나가 난간에서 추락했다.

연이어 장궁병들의 화살이 재차 날아들자 아쳐스의 궁병들이 지원사격을 중단하고 건물 내로 물러섰다. 그 틈을 타고 리퍼 돌격병들이 돌진을 시작했다.

한모는 리퍼 전사를 상대로 고군분투하고 있었다.

지난번 좀비프린스 레이드에서 이탈된 이후, 본격적인 싸움을 치르는 건 오랜만이었으므로 온몸에 피가 끓었다.

"아따, 요 잡것들 보소. 허벌라게 몰려오는 구마잉!"

왼손엔 유화에게 빌려주었던 뼈의 상벽을 차고, 오른손에는 쇠파이프를 든 한모는 밀려드는 리퍼 전사들을 향해 거침없이 달려들었다.

"야이 새끼들아, 포크를 들었으믄 밥이나 처 먹으로 갈 것이제 뭐덜라고 여그 와서 지랄이여."

한모의 혼잣말에 옆에서 싸우고 있던 유화가 대꾸했다.

"근데 아저씨, 애들한테는 우리가 식량일 걸요?"

"아, 그냐? 감히 누굴 좆밥으로 보고 이 쌍놈새끼들이!"

한모가 맹렬한 파동을 시전하자 그의 쇠파이프에 얻어맞은 리퍼 전사가 뒤로 튕겨나갔다. 스킬에서 발휘된 넉백효과가 적들의 진형을 붕괴시키며 일순 혼란을 가져왔다.

이에 호흡을 맞추어 신속의 바람 오라를 켠 유화가 사방팔방날뛰며 칠보장법을 뿌렸다. 그녀의 장법에 얻어맞은 리퍼의 가슴팍에 손바닥 모양으로 음각이 패였다. 비틀대던 리퍼는 잠시 후 울컥- 검은 피를 토하더니 펑! 하면서 폭발했다.

2Lv로 상향되면서 추가된 칠보장법의 '시체폭발'의 효과.

근처에 있던 리퍼들은 수류탄이라도 터진 것처럼 파편을 뒤집어쓰고 나동그라졌다.

"보기보다 별 것 아닌데요?"

"아직 멀었어. 그나저나 자들도 제법 쌈 좀 하는디?"

맞은편에선 아쳐스의 근접 전사들이 리퍼를 상대하고 있었다.

특히 노윤기라 불리는 전 UFC의 파이터의 활약은 독보적이었다. 그는 몸통박치기를 이용해 볼링핀처럼 리퍼를 쓰러뜨렸다. 특히 돌진기를 이용하는 순간, 스톤스킨 스킬을 발휘하여 방어력을 끌어 올리는 타이밍이 일품이었다.

얼티메이트 태클로 상대에게 접근한 윤기는 손에 찬 너클을 이용해 화려한 타격기를 선보였다. 본래 종합격투기에 진출했을 때도 복싱기반에 그라운드 기술을 익혔던 터라, 거리를 재고치고 들어가는 솜씨가 제법 매서운 데가 있었다.

'새끼, 입만 산건 아니었네. 그래도 저놈한테는 질 수 없지.'

한모는 정식으로 무술을 배운 적은 없지만, 타고난 신체조건과 특유의 배짱으로 거친 조직 세계에서 살아남았다.

킥복싱이니, 권투니 혹은 유도에 레슬링 선수 출신도 있었지만 결국 싸움의 승패를 결정한 것은 기술의 문제가 아니었다.

'각오다. 상대를 기필코 죽여 븐다는 각오.'

한모는 윤기의 활약을 의식하며 더욱 분투했다.

똑같이 주먹으로 먹고 사는 직업이었지만, 조폭과 이종격투기 선수의 평가는 극과 극이다.

누구는 옥타곤 안에서 화려한 스포트라이트를 받고, 누구는 어두운 밤거리에서 사람들의 손가락질을 감내해야 한다.

'…그란디 싸움마저 밀려 븐믄 가오 떨어지제.'

이종격투기가 보급되면서 한때 TV 프로그램에서 조폭 출신의 파이터가 현역 선수에게 두들겨 맞는 장면이 방영된 적이 있었다. 그 모습을 본 사람들은 '역시 제대로 싸움을 배운 사람한테, 조폭 따위는 상대가 안 된다.' 며 비웃었다.

한모는 그런 인식이 싫었다.

말만 무차별 격투지 사실상 제약이 많은 방식이었다. 급소가격도 안 되고 무기도 쓸 수 없다. 상대를 죽여서도 안 되고, 기습을 해도 안 된다.

그게 뭔가?

그가 생각하는 싸움이란 어떤 방식으로든 상대를 때려눕히는 일이다. 쓰러졌을 때 멈추는 게 아니라, 쓰러뜨린 후

두 번 다시 일어서지 못하게 밟아 버리는 일이다. 그들은 자신들에게 유리한 룰을 만들어 놓고, 조폭을 불러 우스갯거리로 만들었다.

그러나 이제 세상이 바뀌었다.

이기기 위해서만 싸워왔던 자들은, 살아남기 위해 싸운 자들을 이길 수 없다. 내일을 보고 사는 사람이 오늘만 보고 사는 사람에게 죽는 이유다.

"으아아압!"

한모가 무모하게 적진 한가운데 몸을 날렸다. 다소 무리해 보이는 공격.

"아저씨! 위험해!"

쾅-!

그러나 한모는 생각 없이 돌진한 게 아니었다. 리퍼 무리에 둘러싸이는 순간 그의 대지 격동 스킬이 전개 되었다. 순식간에 그를 둘러싼 리퍼 전사들이 스턴에 빠지며 해롱거렸다. 한모는 기회를 놓치지 않고 방패와 쇠파이프를 이용해 놈들을 사정없이 두들겼다. 눈을 찌르고 관절을 부러뜨리며 비겁한 공격도 마다하지 않았다.

그것이 그가 싸우는 방식이었다. 그것이 그가 살아온 방식이었다.

"오늘 좀 열심인데?"

그때 교착에 빠져있던 리퍼 전사들이 좌우로 갈라지더니 놈들보다 머리하나 더 큰 괴물이 튀어 나왔다. 머리에 달린 두 갈래 뿔이 유난히 커다란 놈이었다.

놈은 다른 리퍼와 달리 삼지창이 아닌 거대한 마울을 들고 있었다. 망치를 수십 배로 확대시켜놓은 것 같은 대형 무기에 근접 전사들이 긴장하기 시작했다.

"저 새끼 또 뭐야?"

한모가 자신 있게 덤벼보았지만 홈런 스윙처럼 휘두르는 망치를 얻어맞고 형편없이 튕겨나갔다. 다행히 방패로 방어했지만 한동안 다리가 후들 거릴만큼 무지막지한 파워였다.

"크헉!"

"아저씨! 괜찮아?"

"오메, 힘이 아조 장사여브네."

아쳐스 클랜의 전사들 역시 갑자기 등장한 리퍼 돌격병에 순식간에 수비벽이 무너졌다. 거대한 마울을 풍차처럼 휘두르며 돌진하는 놈들의 공격은, 황소의 돌진처럼 박력이 넘쳤다.

리퍼 돌격병의 숫자는 리퍼 전사에 비해 매우 적었지만 전투력만큼은 비할 바가 아니었다. 애초에 등급이 한 차원 높은 몬스터였다.

태랑의 소환수들은 모두 한쪽 귀퉁이를 틀어막고 있었기 때문에 몸을 뺄 여력이 없었다. 병력을 다른 곳으로 돌리면 그나마 버티고 있던 전선이 무너져 한순간에 말굽모양으로 포위되고 말 것이다.

아쳐스 궁수들의 지원사격이 끊기자 마침내 은숙이 나섰다. 그녀의 매직미사일이 새롭게 등장한 리퍼 돌격병을 향해 쏘아졌다.

"매직 미사일!"

픽-!

그러나 맷집이 워낙 단단한 놈이라 그런지 정통으로 들어간 마법에도 끄떡없었다. 오히려 화만 돋군 것인지 놈이 더욱 길길이 날뛰었다.

"안 되겠다. 수현이 네가 나서야겠어!"

"네 누나!"

은숙 옆에 있던 수현이 들고 있던 벼락창을 날렸다. 그의 벼락창이 빠르게 날아가며 리퍼 돌격병에 적중했다.

콰지직-!

리퍼 돌격병이 벼락을 맞고 움찔하는 사이, 민준이 득달같이 달려들어 놈에게 검을 날렸다. 오러 블레이드로 강화된 그의 검격에 리퍼 돌격병이 피를 뿜고 쓰러졌다.

반대편에서도 화염마법사가 날린 파이어 샷에 리퍼 돌격병의 몸이 불타올랐다. 불길에 휩싸인 놈은 난동을 피우다가 곽시은의 석궁에 맞고 쓰러졌다. 그녀는 원거리 공격력을 두 배로 올려주는 특성의 소유자로, 보통의 궁수들에 비해 강력한 위력을 발휘했다.

"좋아! 이대로 밀어부쳐!"

태랑이 흐름이 반전되는 것을 느끼며 역공을 명령했다.

아쳐스 클랜원 몇이 죽고, 스켈레톤들이 파괴되긴 했지만, 적들이 입은 피해에 비하면 미미한 수준이었다.

쓰러진 해골병사를 다시 일으켜 세운 태랑은 골렘을 선두로 하여 포위된 진형을 밀고 올라갔다.

좀비들개가 빠르게 적진을 휘젓는 사이 방패와 창으로 무장한 해골 병사가 대열을 맞추어 진격했다. 후방에선 해골궁수와 마법사들의 백업이 이어졌다.

'충분히 승산이 있다. 잘하면 F급 몬스터를 잡을 수 있겠어!'

전세가 역전되자 리퍼 전사들이 후퇴를 시작했다. 갑자기 등을 돌리고 달아나는 적을 보자, 근접 전사들이 흥이 올라 바짝 추격에 나섰다.

'이상하다? 아직 여력이 충분한데 왜 달아나지? 설마!'

"안 돼! 함정이다!"

태랑이 뒤늦게 소리쳤지만 이미 과녁을 바꾼 리퍼 장궁병들의 화살이 발사된 뒤였다. 놈들은 의도적으로 거리를 벌인 후 적당한 거리에서 원거리 공격을 퍼부은 것이었다. 자신들의 피해를 최소화하기 위한 전략적인 후퇴에 당하고 말았다.

하늘 위로 긴 포물선을 그리며 대형 화살들이 날아들었다. 그물망처럼 촘촘하게 펼쳐진 화살들은 전면에서 싸우던 근접 전사들을 노렸다.

은숙은 황급히 배리어를 준비했지만 스킬 특성상 한 사람

밖에 보호할 수 없었다. 그녀는 입술을 질끈 깨물더니 한모를 향해 베리어를 걸었다.

'다들 미안! 나로선 어쩔 수 없어!'

끔찍한 미래를 예감한 은숙이 눈을 감았다.

바로 그때, 검을 치켜 든 민준이 전방을 향해 크게 휘둘렀다.

"바람의 벽(Wall of Wind)!"

민준의 방어스킬, 바람의 벽이 펼쳐지자 포탄처럼 낙하하던 대형화살들이 공중에서 보이지 않는 벽에 충돌하며 사방으로 튕겨나갔다.

투둥-퉁 퉁-

'바람의 벽'은 물리 공격을 차단하는 커튼형 방어막 기술로 그가 보유한 세 번째 스킬이었다.

넓은 공간을 한꺼번에 커버하는 데 효율적이지만, 시전자의 전방으로만 펼칠 수 있다는 한계 때문에 한모를 구출할 당시엔 쓰지 못한 기술이기도 했다.

"대박, 다 막아냈어!"

"우아! 민준 오빠한테 저런 스킬이 있었어?"

민준의 스킬로 회심의 반격이 무위로 돌아가자, 리퍼 군단을 지휘하던 서리마녀가 노기를 떨치고 몸을 일으켰다. 허리 아래 푸른색 뱀 같은 몸체가 크게 꿀렁거렸다.

분노에 찬 서리마녀는 두 손을 옆으로 펼치더니 냉기를 일으켰다. 냉기는 드라이아이스를 상온에 노출시킨 것처럼 새하얀 수증기로 변하더니 급속도로 퍼져나갔다.

전장 전체가 짙은 안개로 뒤덮이기 시작했다.

"서리마녀의 스킬, 전장의 안개(Fog of War)다! 시야가 곧 좁아 질 거야, 흩어지지 말고 한 곳에 뭉쳐!"

발 빠른 태랑의 대처로 흩어져 있던 헌터들이 한 데 모였다. 잠시 후 서리마녀가 일으킨 안개 마법으로 인해 한 치 앞을 분간하기 힘들만큼 짙은 안개가 자욱이 가라앉았다.

"궁수들 보고 화살 함부로 쏘지 말라 전해! 잘못하면 우리 편을 맞춘다."

"알았어, 아쳐스! 사격 대기! 사격 대기! 시야를 확보하기 전까지 쏘지 마!"

"현 위치는 노출되서 위험해. 전원 우측으로 이동한다!"

어느새 연합의 주도권은 태랑이 완전히 장악한 상태.

그의 뛰어난 상황판단에 누구하나 감히 토다는 사람이 없었다. 태랑은 마치 적군에 대해 빠삭하게 아는 사람처럼 행동했고, 그것은 아쳐스 클랜에게 있어 그가 리퍼 군단과 싸워 본적 있는 노련한 헌터로 착각하게 만들었다.

태랑은 헌터들 전면으로 스켈레톤 병사를 배치했다. 혹시 모를 역습을 막기 위한 저지선의 개념. 그러나 안개는 양편 모두의 시계(視界)를 완전히 차단한 상태였으므로 상대측도 쉽사리 움직이지 못했다. 자연스레 전투가 소강상태에 이르렀다.

"다들 포스는 얼마 남았어?"

"아직 절반 정도?"

"난 최대한 아껴서 괜찮아."

"저두요."

태랑이 보니 주로 근접전을 수행한 위주로 포스가 떨어져 있었다.

"안개는 곧 사라질 거야. 그 순간 적 종심을 강행 돌파한다. 장기전으로 가면 숫자에서 밀리는 우리 쪽이 불리해."

"적 보스를 노리자는 거지?"

"알겠어요."

"민준이가 선두에서 길을 트고 슬아가 나를 엄호해. 나머지는 리퍼 병사들을 막아줘."

"잠깐, 나머지라니? 재미는 너네끼리 보고 우린 뒤치닥거리나 하란 말이야?"

곽시은이 반발했다. 태랑이 보니 아쳐스 멤버들 표정에 불만이 가득했다. 태랑은 그들의 태도가 아니꼬와 견딜 수 없었다.

"재미? 너 지금 이게 재미삼아 하는 걸로 보여? 정신 차려! 상대는 F급 몬스터야! 자신 있으면 너네가 보스를 맡던가!"

태랑이 역정을 내자 슬쩍 간을 보던 곽시은이 한발 물러섰다.

"그, 그렇게 화 낼 필요까진 없잖아."

"내가 지금 열 안 받게 생겼어? 너네가 불러들인 몬스터 때문에 사태가 이지경이 되었는데!"

"알았어. 그 점은 정말 미안하게 생각해. 다만 상대가 상대니만큼 분명 아티펙트도 좋은 게 떨어질 거 아니야? 보다시피 우리 쪽은 사망자도 발생했어. 시작이야 어찌됐건 같이 고생하는 마당에 뭐라도 남는 게 있어야지. 우리 클랜원들 사기도 생각해줘."

'젠장, 이 지경이 된 마당에 자기들 몫을 챙기겠다는 건가?'

그러나 서리마녀를 해치우기 위해선 아쳐스 클랜의 협조가 필수적이었다. 곽시은 역시 그 점을 인지하고 있기에 재빠르게 협상을 벌이는 것이다. 영악하기 짝이 없는 여자였다.

"아티펙트가 떨어지면 우리에게 절반을 양보해."

"아따, 요 느자구 없는 새끼들 보자보자니까 우리가 호구에 병신으로 보이나. 우리 없었음 너네들 진즉 뒈져브렀어! 알어?"

곽시은의 교섭에 흥분한 한모가 버럭 짜증을 냈다. 그러자 아쳐스 클랜에서도 윤기가 나섰다.

"마스터에게 함부로 지껄이지 마라. 그러다 죽는다."

"뭐 이 새끼야? 이 씨팔놈이 누구 앞에서 나대? 확 내장을 뽑아다 줄넘기 해버릴라, 이 씹새끼가."

"조폭 나부랭이가 확 쳐 맞고 싶나!"

"지금 뭣들 하는 거야! 그만 좀 해! 가뜩이나 앞도 안보이는데 서로 내분 일으켜서 어쩌자는 거야!"

은숙의 일갈에 과열된 분위기가 가라앉았다.

태랑은 시은의 요구가 과한 면이 있다 생각했지만, 당장 그들의 협조 없이 서리마녀를 해치우긴 불가능했다. 또한 그녀 말대로 연합을 이룬 만큼 배분문제는 사전에 정리함으로써 차후 분쟁의 여지를 미연에 방지할 필요도 있었다.

다만 그 수법과 타이밍이 너무 치졸하였기 때문에 감정의 골이 패이는 건 어쩔 수 없었다.

'…이 빚은 반드시 갚아 준다. 곽시은.'

"좋아. 네 말대로 하지. 단 나온 아티펙트는 우리 쪽에서 먼저 고른다. 너흰 남은 것을 갖고. 알겠어?"

시은은 그 정도 받아낸 것만으로도 만족했다. 어차피 F급 몬스터가 떨구는 아티펙트라면 결코 시시한 것은 아닐 것이다.

"알았어."

"또 나온 아티펙트를 둘로 나눌 수 없는 상황이라면 남는 것도 우리가 갖겠어. 누가 봐도 우리 클랜 기여한 바가 더 크니까."

"그것도 알았어. 대신 방금 한 말 꼭 지켜."

"난 한입으로 두말 하는 사람 아니야."

"안개가 걷혔다!"

마침내 전장의 안개가 사라졌다.

"엇, 저게 뭐야?"

그사이 전열을 재정비한 리퍼 군단은, 사각의 방진(方陣)을 형성한 채였다.

앞선 전초전에서 수적 우위를 바탕으로 넓게 퍼진 대형을 구축했다면, 지금은 똘똘 뭉쳐 완벽한 대오를 갖춘 모습이었다.

맨 앞열이 삼지창을 쭉 뻗고, 뒷 열부터 차례로 각을 세워 받쳐든 모습이 흡사 창으로 이루어진 숲을 연상시켰다.

"…팔랑크스."

태랑이 입술을 깨물었다. 서리마녀가 본격적인 전술대형을 쓰기 시작한 것이었다.

태랑은 한때 판타지 소설을 쓰던 작가였다.

그가 과거에 쓴 소설 중 유독 전쟁씬이 많이 나오는 작품이 있었다. 주인공이 말단 창병에서 전쟁영웅으로 성장해 가는 내용이었다. 리얼리티에 집착하던 시기였기 때문에 어느 때보다 고증을 철저히 했다.

덕분에 태랑은 동서양 고대 전쟁사나, 전쟁의 역사에 대해 치열하게 파고들었다. 수많은 관련 서적들을 참조하고,

실제 냉병기 시대의 전투 장면을 소설 속에 구현하고자 불철주야 노력했다.

어쩌면 처녀작이었기 때문에 필요 이상으로 유난을 떨었는지 모른다. 후한 평가도 있었지만, 악평도 적지 않았다.

-이럴 거면 전쟁사 책을 읽지 뭐하러 판타지 소설을 봄?

-드라마 보려고 왔는데 아주 다큐를 써놨네.

그 뒤로 태랑은 세세한 고증에 대한 집착을 떨쳐버렸지만, 당시 공부했던 내용들은 그의 머릿속에 또렷이 남아있었다.

'그걸 다시 써먹을 날이 올 줄이야.'

리퍼 군단의 팔랑크스 진형을 보는 순간, 그는 곧바로 과거의 기억을 떠올렸다.

고대 그리스에서 유래된 팔랑크스 진형은 대오를 맞춘 병사들을 밀집시켜 강력한 근접전으로 적을 압박하는 전술.

멀리서 보면 흡사 창으로 만든 빽빽한 숲을 연상시킬 정도로 강한 응집력을 자랑하는데, 원거리 무기의 관통력이 부족할 경우 철벽과 같은 수비를 뚫어낼 재간이 없었다.

'그럼 저 방패가 호플론 대신인가?'

본래 팔랑크스 대형에선 '사리사'라는 2.5M 길이의 창과 '호플론'이라 불리는 둥근 방패를 착용한다.

그러나 리퍼 군단의 경우, 직사각형의 타워 쉴드를 장착하고 삼지창을 꼬아 쥐고 있었다. 장비 면에서 훨씬 업그레이드 된 셈이다.

강력한 군체를 이룬 리퍼 군단은 곧 보폭을 맞추어 전진을 시작했다. 한 치 흐트러짐 없는 통일된 모습이 마치 북한군의 제식동작과 유사했다.

'서리마녀가 가진 통솔효과로군. 인원 전체가 완벽한 혼연일체를 이루고 있어. 만만치 않겠는데.'

"방패 때문에 우리 쪽 화살 공격이 먹히지 않아. 게다가 적 궁병이 엄호사격을 하는 바람에 반격도 쉽지 않은 상황이야."

팔랑크스 진형을 향해 일제 사격을 지시하던 곽시은이 금세 울상으로 변했다.

바람의 벽에 막힌 뒤로 리퍼 장궁병의 타겟은 오롯이 우리편 원거리 공격수를 향해 있었다. 건물 위라는 지형적 이점을 바탕으로 버티고 있지만, 당장 지원사격은 기대하기 힘든 형편이었다.

태랑은 곧바로 수현에게 지시했다.

"수현아, 뭉쳐있는 애들 보면 손이 근질근질 하지 않냐?"

"네, 형! 아주 탐스럽네요!"

수현의 체인 라이트닝은 적이 밀집되어 있을수록 효과를 발휘한다. 극도로 뭉쳐진 팔랑크스 방진이야 말로 그의 공격력을 극대화 시킬 수 있는 최적의 진형이었다.

"멍청한 놈들. 이거나 먹어랏! 라이트닝 스피어!"

수현이 투창을 내던지 듯 번개창을 날렸다. 그의 마법

이 성공한다면 뭉쳐진 대형은 순식간에 혼란에 빠질 것이다.

'팔랑크스 진형은 원거리 무기가 발달하기 이전 시대에나 효과적인 전술이야. 마법이 난무하는 세상에선 어림없지!'

태랑은 진형의 붕괴를 예감하고 곧바로 돌격지시를 준비했다. 그러나 의외의 현상이 벌어졌다.

수현의 번개창이 당도하기 직전, 공중에서 투명한 반구형 막에 부딪히더니 순식간에 소멸 되어 버린 것이었다.

'설마 안티 매직 베리어?'

팔랑크스의 중심에 위치한 서리마녀가 두 손을 들어 마법 차단막을 펼친 것이다. 상대 역시 밀집대형의 약점을 충분히 인지하고 있다는 증거였다.

"젠장, 마법이 통하지 않다니!"

그 사이 적군이 바짝 거리를 좁혀왔다.

밀려드는 적을 보고 흥분한 아처스 헌터 두 명이 통제를 벗어나 무모하게 달려들었다. 그러나 적군의 무자비한 전진에 순식간에 고깃덩어리로 변할 뿐이었다. 이대로라면 적군의 진격에 속수무책으로 휩쓸릴 것이다.

"태랑! 어떡해?"

'아군의 원거리 공격을 리퍼 장궁병으로 틀어막고, 마법역시 안티 매직으로 봉쇄해 버렸어. 이렇게 되면 정공법으로 승부하는 수밖에 없겠군.'

"전원 우회 기동한다. 적의 측면을 노려! 거기가 약점이
야!"

팔랑스크 진형의 최대 취약점은 바로 측방과 후방이었
다.

긴 창을 내밀고 전진하므로 정면 돌격에서는 막강한 위
력을 발휘하지만 그만큼 이동속도가 느린 탓에 방향전환이
어려워 측후방이 무방비가 되는 것이었다.

'대형의 파훼법이야 얼마든지 알고 있다! 굳이 마법이
아니라도 충분해!'

태랑의 소환수들이 정면에서 시선을 끄는 사이, 나머지
헌터들이 재빨리 반시계 방향으로 뛰기 시작했다. 과연 태
랑의 예상대로 밀집된 대형의 선회 속도가 이를 따르지 못
하고 흐트러졌다.

"좋아! 이대로 옆구리를 친다!"

그러나 이를 지켜보던 서리마녀가 다시 마법을 부렸다.
주문을 외우던 서리마녀가 두 손을 번쩍 들자, 우측으로 뛰
어가던 전면에 얼음의 벽이 일어났다.

쿠구구구-

높은 성벽처럼 솟아오른 빙벽이 진로를 차단하며 길을
틀어 막았다.

"헉! 이건 또 뭐야!"

유화가 강력한 일격으로 얼음벽을 부수려 했으나 워낙에
두께가 단단해 꿈쩍도 하지 않았다.

'빙벽!(Ice Wall)마법까지?'

빙벽 마법은 얼음의 벽을 길게 늘어뜨려 길목을 차단하는 수법이었다. 서리마녀가 태랑의 우회기동 전술을 막기 위해 곧바로 응수한 것이었다.

'여간 내기가 아니군!'

태랑이 다시 반대편으로 방향을 틀었지만 그쪽도 마찬가지로 빙벽이 솟아 길을 막았다. 양편에 높은 빙벽이 세워지자 얼음 계곡에 둘러싸인 착각이 일었다.

"아앗! 뒤쪽에도 얼음벽이!"

빙벽이 연합 부대를 완벽하게 둘러쌌다. 막다른 길의 유일한 통로에선, 고슴도치처럼 밀집된 리퍼 군단이 무섭게 전진을 시작했다.

"으아앗! 완벽히 갇혔어!"

"니미럴! 완전히 부처님 손바닥 안이구만!"

"이건 왜 이렇게 단단해! 아무리 때려도 꿈쩍도 안하잖아."

이제 혼란에 빠진 것은 세이버와 아쳐스의 연합 부대였다.

그들은 막다른 코너에 몰려 얼음벽이 뿜어내는 지독한 한기에 몸을 떨었다. 정면에서는 삼지창을 든 병사들이 밀려오고 있었다.

'진퇴양난이다. 완벽히 당했어!'

과연 서리마녀는 뛰어난 전술가였다.

그녀는 처음부터 팔랑크스 대형의 약점을 완벽히 보완할 수 있는 작전을 들고 나온 것이었다. 상대편의 마법 공격은 틀어막고, 본인의 빙결계 마법으로 퇴로를 틀어막는다.

이제는 정면으로 돌격하는 것밖에는 방법이 없었다. 하지만 그것은 자폭이나 다름없었다.

은숙이 슬아에게 말했다.

"슬아 너라면 이 정도는 뛰어오를 수 있잖아. 너라도 도망쳐!"

"그럴 수 없어요!"

"젠장 이렇게 된 거 최대한 많이 죽이고 간다!"

태랑은 혼란스런 와중에도 의식을 집중하기 위해 노력했다.

분명 방법이 있을 것이다. 이렇게 허무하게 끝날 순 없었다.

이제 리퍼 군단은 턱밑까지 들이닥쳤다.

모르긴 몰라도 이 정도 지형 변화를 일으키는 마법을 3번이나 난사했다면 서리마녀 역시 더 이상 아이스 월 마법은 무리라고 판단했다. 몬스터라 해서 포스가 무한대인 것은 아니니까.

'지금 위기만 돌파하면 분명 승산이 있어. 하지만 어떻게?'

은숙과 수현, 그리고 아쳐스의 화염마법사가 연거푸

마법을 날려보았지만 러퍼 군단에 걸린 안티 매직 배리어를 뚫을 방법은 없었다. 결국 포스만 소모하고 공격을 중단했다.

"형! 도저히 안 되겠어요. 차라리 제가 천둥의 심판으로 적진으로 뛰어 들게요! 그 기술이라면 분명 진형을 붕괴 시킬 수 있어요."

급박한 상황에서 수현이 외쳤다. 하지만 태랑은 허락하지 않았다.

"안 돼! 저 베리어는 모든 형태의 투사체 마법을 무효화시키고 있어. 네 돌진기가 삼지창 한가운데서 풀려버리면 그냥 몸만 내던지는 꼴이야."

수현은 빽빽이 솟은 삼지창의 숲을 바라보다, 그곳에 꼬챙이처럼 뚫린 자신을 상상하고는 기가 질린 표정이 되었다. 민준이 말했다.

"이왕 이렇게 된 거 정면에서 붙자. 더 이상 물러설 곳도 없어."

"최악이군. 앞 열을 쓸어도 그 다음 열이, 또 그 다음 열이 밀고 들어올 텐데…버티는 것도 힘들 거야."

"젠장! 개구멍이라도 있었으면!"

그 말에 태랑이 번뜩 아이디어가 떠올렸다.

"가만! 방금 뭐랬어?"

"뭐? 개구멍?"

"그래. 그거야. 아이스 월을 돌파할 방법이 생각났어."

"어떻게요? 아무리 때려도 꿈쩍도 안하는 걸요?"

빙벽을 두들겼던 유화가 물었다. 그녀의 강력한 힘으로도 꿈쩍도 않는 빙벽은, 그야말로 난공불락의 철옹성이었다.

"얼음을 깨는데 꼭 힘이 필요한 건 아니지. 내가 구멍을 뚫어 볼 테니 시간을 벌어줘. 최대한 내 소환수 옆에서 싸워. 소환수는 쓰러져도 다시 일으키면 그만이니까."

"알았다잉!"

"아쳐스! 마지막까지 버티자!"

막다른 길에 내몰린 연합 세력의 전사들이 모두 뛰쳐나갔다. 이제 후방에 남은 것은 태랑과 마법사들, 그리고 슬아 뿐이었다.

"저도 나가서 도울 게요!"

"아냐. 슬아 너는 중요한 역할이 있어."

"네?"

"아쳐스 마법사, 이름이 뭐야?"

"은덕이요."

"은덕이, 파이어 마인 설치하는데 시간 얼마나 걸려?"

수현 또래로 보이는 아쳐스의 화염마법사 은덕을 향해 태랑이 물었다.

"한 개당 1분은 잡아야 해요."

"최대 몇 개까지 가능해?"

"동시에 5개 정도?"

"발동조건은 접촉식인가?"

"아니요. 옵션이 두 가지에요. 접촉식도 있지만 타이머 방식도 있어요. 하지만 타이머 방식은 적중률도 낮고 자칫하면 아군까지 다칠 우려가 있어서…"

"위험부담은 걱정 안 해도 돼. 여기 설치하려는 게 아니니까. 시계 가진 거 있어?"

"아뇨."

"내 스톱워치 받아."

태랑이 손목에 찬 스포츠시계를 풀어 은덕에게 건넸다.

"매설하면서 시간 정확히 재. 타이밍 틀리면 죽도 밥도 안 되니까."

"네."

"슬아, 넌 이 친구 데리고 빙벽을 뛰어넘어. 할 수 있겠어?"

슬아는 은덕을 힐끔 쳐다보고는 다시 빙벽의 높이를 가늠했다. 대략 4M 정도의 높이. 한 사람을 안고 뛰기엔 다소 무리가 있었지만, 지금은 무리를 해야 할 순간이었다. 쿨타임 제한만 없었더라면 모두 다 반대편으로 넘기고 싶은 심정이었다.

"한번 해볼게요."

"반대편에 넘어가면 지금 우리가 있는 맞은편에 최대한 퍼트려서 지뢰를 매설해줘. 시간은… 10분. 그래 10분 뒤에 터지도록."

"타이머 방식은 일단 설치하고 나면 컨트롤이 불가능합니다."

"알아. 그래도 해. 시간 없으니. 어서 넘어가!"

슬아는 반신반의 하면서도 태랑을 믿고 아쳐스의 화염마법사를 들쳐 업었다. 그나마 은덕이 남자치곤 가벼운 편이라 다행이었다.

도약력을 비축한 슬아가 팡- 하고 지면을 차자, 한 순간에 그녀의 몸이 공중으로 솟구쳤다. 두 사람은 아슬아슬 반대편으로 넘어갔다. 이제 후방엔 은숙과 수현 둘 뿐이었다.

"태랑, 대체 어쩔 셈이야?"

"두 사람은 나를 커버해. 이제부터 내가 빙벽에 구멍을 낼 거야."

"어떻게요?"

태랑이 급박한 상황에서도 여유를 보이며 씨익 웃었다.

"얼음을 녹이는 덴 불이 최고지."

태랑이 아껴놨던 불타는 좀비를 소환했다. 지면의 검은 구멍에서 타오르는 좀비가 스멀스멀 기어 올라왔다.

"달려가 폭발해라!"

불타는 좀비는 쿵쿵거리며 뛰어가더니 얼음의 벽면을 향해 주저 없이 몸을 던졌다.

쾅-!

강력한 화력에 두터운 얼음벽이 1/3쯤 깎여 나갔다. 태랑은 호흡을 가다듬고 다시 한 번 소환주문을 준비했다.

성급한 부활 특성으로 쿨타임이 절반으로 줄긴 했지만, 불타는 좀비의 재소환에는 좀 더 시간이 필요했다.

"망치든 놈이 이쪽으로 달려와요!"

"어떻게든 막아!"

모든 헌터들이 치열하게 싸우는 중이었으므로 전열을 이탈하여 달려드는 리퍼 돌격 병을 맡을 사람이 없었다.

"매직 미사일!"

은숙이 매직미사일을 갈겨 보았지만, 리퍼 돌격병은 움찔하며 뒤로 주춤할 뿐이었다.

"괴물새끼, 끝까지 해보자는 거지! 매직 미사일!"

쿨타임이 빠른 매직미사일이 재차 날아갔다. 놈을 몸을 웅크리며 충격을 버텨냈다. A급 몬스터를 한방에 날려버리는 강력한 물리력도 놈에겐 무용지물이었다. 분명 서리마녀의 군단버프를 받고 있는 게 틀림없었다.

"라이트닝 스피어!"

보다 강력한 수현의 번개창이 적중하자 놈이 순간적으로 기절 상태에 빠졌다. 태랑이 기회를 놓치지 않고 한쪽 날이 부러진 양날창을 집어던졌다.

"으아압!"

양날 창은 그대로 리퍼 돌격병의 머리통을 날려버렸다. 그 사이 불타는 좀비의 쿨타임이 돌아왔다.

"다시 가서 부딪쳐라!"

불타는 좀비가 움푹 패인 빙벽을 향해 몸을 날렸다.

쾅-!

두 번의 폭발 끝에 마침내 빙벽 아래 커다란 구멍이 뚫렸다. 태랑이 크게 소리쳤다.

"길이 열렸다! 후퇴한다!"

태랑의 외침에 근근이 버티고 있던 연합의 헌터들이 퇴각을 시작했다. 태랑은 해골병사들과 좀비들개를 먹잇감으로 던지며 시간을 벌었다.

모든 사람이 빙벽을 통과하자, 은덕이 태랑을 향해 시계를 돌려주며 말했다.

"3분 남았어요. 3분 뒤면 이 지대가 온통 폭발해요!"

"들었지! 3분만 버텨!"

이어서 빙벽의 균열을 향해 리퍼 전사들이 물밀 듯 밀고 들어왔다. 좁아지는 입구에 리퍼 전사들이 엉키면서 순간적으로 병목현상이 벌어졌다.

'좋아, 진형이 붕괴되고 있다. 조금만 더.'

태랑은 좁은 입구에서 최대한 시간을 끌며 놈들을 틀어막았다. 헌터들을 가두던 빙벽은 이제, 그들의 전진을 가로막는 장애물이 되었다.

다들 분투했지만 태랑의 스톤 골렘의 활약이 특히 돋보였다. 느리지만 단단한 몸체를 지닌 스톤 골렘 두기는 리퍼 전사의 삼지창을 온몸으로 받아 내며 시간을 벌었다.

'30초. 30초 후면 폭발한다.'

"뒤로 무조건 뛰어!"

헌터들이 봉쇄를 풀고 물러서자 좁은 입구를 통해 리퍼 군단이 쏟아져 들어왔다. 서리마녀는 곧바로 팔랑크스 진형을 재개하며 오열을 갖췄다.

놈들이 어떻게 빙벽을 뚫어내긴 했지만, 여전히 병력은 건재했고 연합의 헌터들은 눈에 띄게 지쳐가고 있었다. 결국 승리는 자신의 몫이라 생각했다.

바로 그 순간, 매설되어 있던 화염의 지뢰가 폭발을 시작했다.

그것은 거대한 불기둥의 집합이었다.

발밑에서 솟아오른 화염불꽃은 리퍼군단의 팔랑크스 대형 한가운데서 엄청난 폭발을 일으켰다. 마법 투사체를 튕겨내는 안티 매직 베리어로도, 밑에서부터 치고 올라오는 불길에는 속절없이 당할 수밖에 없었다.

놈들은 고도로 밀집해 있었고, 그래서 하나의 불기둥에도 여러 마리가 휩쓸렸다. 단단한 응집력을 자랑하던 진형이 마침내 붕괴되었다.

가장 큰 타격은 서리마녀의 발밑에서도 파이어 마인이 폭발했다는 사실이었다.

마녀가 충격을 받자 마법방어막이 흐트러졌고, 태랑은 그 틈을 놓치지 않았다.

"수현아! 지금이야!"

"라이트닝 스피어!"

수현의 벼락창이 혼란에 빠진 리퍼 무리의 한가운데

내리 꽂혔다. 사방으로 뻗어나간 뇌전의 기운은 대형의 붕괴를 더욱 가속화 시켰다. 감전의 충격으로 방패를 떨어뜨린 리퍼 전사를 향해 근접 전사들이 노도와 같이 달려들었다.

"다 쓸어버려!"

전투는 학살에 가까웠다.

허둥대는 리퍼 전사들은 제대로 저항도 못하고 휩쓸렸다. 민준의 검이, 유화의 주먹이, 한모의 쇠파이프가 무자비하게 휘둘러졌다.

짓이기고, 박살나고, 절단되었다.

쪼개지고, 부러지고, 으스러졌다.

서리마녀가 겨우 정신을 차렸을 땐, 이미 수하들이 궤멸에 가까운 타격을 받은 상황이었다.

후방에 있던 리퍼 장궁병 역시 침묵의 암살자에 의해 모조리 정리되었다. 근접 공격력이 떨어지는 그들에게, 슬아의 단검은 재앙과도 같았다.

이제 최후에 남은 서리마녀를 향해 무차별적인 공격이 퍼부어졌다.

태랑의 소환수들이 적장(敵將)을 에워쌌다. 불덩이가 날아들고, 번개창이 작렬했다. 아쳐스 궁병 부대의 집중사격도 쏟아졌다. 공격할 자리가 없어 몇몇은 뒤에서 구경해야 할 정도였다.

그러나 서리마녀는 쉽게 쓰러지지 않았다. 자신이 가진

모든 마법을 총동원하여 최후까지 항전했다.

"과연 F급 몬스터인가…."

태랑은 비록 적이지만 경탄했다.

사실 군단지휘자 타입의 전투 수행능력은 등급에 비해 한두단계 떨어지는 게 정상이다. F급 이라곤 하지만 실제 D급에 가까운 것이다.

그러나 마녀는 서리갑옷 마법을 통해 구체형의 얼음막으로 몸을 감싸 물리 공격을 튕겨내는 한편, 리버스 아이씨클(역고드름)마법으로 땅 밑에서 뾰족한 얼음을 쏘아내며 끝까지 저항했다. 하지만 포스가 바닥을 드러내자, 마력의 갑옷은 금이가고 석주 같던 고드름도 송곳처럼 가늘어졌다.

"슬슬 끝이 보이는군."

태랑이 고드름에 쓰러진 해골병사들을 다시 일으켜 세우며 말했다. 그는 해골전사를 움직여 마녀의 뱀 같은 하반신을 창으로 제압했다. 해골궁수의 화살이 마녀의 전신에 박혔다.

"사라져라!"

쌍둥이 골렘의 풀스윙에 마녀의 머리통이 으깨졌다.

순간 엄청난 양의 차크라가 전투에 관여한 모두에게 흘러들어갔다.

"오오오! 해치웠어!"

"우아 스킬차크라야!"

"나이쓰! 오랜만에 스킬 레벨업이다!"

사방이 축제 분위기였다.

태랑은 다른 것을 재쳐 두고 서리마녀가 드랍한 아티펙트부터 확인했다.

드랍 된 종류는 모두 3가지. 각각 스킬북, 플레이트 아머, 그리고 롱보우였다.

모두 다 가질 수 없었기 때문에 태랑은 최대한 신중하게 아티펙트를 감식했다.

[혹한의 기억] 4등급 스킬북

-스킬북 소모시 다음의 3가지 스킬을 배울 수 있음.

+리버스 아이씨클(1Lv)

지면에서 솟아오르는 거대한 고드름 마법.

+프로스트 아머(1Lv)

냉기효과를 지닌 강력한 물리방어막.

+얼음 감옥(1Lv)

일시적으로 상대를 얼음의 막으로 둘러싸 격리시킴.

[서리마녀의 판금 갑옷] 5등급 아티펙트

-뛰어난 방어력을 자랑하는 강철 갑옷

+일정 확률로 공격한 상대를 얼림.

+갑옷을 장착하면 강력한 냉기오라를 발휘함.

+쉴드 35% 상승효과.

+ '해제/장착' 명령으로 인장에 소지할 수 있음.

[서리 궁수의 활] 3등급 아티펙트

-서리궁수들이 즐겨 쓰는 활

+화살에 냉기 효과를 주어 적중한 상대의 움직임을 감소
시킴

+냉기의 파편으로 범위공격이 가능함.

+포스 12% 상승효과.

"세상에 5등급 아티펙트라니!"

"이런 건 처음이야. 스킬 북까지 있어."

태랑은 만약의 사태를 대비해 은숙을 불러 주의를 주었다.

-놈들을 경계해야 돼. 아티펙트 보고 눈이 뒤집혀 우릴
배신할지도 몰라.

-그래주면 땡큐지.

-응?

-제발 그러기 바란다고. 저놈들 다 쓸어버리고 우리가
독차지 하게. 차라리 선공을 하는 건 어때?

-무슨 소리야! 맨이터랑 똑같은 사람이 될 순 없어.

-너무 열내지 마. 그냥 해본 말이야.

"둘이서 무슨 귓속말을 그렇게 해? 작당모의라도 하는
건 아니겠지?"

아쳐스의 마스터 곽시은이 의심스런 눈초리로 물었다.
그녀는 태랑이 혹시 변심할까 전전긍긍 하던 중이었다. 세
이버 클랜 실력을 봐선 정면으로 싸워선 도저히 승산이 없
었다.

"작당모의라니. 말조심해."

신경을 긁는 시은의 발언에 태랑이 버럭 화를 냈다. 시은은 곧바로 꼬릴 내렸다.

"아티펙트 나오자마자 그러니까 괜히 불안해서 그렇잖아."

"약속은 반드시 지킨다. 그렇게 신의 없게 행동하지 않아."

"다행이군. 우리도 지킬 거야."

은숙이 팔짱을 끼며 콧방귀를 꼈다.

'지키는 게 아니라 지킬 수밖에 없는 거지. 그래도 주제를 아는 거 보니 기습 할 정도로 멍청하진 않겠군.'

"약속대로 두 개는 우리가 갖고 나머지를 너희에게 주겠어. 불만은 없겠지?"

"좋아. 나눠떨어지지 않으면 처음부터 그렇게 하기로 했으니까. 대신 우리 쪽에 먼저 선택권을 줘."

"뭐라고?"

어이없는 요구에 태랑이 언성을 높였다. 그러나 곽시은은 뻔뻔한 얼굴로 계속 말을 이었다.

"생각해 봐. 같이 레이드를 했고, 아티펙트는 3개 중에 그쪽에서 2개나 가져가잖아. 그럼 우리가 먼저 고를 수 있는 기회를 줘야지."

어떻게 생각하면 그럴듯한 요구였다. 그러나 태랑은 말려들지 않았다.

"그건 아니지. 처음 약조할 때 그런 조항은 없었어. 궤변을 늘어놓을 생각이라면 관두는 게 좋을 거야. 따지고 보면 이번 레이드는 너희가 도발한 서리마녀를, 우리가 위험을 감수하고 도와준 거나 마찬가지니까."

"참나. 물에 빠진 사람 도와줬더니 보따리 내놓으라고 한다더니 딱 그 꼴이네. 그게 말이야 방구야?"

은숙도 옆에서 빈정댔다. 그녀는 차라리 시비를 걸어서 싸움을 붙고 싶은 심정이었다.

한모나 민준 역시 불편한 기색을 보이자 곽시은도 더 이상 무리한 요구를 계속 할 순 없었다. 몬스터가 모두 정리된 시점에서 자칫 두 콜랜이 맞붙었다간 결과가 뻔했기 때문이었다.

"알겠어. 그럼 그쪽에서 먼저 하나를 골라. 우린 남은 두 개 중에서 골라 갈게."

시은의 입장에선 자신들이 양보했다고 생각했지만 태랑은 그것마저 허락하지 않았다.

"아니. 난 그럴 생각 없는데? 우리가 두 개를 먼저 고를 테니, 남은 거나 가져가."

포식의
군주

5. 양자택일

태랑의 말에 시은이 거세게 반발했다.

"얘기가 다르잖아! 분명 아티펙트가 나오면…."

태랑이 빠르게 말을 끊었다.

"맞아. '아티펙트'가 나오면 나눠 갖기로 했었지. 하지만 지금은 뭐가 나왔지? 두 개의 아티펙트와 하나의 스킬북이로군. 나는 약속대로 한 것뿐이야."

"그건 억지야!"

"억지는 지금 네가 하는 짓이 억지지. 나는 내가 뱉은 말을 지키는 것뿐이야. 분명 우린 아티펙트를 나누기로 했었고, 내가 먼저 고르는 조건이었어. 나온 아티펙트가 둘 뿐이니, 어차피 넌 남는 하나를 무조건 가져가는 수밖에."

"이이!"

곽시은의 얼굴이 시뻘게졌다.

5등급 아티펙트를 포기하더라도 스킬북은 챙길 수 있을 거라 봤는데 결국 남는 것은 3등급짜리 활뿐이었다.

허나 지금 자신이 들고 있는 [속사의 쇠뇌]조차 3등급이다.

동시에 두 개의 무기를 쓸 수도 없는 이상, [서리 궁수의 활]은 현재로서 가장 불필요한 아티펙트였다.

태랑은 약올리 듯 판금갑옷과 스킬북을 챙겼다.

'꼴좋다. 욕심이 지나치면 부족함만 못 한 거야.'

시은은 별 수 없이 남은 활을 집어 들었다. 사실 다른 부하 클랜원에게 하나를 넘겨주는 방법도 있었지만, 욕심이 많은 그녀로선 도저히 불가능했다.

특히 이익을 목적으로 뭉친 클랜 특성상 신상필벌은 확실해야 했다. 아티펙트를 누군가에게 준다는 것은, 다른 누군가를 불가피하게 차별하는 결과를 낳기 때문이다.

결국 제대로 활용도 못할 활을 갖게 된 시은이 입술을 삐죽 내밀고 투정을 부렸다.

"쳇. 당신 그렇게 안 봤는데 완전 욕심쟁이로군."

"누가 할 소릴… 하지만 뭐 네 입장은 이해 할 수 있어. 한 클랜을 이끄는 마스터라면 그런 태도도 분명 필요하겠지. 그래도 적당히 하는 게 좋아. 한 것 이상으로 탐욕을 부리면 언젠간 큰 화를 입을지도 모르니까."

눈치 빠른 시은 그것이 협박에 가까운 경고라는 걸 알아챘다. 태랑이 잔인한 성격이었다면 전리품을 독차지하기 위해 약속이고 뭐고 이 자리에서 살인멸구를 선택할 수도 있었다. 태랑이 그 점을 꼬집자 시은은 아무 대꾸도 할 수 없었다.

봐주는 건 여기까지다. 하고 분명히 선을 긋는 모양새였다.

"……."

"어쨌든 차크라는 부족함 없이 챙겼잖아. 참여 인원이 많아 이리저리 갈라지긴 했지만 상당히 쏠쏠했을 텐데?"

"하긴 그건 그래."

시은이 모처럼 동의했다.

어찌됐건 세이버 클랜이 도움이 없었더라면 레벨링은 커녕 서리마녀에게 목숨이 위태로웠을 것이다.

오히려 아티펙트 한두개보다 클랜원들이 성장한 것이 훨씬 값진 결과물이라 볼 수 있었다.

"그나저나 활만 두 개라서 좀 난감하겠군. 팔이 4개 달린 것도 아니고… 내가 제안 하나 할까?"

그렇잖아도 골치가 아프던 차에 시은이 눈을 번쩍 떴다.

"뭔데? 설마 아티펙트 교환?"

"교환은 맞는데 아티펙트는 아냐. 스킬과 맞바꾸는 건 어때?"

"그런 것도 가능해?"

"스킬 북은 분권이 가능해. 사실 스킬북은 스크롤(Scroll)을 묶어 놓은 것에 불과하거든."

스크롤이란 특정 스킬을 배울 수 있는 낱장의 양피지를 말한다. 운이 없으면 상위 등급의 몬스터를 해치우고도 스킬북이 아니라 스크롤만 한 장 떨어지는 경우도 있었다. 그것이 에픽수준의 스킬이면 다행이지만 쓸데없는 스킬이라면 꽝이 나온 복권신세였다.

"교환하려는 스킬은 뭔데?"

"프로스트 아머. 베리어와 유사한 물리방어막인데 냉기효과를 갖추고 있어서 어떤 면에선 더 좋지. 특히 원거리 딜러에겐 필수가 아닐까? 싸우는 폼이 거의 근접전사 처럼 달라붙는 스타일 이던데, 너에게 꼭 필요할 거 같은데…."

시은이 눈을 가늘게 뜨며 생각에 잠겼다.

'그래, 어차피 활을 두 개나 들고 있을 바에야 스킬로 교환하는 것도 나쁘진 않아. 자칫 남는 아티펙트가 계륵이 될 수도 있어. 쓰지도 못하고 주지도 못 할바에야 귀속되는 스킬과 바꿔버리면 불만을 잠재울 수 있을 거야. 저놈이 알아서 제안해주니 다행이군.'

그러나 약삭빠른 시은은 속내를 드러내지 않고 한번 더 흥정을 했다.

"스킬북 하나에 스킬이 3개나 있는데 그 중 고작 하나? 인심 좀 더 쓰지 그래?"

태랑은 이미 그녀의 성격을 파악했기 때문에 그녀의 화술에 말려들지 않았다. 하나를 주면 두 개를 바라고 두 개를 주면 전부를 원하는 욕심쟁이다.

"싫으면 마. 애써 생각해 줬더니."

"아, 아니 싫다는 게 아니고. 쳇. 무슨 말도 못하겠네."

두 사람은 바로 스킬과 활을 맞교환했다.

사실 태랑이 스킬을 교환한 것은 다름이 아니었다.

[서리마녀의 판금 갑옷]의 방호 효과가 프로스트 아머랑 겹치기 때문에 중복되는 것을 제거한 것이었다.

보다 정확히 말하면 판금 갑옷이 갖고 있는 냉기 오라와, 일정 확률로 공격자를 빙결시키는 효과가 프로스트 아머보다 훨씬 뛰어났다.

게다가 태랑이 굳이 활을 받은 이유는 불카투스의 화신 두 번째 기술이 바로 '궁술' 특기였기 때문이다. 그렇지 않아도 무기를 구하는 문제로 고민했는데, 시은 덕분에 손쉽게 해결이 된 셈이었다. 결국 태랑은 서리마녀를 해치우고 얻은 전리품 대부분을 건지게 되었다.

아쳐스가 얻은 것은 꼴랑 스킬 하나 뿐이었다.

어느 정도 정리가 끝난 연합에게 작별의 시간이 왔다.

"참, 너희 클랜명이 뭐야? 그것도 모르고 같이 싸웠네?"

"세이버."

"세이버? 처음 듣는데?"

"앞으로 자주 듣게 될 거야."

"흥. 그거야 뭐 두고 볼 일이지. 어쨌든 이것도 인연인데 다음에 또 기회 되면 보자구."

"뭐, 그러든가."

"까칠하긴. 아주 사포남이야."

'그럼 넌 땍땍걸이냐.'

태랑이 돌아서는데 시은이 다시 불러 세웠다.

"맞다, 사포남 이름이 뭐랬지?"

"태랑. 김태랑이라고 한다."

"그래. 세이버의 마스터 김태랑. 똑똑히 기억해 두지."

흥, 우리랑 맞먹으려면 죽도록 노력해야 할 거야.

태랑은 굳이 그 말은 꺼내지 않았다.

아군이 못 되더라도 적을 만들지 말자는 게 그의 지론이
었다.

세이버 클랜은 만족스런 레이드를 마치고 다시 카트를
챙겨 기지로 향했다.

"스킬 포인트 대부분 채웠지? 여유가 있으니까 충분히
심사숙고 해보고 기지에 가서 고르자."

"네 오빠."

"근데 왜 활을 다시 받았어요?"

"응. 다음 스킬에 궁술을 찍을 거라서. 서리마녀 마무리를
내가 해서 그런지 스킬포인트가 엄청 들어왔어."

"와, 축하해요."

"그나저나 아까 곽시은 걔 똥씹은 표정봤어? 진짜 쌤통

포식의
군주 3

이더라."

"맞아요. 저도 태랑이 형이 신의를 지킨다고 기껏 얻은 아티펙트 양보할까봐 엄청 조마조마 했거든요. 태랑이형 다시 봤어요."

"뭘 다시봐?"

"아니… 그렇게 칼같이 끊는 모습말예요."

태랑이 피식 웃었다.

"그럼 내가 호구처럼 다 퍼줄 줄 알았어? 난 절대 손해보고는 안 살 거야. 특히 그렇게 이기적인 놈들한테는. 눈에는 눈 이에는 이지."

서리궁수의 활줄을 튕기는 태랑의 표정은 어느 때보다 단호해보였다.

기지에 도착했을 때는 어느덧 저녁이었다. 은숙이 말했다.

"오늘 저녁은 밖에서 먹을까?"

"정말요?"

"그래. 야외에 테이블 펴고… 불판도 마침 있겠다. 어때?"

"우리 오늘 삼겹살 먹는 거에요?"

유화가 애처럼 기뻐했다. 제대로 된 식사를 한 적이 언제였는지 기억도 나지 않았다. 하물며 삼겹살이라니. 고기라면 눈이 뒤집히는 그녀에겐 최고의 메뉴였다.

"태랑 괜찮지? 오늘 같은 날이면…."

은숙이 굳이 태랑의 허락을 구했다. 상하 관계가 뚜렷하지 않은 클랜이지만, 마스터의 면을 세워주자는 의도였다.

"그래 까짓거. 감시병으로 내 소환수 풀어 놓을 테니 맘 편히 술도 한잔씩 해. 아까 보니 맥주도 챙긴 거 같던데."

"히히. 역시 우리 태랑이 최고야."

은숙이 태랑의 양 볼을 꼬집으며 애정표현을 했다. 마치 동생을 어르는 듯한 모습에 태랑이 당황했다.

"뭐, 뭐야."

"귀여워서 그렇지."

"워메, 나는 안중에도 없구만 이것들은."

"한모 오빠, 설마 질투?"

"질투는 무신. 그라믄 오늘 양주 한 병 빨아 볼끄나."

"양주도 챙겼어요?"

"나는 맥주 가꼬는 성에 안차서 말이여. 그것은 나한테 음료수제."

"아저씨 또 허세 부린다."

"허세라고야? 유화 니 나랑 함 붙어 볼거여?"

"저도 술 좀 쎄거든요?"

"왐마, 요것이 인자 술로도 나를 이겨먹을라 하네?"

은숙이 재빨리 둘을 뜯어 말렸다. 당장 준비해야 할 게 한 두 가지가 아니었다.

"둘 다 그 쯤 하시고. 이제부터 식사 준비할 테니 다들 협조 부탁해."

클랜의 내정을 담당하는 은숙은 신속히 임무를 배정했다.

"민준이랑 한모씨는 테이블 준비해줘. 유화는 나 도와서 도구 챙기고, 수현이 넌 슬아랑 같이 텃밭에 가서 상추랑 고추 좀 따와."

"여기 텃밭이 있었어요?"

"어, 연구소 뒤편에 돌아가면 조그만 텃밭 있을 거야. 여기서 근무하던 사람이 키웠나봐. 먹을 만큼만 따가지구 채소 준비해줘."

다들 식사 준비를 하러 흩어지는데 태랑이 은숙에게 물었다.

"나는? 난 뭐할까?"

"마스터는 좀 쉬세요."

"에이, 그러는 게 어딨어. 공평해야지."

은숙이 피식 웃었다.

그녀는 태랑의 이런 점이 마음에 들었다. 힘이 있어도 절대 함부로 남용하지 않는다. 그는 대등한 관계를 좋아했고, 나중에 클랜이 더 커진다 해도 마찬가지일 것이다.

"그게 아니고, 너도 할 일 있지. 나중에 고기 좀 구워줘. 그때까진 푹 쉬고, 알았지?"

"그래."

태랑은 연구소 외곽으로 좀비들개를 풀어 경계를 강화한뒤 잠시 휴식을 취했다.

'새로 받은 특성이나 확인해 볼까?

태랑이 왼쪽 귀를 만져 망막에 스텟창을 띄웠다. 다른 사람과 달리 유난히 긴 설명이 이어졌다. 특성이 나열된 마지막 페이지에 새롭게 추가된 특성이 보였다.

특성 : 특성 포식자

-죽인 몬스터의 특성을 강탈함.

-획득 특성(6)

+군단의 깃발 : '소환수'가 전술대형을 전개할 때 공격력과 방어력이 150% 상승함. 현재까지 보유한 전술대형(0)

특성을 확인한 태랑은 살짝 아쉬운 기분이 들었다.

'뛰어난 특성이긴 하지만 당장 활용할 순 없겠군. 전술 대형을 익히지 않으면 쓸 수가 없다는 소리나 마찬가지잖아?'

새롭게 얻은 특성은 전술대형 스킬과 결합되었을 때 능력을 발휘하는 종류였다. 따라서 팔랑크스 대형 등의 스킬을 익히지 않는 이상 능력을 발휘할 수 없었다.

'아니다. 스킬은 기회가 되면 얻을 수 있어. 대규모 소환수를 통솔할 때 이 특성이 적용된다면 엄청난 전투력 상승이 있을 거야.'

소환수 전원 전투력 150% 버프에, 전술대형이 가진 특수 효과까지 적용된다면 분명 위력적인 특성임에는 틀림없었다.

어차피 전술대형 스킬은 앞으로 '군단지휘자' 타입의 몬스터를 상대하면 쉽게 얻을 수 있는 스킬이기도 했다.

태랑은 이어 전리품의 배분을 고민했다.

곽시은과 맞교환한 서리궁수의 활을 쓸 수 있는 사람은 자신뿐. 그러나 서리마녀의 판금 갑옷은 누가 장착을 해도 크게 상관없었다.

'이걸 누구에게 주는 게 가장 효율적일까?'

판금 갑옷은 무려 5등급 아티펙트.

클랜이 가진 아티펙트 중 가장 좋았고, 현재로선 한국을 통틀어도 손에 꼽히는 물건일 게 틀림없었다. 당장 E급 몬스터 이상을 잡는 팀은 거의 없을 테니 말이다.

공격하는 상대를 일정 확률로 얼려버리는 특수효과에 냉기를 발하는 오라 그리고 쉴드의 35% 추가까지. 서리마녀의 판금 갑옷은 근접 전사가 착용한다면 엄청난 방어력 상승을 꾀할 수 있는 무구였다.

'아무래도 탱거인 한모 형이 제일 낫겠군. 유화나 민준은 공격에 특화되어 있으니 무기류로 다음에 챙겨주고.'

아티펙트 배분이 결정되자 다음은 스킬북이 남았다.

'전에 얻은 좀비조련사의 스킬북은 모두 소환계열 스킬이었으니 내가 갖는 편이 최선이었어. 하지만 리버스 아이씨클이나 얼음 감옥은 굳이 내가 아니라도 상관없지.'

태랑은 혼자서 모든 걸 독차지할 생각은 없었다.

스킬의 사용엔 필수적으로 포스가 소모된다. 혼자 수백 개의 스킬을 가지고 있다 한들 포스가 부족해 전투 시에 활용하지 못하면 없는 것이나 마찬가지다. 클랜 전체의 전투력 상승을 생각한다면, 적절하게 배분해 주는 편이 나았다.

이는 이후 레이드를 더욱 수월하게 해줄 것이고, 지속적인 레벨링과 아티펙트 획득을 할 수 있는 선순환 구조를 만드는 지름길이었다.

'근접 딜러들은 싸우기 바빠서 마법 스킬을 사용하긴 애매해. 캐스팅 시간이나 재사용 대기시간을 고려하면 더욱 그렇지. 원거리 딜러인 수현이나 은숙을 줘야겠는데….'

태랑은 고민을 거듭하다 은숙에게 리버스 아이씨클 스킬을, 수현에겐 얼음 감옥을 주기로 결심했다.

은숙의 매직미사일은 물리계열의 마법이기 때문에 외피가 단단한 몬스터를 상대로 위력이 감소한다. 하지만 역고드름 마법은 빙결계열이기 때문에 상성에 따라 맞춰 쓸 수 있도록 배려한 것이었다.

얼음감옥 스킬은 자신에게 직접 거는 것이 가능했다.

"제 스스로를 가둔 다구요?"

"그래. 콤보랑 비슷한 거야. 천둥의 심판으로 적진에 돌격하면 순간적으로 무방비가 되잖아. 그때 너한테 스스로 얼음감옥을 걸어. 그럼 너도 상대를 공격할 수 없지만, 상대 역시 너를 공격할 수 없게 되거든."

"와, 아이디어 엄청 좋은데요?"

저녁 식사를 하는 중 태랑이 수현에게 스킬의 활용을 설명했다.

식사 준비를 마친 세이버 클랜 멤버들은 캠핑이라도 나온 것처럼 야외에서 고기를 굽고 있었다.

"태랑, 설명 그만 좀 하고 고기에 집중하면 안 되겠니? 안 뒤집을 거야?"

"삼겹살은 육즙이 위로 솟을 때 까지 기다려야해. 자꾸 뒤집으면 오히려 별로라구. 고기는 내담당이니까 나한테 맡겨."

태랑이 집게와 가위를 들고 대답했다.

직사각 불판 위에 삼겹살과 김치가 익어가며 향긋한 냄새를 풍겼다. 갓 따낸 상추와 고추가 가지런히 그릇에 담기고, 기름장과 쌈장도 넉넉하게 준비되었다.

테이블은 2층 휴게실에서 공수해 왔다. 의자 역시 사무실에서 쓰던 바퀴달린 종류였다. 캠핑 같은 지금의 분위기에는 다소 어울리지 않았지만, 그런 건 아무래도 상관없었다.

맨땅이면 또 어떤가? 세상이 망해가는 와중에 삼겹살이라니… 호사도 이런 호사가 없었다. 다른 생존자들이 보았다면 성난 좀비처럼 달려들었을 테다.

적당한 크기로 고기를 잘라낸 태랑은, 겉면이 살짝 노릇해 질 때까지 기름기를 쫙 뺀 다음 시식을 권했다.

"이제 다 익은 것 같아."

"워메, 이게 진짜 얼마 만에 먹는 고기여? 안주도 나왔으니 일단 한잔 걸치고."

한모가 스트레이트 잔을 한입에 털어 넣었다. 빈속에 술부터 때려 붓는 그였다.

"캬─! 속이 후끈후끈 달아오르는구만. 삼겹살엔 역시 양주제."

"삼겹살엔 원래 소주 아니에요?"

"난 옛날부터 양주랑만 먹었어야. 소주는 너무 약해가꼬."

"풋. 진짜 취향 특이하시다, 아저씨."

"아니 막말로다가 삼겹살에다 꼬냑을 마시든 보드카를 먹어블든 그거슨 먹는 사람 맴이제, 안 그냐?"

"맞아요. 전 한모형 말에 동의. 요샌 다 퓨전이잖아요. 전 파스타에 김치를 얹어 먹는 사람도 봤는데요 뭘."

"역시 수현이가 신세대여."

"신세대는 대체 언제적 단어야? 어휴 아재냄새 진짜!"

유화가 코를 틀어막으며 과장된 액션을 취했다. 코끝을 살짝 찡그린 모습이 너무나 귀엽고 우스꽝스러워 조용히 쌈을 싸던 태랑마저 피식 웃음을 터뜨렸다.

밤바람은 상쾌했고, 술이 한 순배 돌고나니 분위기도 점점 무르익어갔다. 기름기가 포만감을 선사하고, 알코올은 서서히 몸을 데웠다. 모든 게 만족스러운 저녁이었다. 한모가 태랑에게 말했다.

"그나저나 태랑이 고맙다잉, 갑옷은 잘 입을게. 근디 다같이 고생했는디 나만 챙겨븐께 쪼까 그렇네잉."

"뭘요. 서로 돌아가면서 장비 업그레이드 하는 거죠. 그 갑옷은 형님한테 가장 어울렸어요."

"나두 리버스 아이씨클 스킬 고마워. 요새 매직 미사일 만 가지곤 좀 허전했는데."

"형 저두요."

태랑은 식사 전 미리 일행들에게 아티펙트와 스킬의 배분을 끝냈다. 한모를 시작으로 은숙과 수현이 차례로 고마움을 표했다.

"그나저나 올릴 스킬들은 고민 좀 해봤어?"

"전 있는 거나 강화하려구요. 새로운 스킬도 좋지만, 지금 스킬 레벨 올리고 싶은 게 있거든요."

"나두. 왠지 오늘은 꽝 걸릴 것 같아서 새로운 건 못 배우겠어."

태랑이 보니 수현과 은숙 민준은 기존 스킬을 강화하는 쪽을, 한모와 슬아는 새로운 스킬을 배우는 쪽으로 마음을 정한 상태였다. 유화는 지난 트롤 레이드때 이미 4번째 스킬을 배웠기 때문에 아직 스킬포인트를 못 채운 상태였다. 태랑은 급할 게 없으니, 내일 아침까지 더 심사숙고 해보라며 조언했다.

이제 태랑을 제외하면 모두 스킬 포인트를 4번씩 올린 셈.

"근데 우리처럼 4번이나 스킬 포인트 올린 사람들이 또 있을까? 우리가 거의 유일한 거 아냐?"

유화의 말에 수현이 대답했다.

"스킬을 3번까지 올린 사람은 레이드 게시판에서도 가끔 올라와요. 근데 외국게시판 둘러보니까 4번 올린 사람도 제법 되더라구요. 그 누구지, 미국에 되게 유명한 탱컨 데…."

"…스티브?"

태랑의 말에 수현이 고개를 끄덕였다.

"맞아요. Major(소령) 스티브. 군 장성 출신 유명한 헌터. 형도 외국 싸이트 가봤어요?"

"직접 본 건 아닌데, 알긴 알아."

태랑이 꿈에서 봤던 이름들을 자연스레 떠올렸다.

소설에 직접 등장하는 인물은 아니지만, 외국의 유명 헌터로 한번 쯤 스쳐지나가는 인물이었다. 태랑이 뒷이야기를 궁금해 하는 일행들에게 부연설명 했다.

"국내로 한정하지 않고 전 세계 단위로 보면 나 이상 되는 능력자들은 얼마든지 있어. 스티브 말고도 이탈리아의 흑가면 로렌쵸, 프랑스의 성녀라 불리는 이벨린, 독일의 전투기계 구스타프까지."

"정말?"

"생각해봐. 인베이젼 3일 뒤 살아남은 30억 가량의 인류가 동시에 각성을 했잖아. 그 중에 0.01%만 쳐도 축복받은 특성을 받은 이들이 얼마나 많겠어. 여기 있는 민준만 해도 혼자 가뿐히 3스킬을 찍었는데."

"음… 그건 운이 좋았던 거야."

"내말이 그 말이야. 민준처럼 뛰어난 특성을 받은 각성자가 몇 번의 행운이 중첩되다보면 충분히 빠르게 성장할 수 있거든."

태랑은 가진 역량을 고려해 몬스터를 골라 사냥했다.

중간에 변수가 생긴 적도 몇 번 있었지만, 대체로 계산이 맞아 떨어져 지금껏 무리 없이 레벨링을 할 수 있었다. 대적 불가능한 상대를 만난 것은 흑갑룡이 유일했을 정도.

"그런데 나처럼 치밀하게 계획을 세우지 않고도 운 좋게 그런 코스만 골라 진행한 사람들도 분명 존재할 거란 말이지. 스킬이나 아티펙트까지 딱딱 제 타이밍에 나오면서 말야."

"듣고 보니 또 그렇네? 이거 묘하게 경쟁심 생기는데?"

"경쟁할 필욘 없어. 훌륭한 헌터들이 많아지는 건 인류를 위해 좋은 일이니까. 맨이터만 아니라면야, 뭐."

"아니 내말은 기왕 헌터가 되기로 한 이상 세계 최고를 꿈꿔야 한다는 거지."

"세계 최고라. 한국 최고도 쉽지 않을 거 같은데…."

태랑의 발언에 다들 깜짝 놀랐다.

스킬만 7개. 특성만 6개에 달하는 태랑이 한국 최고가 아니면 감히 누가 최고를 논한단 말인가?

"형보다 더 강한 사람도 있어요?"

"기준에 따라서는 충분히."

"진짜? 우리 이상으로 레벨링을 하는 게 현실적으로 가능해? 막말로 E급인 좀비 프린스, 심지어 오늘은 F급 서리마녀까지 잡았잖아? 누가 이런 괴물들을 잡겠어?"

태랑도 답답한지 맥주를 벌컥벌컥 들이켰다.

"말했지만 기준에 따라서 말이야. 특성 중엔 '포스 상승치 x2' 같은 괴랄한 특성도 있거든. 이런 사람은 우리의 절반만 사냥하고도 포스를 똑같이 얻을 수 있어. 포스만 치면 나보다 높을 수도 있겠지. 또 '스킬 포인트 3배' 같은 특성을 갖은 사람은 같은 스킬차크라를 흡수 했을 시 남들보다 세 배로 스킬 포인트를 얻을 수 있어. 그것 뿐일까? 스킬 특성을 받았는데 그게 '블리자드'나 '싸이오닉 스톰' 같은 에픽 스킬이면 시작부터 남들보다 훨씬 앞서 나가는 거야. 에픽 스킬의 위력은 보통 스킬들과 비교도 안 되거든. 낮은 등급의 몬스터 무리는 학살도 가능하지. 저랩 구간에서 폭발적인 성장이 가능하단 소리야."

"세상에!"

태랑의 말에 다들 큰 충격을 받은 모습이었다.

이제껏 자신들보다 강한 헌터를 본적 없기에 더욱 그랬다.

경마공원에 만난 맨이터 오천식, 폭룡 클랜 마스터 강찬혁, 그리고 최근에 만난 아쳐스의 곽시은까지… 다들 한 가지씩 빼어난 절기를 갖추고 있었지만, 세이버 클랜에 견줄 바는 아니었다.

그러나 태랑의 이번 발언은 지금까지 만났던 헌터들이

결코 일류급이 아니며, 그보다 뛰어난 헌터들이 얼마든지 존재함을 밝히고 있었다.

그러고 보면 태랑은 과거에도 한번 일행 중 가장 뼈어난 유화조차 국내 랭킹으로 100위 쯤이라고 말한 적 있다. 그 것이 결코 겸손한 발언만은 아니었던 셈이다.

태랑은 동요하는 분위기를 쇄신하기 위해 말을 이었다.

"그렇다고 긴장할 필요까진 없어. 우리가 가진 특성도 만만치 않으니까. 유화의 근접전 마스터 능력, 민준이 보유한 무한의 검제, 슬아가 가진 침묵의 암살자 역시 남들이 볼 땐 충분히 사기적인 특성이야. 게다가 내 특성 포식자는 성장을 거듭 할수록 끊임없이 강해지는 종류고… 다만 좋은 특성을 가진 헌터들은 얼마든지 있다는 거야. 세상은 넓고, 헌터는 많달까…."

수현이 긴장된 음색으로 물었다.

"만약 강력한 특성을 가진 헌터들이 맨이터가 되서 다른 각성자를 죽이고 다니면 어쩌죠? 우리가 놈들을 막을 수 있을까요?"

태랑은 남은 맥주를 모두 입에 털어 넣더니 주먹을 불끈 쥐었다. 강화된 포스로 인해 알루미늄 캔이 압착기에 넣은 것처럼 완전히 쪼그라들었다.

"그래서 나는 클랜을 결성한 거야. 우리 각각은 화살과 같아. 하나의 화살은 쉽게 부러지겠지. 하지만 여러 대의 화살은 결코 꺾이지 않아. 우린 더욱 똘똘 뭉쳐서 지금보다 훨씬 강해 져야해. 누구도 우릴 꺾지 못하도록."

태랑의 선언에 다들 고개를 끄덕였다.

이어 그는 손가락으로 자신의 머리를 가리켰다.

"결정적으로 나에겐 이게 있잖아."

은숙이 대답했다.

"뛰어난 두뇌?"

"자, 잘생긴 얼굴요?"

유화는 그 말을 내뱉고는 얼굴이 빨갛게 달아올랐다. 술에 취한건지, 분위기에 취한건지 모르지만 홍조를 띈 그녀의 얼굴이 무척 귀여워 보였다. 원하는 대답이 계속 나오지 않자 태랑은 묵묵히 고개를 저었다. 그때 민준이 말했다.

"알겠다. 미래를 미리 봤다는 것."

"그래. 민준이 맞았어."

"훗―."

"초반엔 타고난 특성과 거듭된 행운으로 우리보다 먼저 치고나가는 사람도 분명 있을 거야. 하지만 언제까지 계속되는 요행은 없어. 그런 사람들은 한번이라도 삐끗하는 순간 크나큰 좌절과 실패를 경험하게 되겠지. 결국 시간이 갈수록 유리해 지는 건 우리야. 나는 언제나 이기는 싸움만 할 테니까."

"오빠 왠지 멋있어요!"

"그라믄 태랑이 니만 믿으면 되는 거제?"

"역시 내가 사람하나는 잘 골랐다니까. 너도 입단하길

잘했지 슬아야?"

슬아는 은숙의 말에 슬쩍 고개만 끄덕였다. 아까부터 술은 입에 대지 않은 체였다.

"응? 넌 근데 왜 술 안 마셔?"

"…잘 못 마셔요."

슬아는 왠지 우울한 표정이었다. 대답을 마친 그녀가 화장실을 간다며 벌떡 일어났다. 때마침 태랑 역시 소변이 마려워져 1층 화장실로 향했다.

화장실 앞에는 슬아가 벽에 기댄 채 우두커니 서있었다.

"어? 여기서 뭐해?"

"…아!"

'벌써 볼일 보고 나왔을 리는 없고… 화장실 간다는 건 거짓말이었나?

"혹시 자리가 불편하니? 음식이 입이 안 맞는다던지…."

"…그런 거 아니에요."

슬아가 고개를 떨구며 시선을 내리깔았다.

"그럼 기분 안 좋은 일 있어?"

지금도 밖에선 왁자지껄 떠드는 소리가 들려왔다. 다들 오랜만에 기분 내는데 혼자 우울해 있는 그녀를 보고 있자니 괜히 신경이 쓰이는 태랑이었다.

'거참, 마음 쓰게 하는 타입이네.'

태랑이 슬아의 손을 붙잡고 밖으로 이끌었다.

"잠깐 나가자. 나 담배 태울 건데 심심해. 너도 바람이라도 좀 쐐."

두 사람은 들어온 방향과는 반대로 건물 뒷문을 통해 나
갔다. 건물 뒤 공간에는 주차장과 조그만 텃밭이 있었다.

태랑이 담배에 불을 붙이며 말했다.

"난 말이야, 슬아 네가 동료들과 잘 어울렸음 좋겠어. 물
론 네 성격에 적응하기 힘들다는 건 알아. 그래도 이런 날
엔…."

"그런 거 아니라구요!"

태랑은 갑자기 언성을 높이는 슬아의 반응에 놀라, 물고
있던 담배를 떨어뜨렸다. 그 모습에 오히려 슬아가 당황했다.

"죄, 죄송해요. 저 때문에…."

태랑은 묵묵히 바닥에 떨어진 담배를 줍더니 필터 부분
을 후후 불어냈다.

"괜찮아. 내가 실수 한 거야."

"……."

괘념치 않는 태랑의 태도에 슬아가 더욱 불편해 졌다.
태랑은 말없이 담배를 태우며 취기가 오른 몸을 식혔다.
담배가 절반 쯤 타들어 갈 때 쯤, 슬아가 천천히 입을 열었
다.

"…부모님 돌아가신 사고 말예요."

"응?"

"교통사고였는데, 음주 운전이었어요. 가해자가."

"아!"

"아무 죄 없는 우리 부모님을, 술 먹고 운전대 잡은 경솔한 사람이 저세상으로 보낸 거예요. 그래서 싫어요. 술이."

태랑은 이제껏 단순 교통사고로만 알고 있었지 자세한 내막을 듣긴 처음이었다. 그제야 왜 그녀가 술자리를 싫어하고 술 마시는 행위에 불편함을 느꼈는지 알게 되었다.

"아… 미안. 난 그것도 모르고…."

술자리를 허락한 태랑은 괜히 죄를 지은 느낌이었다.

"아니에요. 술 마시는 게 무슨 잘못이겠어요. 음주운전한 사람이 나쁜 거지. 죄송해요. 괜히 저 때문에 신경 쓰게 해서."

"그래도 불편했을 텐데 내색 안 해줘서 고마워."

그녀에게 오늘의 술자린 분명 가시방석이었을 터. 태랑은 슬아의 배려가 진심으로 감사했다.

음주운전 사고로 어려서 고아가 된 그녀의 처지와, 그것에 트라우마를 가지고 있으면서도 분위기가 가라앉을까 아무 말 않고 감내한 슬아를 보며 태랑은 깊은 연민을 느꼈다.

동정심이었을까? 아니면 조금은 취했던 걸까.

태랑이 가엾은 슬아를 갑자기 안아 주고 싶었다.

그것은 여자로서 느끼는 감정보다 여동생에게 느끼는 애틋함 비슷한 것이었다.

태랑이 다짜고짜 슬아를 와락 껴안았다. 갑작스런 포옹에 슬아의 가슴에 순간 찌릿- 전기가 흘렀다. 그녀의 남성 혐오증은 씻은 듯 사라져 있었다.

"이제 괜찮아. 넌 절대 혼자가 아니야. 내가 가족처럼 있어 줄게."

태랑이 슬아를 토닥였다. 포근한 느낌에 슬아는 그를 거부할 수 없었다. 오히려 그녀의 손도 슬쩍 태랑의 허리에 얹어졌다.

"어으! 고추가 어딨더라?"

갑작스런 불청객의 등장에 슬아가 화들짝 놀라 태랑을 밀쳐냈다.

'오빠가 안 돌아오네?'

한모와 한참 술 대결을 벌이던 유화는, 화장실을 간 태랑이 돌아오지 않는 사실을 깨달았다. 그러고 보니 슬아도 어느새 사라져 있었다.

'뭐야? 왜 둘 다 없는 거지? 설마…'

유화는 덜컥 불길한 예감이 들었다. 슬아가 비록 아끼는 동생이라곤 하지만 그녀에게 태랑을 뺏기고 싶은 생각은 전혀 없었다.

"저 잠시 화장실 좀 다녀올게요."

"드디어 항복한 거시여? 나의 승리제? 빨랑 인정 하랑께?"

얼굴이 달궈진 쇳물처럼 시뻘게진 한모가 술잔을 탕탕 내리치며 큰소리쳤다. 그 말에 유화가 발끈했다.

"무슨 소리에요, 지금! 누가 봐도 아저씨가 먼저 맛탱이 갔구만! 낯짝이 관운장 뺨치겠는데? 혹시 전에 모시던 형님 성함이 유비는 아니죠?"

"왐마, 요 앙큼한 것 보소? 나를 시방 빙다리 핫바지로 보냐잉? 야부리 고만 털고 후달리믄 언능 화장실 가서 토하고 오랑께? 나는 이대로 날을 새도 끄떡 없어브러!"

"흥, 누가 토하러 간데요? 저 아직 안 졌거든요?"

두 사람이 옥신각신 다투는 사이 은숙이 설거지거릴 챙기기 위해 그릇을 하나 둘 정리했다. 언제나 거나한 술자리 뒤엔 묵묵히 뒷정리 하는 사람이 있는데, 여기선 은숙이 그 역할이었다.

'아주 놀고 들 있네. 은근 죽이 맞는단 말이야, 저 두 사람도.'

잠시 딴 생각을 하던 은숙은 그릇에 남은 쌈장을 손에 묻히고 말았다.

'이런 쌈장!'

급히 휴지를 찾았으나 마침 다 떨어지고 심지만 덜렁 남아있었다.

'아오! 그새 누가 다 썼담? 화장실 가서 씻고 와야겠다.'

은숙은 손을 씻기 위해 1층 여자 화장실로 향했다. 그때 건물 뒤편에서 대화 소리가 들려왔다.

'응? 누구지?'

그녀는 유리문을 통해 슬쩍 밖을 내다보았다. 마침 그녀의 두 눈에 포옹을 하고 있는 태랑과 슬아의 모습이 비춰졌다.

'에그머니나! 저것들 지금 뭐하는 거야? 아주 찰싹 붙어 있네?'

혹시나 이 광경을 유화가 보게 된다면 큰일이었다. 은숙은 문을 열면서 일부러 큰소리로 인기척을 냈다.

"어으! 고추가 어딨더라?"

은숙이 아무것도 모르는 표정으로 두 사람을 마주쳤을 땐, 어느새 포옹을 푼 두 남녀가 뻘쭘한 표정으로 서있었다. 특히 슬아는 죄 짓다 걸린 사람 마냥 안절부절 못하고 있었다. 태랑이 헛기침을 내며 은숙에게 말했다.

"흠흠, 은숙 무슨 일이야?"

"어, 고추가 떨어져서 텃밭에 따러왔지. 근데 두 사람 여기서 뭐했어?"

"네!?"

평범한 질문에도 뒤가 캥긴 슬아가 놀란 톰슨가젤처럼 펄쩍 뛰었다. 슬아의 격렬한 반응이 너무 웃긴 나머지 은숙이 재차 짓궂은 질문을 던졌다.

"설마… 슬아 너도 '고추' 따고 있었니?"

은숙이 고의적으로 '고추'에 악센트를 넣어 강조했다. 그녀의 도발에 순진한 슬아의 동공이 지진이 난 것처럼 마구 흔들렸다. 실로 엄청난 동요였다.

"아아, 저저저, 전 화장실 좀!"

슬아는 그 말을 남기곤 순식간에 건물 안으로 뛰어 들어

갔다. 가속 스킬까지 발휘하며 빠르게 자취를 감춘 슬아를 보며, 은숙이 두 팔을 허리에 얹고 피식 웃었다. 이어 슬그머니 물러나려던 태랑의 앞길을 막아섰다.

"잠깐 스톱. 나 너한테 할 말 있어."

"방금 고추 딴다지 않았어? 텃밭은 저쪽인데…."

그러면서 슬금슬금 발을 빼는 모습에 은숙이 빼액 소리쳤다.

"거기 안 서? 확 니 고추 따버린다?"

"뭐, 뭐라고? 너 취했어? 무슨 그런 말을…."

"됐고. 너 진짜 자각이 있는 애야, 없는 애야?"

"갑자기 무슨 소리야?"

"분란을 일으키려고 작정한 것도 아니고… 너 진짜 이러기야?"

밑도 끝도 없는 비난에 태랑이 설명을 요구했다.

"나 여자들 화법 못 알아 먹는다. 할 말 있으면 단도직입적으로 해."

"하긴, 뭐 여자를 뭐 제대로 사겨봤어야 여자 마음을 알지. 넌 멀쩡하게 생겨가지고 지난 이십칠 년간 뭐했니? 다리 사이에 달린 그거, 써보기나 했어?"

"뭐? 진짜 화나려고 하네. 너 왜 갑자기 나타나서 시비야?"

"시비? 하―. 이것 봐라. 끝까지 시치미 때시겠다 이거지? 너희 둘 여기서 진짜로 뭐했는데?"

"…그냥 바람 좀 쐤어."

"요샌 바람을 둘이 껴안고 쐐냐?"

'헉! 들켰나?'

태랑은 말문이 막혀 아무 대답도 하지 못했다. 은숙이 팔짱을 낀 체 계속 추궁했다.

"사실 아까 다 봤거든? 슬아 민망할까봐 모른 체 해준 거야."

"은숙아 그건 오해야. 사실은…."

"구차하니까 변명 하지마. 내가 너 넌씨눈 인줄은 알고 있었는데, 남 연애사 참견하기 싫어서 모른 체 했거든? 근데 진짜 이건 아니지. 너 유화 두고 어떻게 이럴 수 있어?"

"내가 뭘?"

"유화가 너 좋아하는 줄 몰라?"

어떻게 모를 수가 있겠는가?

그녀는 설정집에도 주인공을 좋아하게 되는 캐릭터로 나와 있다. 최근 행동만 보더라도 그녀의 마음은 충분히 확인 가능한 부분이었다.

태랑이 조그맣게 대답했다.

"…알고 있어."

"그걸 아는 사람이 그래?"

"아니 이번 일은 오해라니까? 설명하긴 복잡한데 절대 여자로서 감정을 느껴서 그런 게 아냐. 나는 그냥 슬아가 동생 같아서…."

"얼씨구. 아주 지랄 옆차기를 하세요. 내 경험상, 남녀 관계는 둘 중에 하나 밖에 없어. 내 여자, 아님 남의 여자. 뭐? 동생 같다고? 오빠오빠 하다가 아빠아빠 되는 거 순식 간이야. '태랑이 오빠' 하고 부르다가 금세 '누구아빠' 된다 니까? 갓난애는 막 옆에서 귀저기 갈아 달라고 보채고 있 고. 거짓말 같아?"

속사포처럼 쏟아지는 은숙의 독설에 태랑도 점점 화가 났다. 분명 오해라고 밝혔음에도 아랑곳 않고 비난을 퍼붓 는 그녀가 못 마땅했다.

설사 이번 일이 정말 남녀 간 애정사가 얽힌 일이라 한 들, 이건 엄연히 당사자의 문제였다. 동료들과 격의 없이 지낸다고 하지만 사생활에 대한 개입은 절대 사양이었다.

"야! 박은숙! 참견 좀 지나친 거 아니냐? 막말로 내가 누 구를 좋아하건 그건 내 마음이지, 네가 유난 떨일은 아니 라고 보는데?"

태랑의 반박은 도리어 은숙의 역정을 불러 일으켰다.

"김태랑! 이 나쁜 자식이 진짜 끝까지! 내가 그걸 몰라서 하는 말 같아? 내가 니 엄마야? 니가 누굴 좋아하는지 시시 콜콜 참견하게?"

"그럼 대체 나한테 왜 그러는데?"

"내 말은! 태도를 분명히 하란 말이야! 엄한 애 상처주지 말고!"

"…뭐?"

"그래. 니 말마따나 니가 누굴 좋아하든 그건 니 자유지. 하지만 상대방 순정을 그렇게 무참히 짓밟으면 안 되는 거야. 만약 유화가 그 장면을 봤다면 어쩔 뻔 했어? 최소한 상처를 덜 주려는 배려는 해야지! 그게 사람에 대한 예의 아니니?"

"……."

"그리고 네 애매한 행동은 우리 클랜에 엄청난 뇌관이 될 수도 있어. 여자의 질투심을 몰라서 그러나 본데, 이 일로 자칫 피바람이라도 불면 어떻게 감당하려는 거야? 생각이 있니, 없니? 처신 똑바로 하라고. 이 바람둥이 자식아!"

은숙의 입장은 단호했다.

유화의 진심을 알고 있다면 고백을 받아주든, 마음을 접도록 거절하든 태도를 확실히 해라. 어설프게 어장관리 하면서 슬아랑 뒤에서 몰래 호박씨까지 마라.

"…한마디로 클랜에 분란을 일으키지 말란 말이야. 알겠어? 너는 우리 마스터야. 클랜의 중심을 잡아줘야 할 사람이라고. 그런데 니가 앞장서서 불장난을 하고 있으면 어떡해? 홀라당 다 태워 버릴래?"

"언니? 거기서 뭐해요?"

그때 거짓말처럼 유화가 등장했다.

이번엔 태랑과 은숙 모두 깜짝 놀랐다.

'헉! 설마 다 들은 건 아니겠지?'

은숙이 다가오는 유화를 보고 재빨리 말을 지어냈다.

그러나 엉겁결에 거짓말로 둘러대느라 당황한 기색이 역력했다.

"유화 왔니? 난 텃밭에 고추 보러, 아니 내가 뭔 소리래… 고추 따러 왔어."

"네? 아직 많이 남았던데요?"

"아하하! 내가 고, 고추를 좀 많이 좋아해. 몰랐구나? 근데 유화 넌 언제 온 거야?"

"화장실 들렀다가 밖에 소리가 나서 와봤어요. 근데 두 분 혹시 싸운 건 아니죠?"

다행히 유화는 두 사람의 대화를 못 들은 눈치였다. 이번엔 태랑이 대답했다.

"우리가 싸우긴 왜 싸워. 잠깐 언성이 높아진 거야."

은숙이 재빨리 말을 이어 받았다.

"아니 글쎄 태랑이가 담배 연길 내 쪽으로 뿜는 거 있지? 안 그래도 담배 냄새 싫어하는데 말야. 그래서 한 소리 했어. 그게 싸운 것처럼 들렸을 수도 있겠다."

"그러셨구나. 근데 태랑 오빠 아까부터 안 보이던데 계속 여기서 담배 피우고 있던 거예요?"

"으, 응. 줄담배 좀 폈어."

"에이, 그럼 나도 좀 데려가지. 술 마시면 더 땡기는거 알면서. 치사해요."

"맞네. 내가 클랜 유일의 흡연동지를 깜빡해버렸네. 미안, 유화야."

거짓말을 통해 자연스레 위기를 모면한 두 사람은 몰래 가슴을 쓸어내렸다. 혹시나 둘의 대화를 유화가 엿들었다면 정말 일이 복잡해 질 뻔 했다. 은숙이 경고한 최악의 사태가 벌어질 수도 있던 상황이었다.

'유화가 못 들어서 천만 다행이다. 암튼 이쯤 경고 했으면 태랑이도 바보가 아닌 이상 알아들었겠지?'

은숙은 유화를 위해 얼른 자릴 비켜 줘야 겠다고 생각했다. 물론 곱게 물러나진 않았다.

그녀는 유화를 등진 상태로 손가락으로 자기 두 눈을 찌르는 시늉을 하더니, 다시 허공을 격해 태랑의 눈 쪽을 쿡쿡 찔렀다.

―지켜보고 있다. 라는 의미.

태랑에게 강렬한 경고를 남긴 은숙은 마치 아무 일도 없었다는 것처럼 태연하게 말했다.

"어휴, 꼴초들 진짜. 확 담뱃값을 십만원으로 올려버렸어야 된다니까? 괜히 어중간하게 올리니까 이렇게 끊지를 못하잖아. 에이, 고춘 그냥 담에 딸랜다. 둘이 오붓하게 담배 피고 와. 나는 먼저 가 있을게."

은숙이 자연스레 자릴 피하자, 건물 뒷편에는 태랑과 유화 둘만 남게 되었다. 유화는 은숙이 일부러 비켜준 걸 깨닫고는 고마워했다.

'역시, 은숙이 언니밖에 없다니까. 히힛.'

"오빠 저 담배한대만 주실래요? 깜빡 놓고 왔는데…."

"응, 그래."

유화는 한모와의 술 대결로 상당히 술을 마신 상태였다. 태랑 담배를 건네려고 가까이 다가가자 훅– 술 냄새가 풍겨왔다.

"너 꽤 많이 마셨구나? 대체 얼마나 마신 거야? 적당히 좀 하지."

"헤헤. 그래도 생각보단 멀쩡하죠? 지금 한모 아저씬 완전 맛탱이 가버… 앗차차. 아저씬 만취해서 쓰러졌어요. 수현이도 벌써 취해 자고 있고 민준오빠 혼자서 뒷정리 한다고 고생하고 있어요."

괄괄한 입담을 자랑하는 유화지만, 태랑 앞에서 만큼은 최대한 말을 곱게 썼다. 그에게 조금이라도 잘 보이려고 애쓰는 것이었다. 태랑은 그녀의 세심한 행동에서 자신을 향한 진심을 느꼈다.

'…맞아, 은숙이가 다소 오해하긴 했지만 아주 틀린 말한 건 아냐.'

태랑은 술기운에 볼이 발그레해진 유화를 보며 지금까지 애매하게 굴었던 자신의 태도를 반성했다.

그녀는 언제나 일편단심이었다. 가끔은 부담스럽고, 때로는 민망해서 모른 척 했지만, 그럼에도 유화는 한결같이 자신을 향한 애정을 숨기지 않았다.

'나 때문에 많이 속상했겠다. 유화도. 미안하네 괜히.'

물론 그가 유화의 마음을 알면서도 모르쇠로 일관 했던

건, 결코 그녀에게 마음이 없어서는 아니었다.

오히려 처음 만난 순간부터 호감을 가졌고, 같이 죽을 고비를 넘기는 동안 동료애를 넘어서는 뭉클함 감정을 느낀 적도 많았다.

다만, 지금은 혼세였다. 시대가 구세주를 필요로 했다.

사랑 타령 하며 허송세월하다간 종국엔 모두 비참한 결말을 맞이하고 만다는 걸, 그는 누구보다 잘 알고 있었다.

그래서 최대한 감정을 절제했다. 정신을 딴 데 둘 여유가 없었다. 목표에 대한 집중력을 잃고 싶지 않았다. 일단은 살고 봐야 했다. 그래야 훗날도 기약할 수 있을 테니까.

하지만 그것이 정말 '최선' 이었을까?

'어쩌면 나는 너무 이기적이었을지도….'

은숙은 자신에게 '인간에 대한 예의가 없다.' 했다.

유화가 뻔히 자길 좋아하는 줄 알면서도, 그저 바라만 보는 해바라기로 만들었다. 해바라기가 얼마나 힘들어 할지 생각도 하지 않으며.

"오빠, 무슨 생각해요?"

"응?"

"혹시 불만 있어요?"

"무, 무슨 소리야. 내가 너한테 무슨 불만이 있어. 그런 거 전혀 없어."

"풉-. 농담이잖아요. 담배 달랬는데 안주니까 혹시 '불만' 있냐구요."

"아차! 내 정신 좀 봐."

태랑이 서둘러 담배를 건넸다. 이어 라이터를 꺼내자 유화가 괜찮다며 손을 저었다.

"전 진짜로 '불만' 있거든요. 라이터는 괜찮아요."

유화가 스스로 담뱃불을 붙였다. 태랑은 왠지 그녀의 대답이 중의적으로 느껴졌다.

'설마 나 들으라고 하는 소린가?'

태랑도 곧 자신의 담배에 불을 붙였다. 한동안 둘 사이에 침묵이 이어졌다. 섣불리 먼저 말 꺼내기 어려운 묘한 분위기. 정적을 깬 쪽은 유화였다.

"…오빠 담배 피는 여자 별루죠."

"왜?"

"그냥 여자가 담배 피면 선입견 같은 거 있잖아요. 학창 시절 좀 놀았을 거다. 괜히 싸보인다… 뭐 그런."

"절대 아니야. 담밴 그냥 기호 식품이잖아. 가령 게임 좋아한다고 다 페인이고, 커피 좋아하는 사람이 모두 카페인 중독자는 아니지."

"정말요? 그냥 나 듣기 좋으라고 하는 소리 아니죠?"

"솔직히 말하면 네가 담배를 펴서 더 좋아."

"네? 그게 무슨 소리에요?"

유화의 눈에 부쩍 생기가 돌았다. 뭔가를 기대하는 눈빛.

"혼자 피면 심심하잖아."

"에이! 그냥 심심풀이 상대란 소리잖아요."

그녀가 다시 풀 죽은 목소리로 말했다. 태랑이 실망하는 유화를 빤히 쳐다보며 또박또박 다시 말했다.

"아니. 너라서 좋다고. 한모 형이나 수현이나 은숙이가 아니라."

"네?!"

"민준이나 슬아가 아니라, 바로 너라서. 내가 단 둘이 담배 피는 사람이 다른 누구도 아닌 이유화라서 좋은 거라구."

"그, 그게… 무슨…."

"…나 너 좋아해. 유화야."

"네에?!"

갑작스런 태랑의 고백에, 그렇잖아도 홍시 같던 그녀의 낯빛은 터지기 직전의 시한폭탄처럼 달아올랐다.

아무도 없는 한적한 주차장. 적당히 취기가 오른 남녀.

마치 짜놓은 극본처럼 완벽한 배경이었다.

입안이 바짝 타들어가고, 겨드랑이는 축축해 진다. 정신은 혼미하고 시야가 단춧구멍처럼 좁아들어 갔다.

유화는 지금의 현실이 꿈이 아니길 바랐다.

자신이 환청을 들은 것은 아닌지 진지하게 고민했다.

제발 그의 고백이 술김에 지껄인 농담이 아니길 간절히 소망했다.

"…오빠 혹시 취한 건 아니죠?"

"나 맥주 두 캔뿐이 안마셨어. 내가 취해서 하는 소리 같아?"

"죄송해요. 제가 너무 당황해가지구 헛소리가 나왔어요. 방금 말은 취소, 취소예요. 알았죠?"

태랑은 전전긍긍하는 그녀의 모습조차 귀여웠다. 부드럽게 손을 뻗어 그녀의 머리를 헝클어뜨렸다.

"내가 표현을 안 해서 그렇지, 너 처음 본 순간부터 맘에 들었어."

계속되는 태랑의 고백에 유화는 똥 마려운 강아지처럼 안절부절 못했다.

'아! 어떡하면 좋지? 이럴 땐 뭐라고 답해야 돼? 나 지금 엄청 바보처럼 보일 텐데….'

이제껏 혼자만의 짝사랑으로만 알았던 상대의 고백은, 그녀의 머리를 백지상태로 만들었다. 심장이 자동차 엔진이라면, 그녀의 RPM은 그 순간 7000을 돌파하고 있었다.

"…하지만."

태랑이 계속 진중한 목소리로 말을 이었다.

불길한 부정 접속사. 유화는 바짝 긴장했다. 침이 꼴깍 넘어간다.

"지금은 상황이 너무 안 좋아. 당장 내일이 어떻게 될지 몰라. 앞으로 해결해야할 일들도 산더미지."

"…알아요."

"그래서 되도록 감정을 드러내지 않으려 했던 거야. 너를 좋아하면서도, 언젠간 고백해야지만 하고 마냥 미루기만 했어. 그저 눈앞에 닥친 일들을 해치우기 급급했지."

"오빠…."

"이제라도 내 진심을 말하고 싶어. 널 이렇게 좋아한다고."

"……."

"먼 훗날이라도 다시 평화가 찾아오게 되면, 그때도 내 곁에 같이 있어주라. 그래주면 정말 좋겠어."

유화가 감격에 벅찬 목소리로 대답했다.

"네, 오빠…."

술자리가 벌어지던 날 밤, 태랑은 유화에게 진심을 고백했다.

비록 보통의 연인들처럼 알콩달콩 지낼 순 없겠지만, 서로의 감정을 확인하고 미래를 기약키로 약속했다.

그날 밤 유화는 두근거리는 가슴에 손을 얹고 모처럼 행복한 잠을 청했다. 그러나 그녀보다 먼저 방에 들어와 있던 슬아는 새벽 내 잠 이루지 못하고 있었다.

연신 뒤척이는 그녀의 머릿속엔 태랑이 와락 껴안았을 때의 잔상이 끊임없이 맴돌았다.

슬아는 속으로 생각했다.

'…어쩌면 나 태랑 오빠 좋아하는 걸까?'

불같은 청춘들이 밤이 조용히 흘러갔다.

❖ ❖ ❖

다음날.

은숙은 북어국을 아침으로 준비했다.

"해장들 하셔. 특히 한모씨랑 유화."

"언니, 고마워요! 최고야."

유화는 아침부터 굉장히 기분 좋아 보였다. 그도 그럴 것이 태랑의 고백을 받은 첫날이기 때문이었다. 그녀는 자신의 비밀 다이어리에 큰 하트를 그려놓고 '+1'이라는 숫자를 적어 놓았다.

'히힛. 아직 정식으로 사귀는 건 아니지만, 그래도 고백받은 날을 기록해 놔야지.'

"응? 유화 무슨 기분 좋은 일 있니? 왜 그렇게 활기차 보이지?"

"그래요? 오늘 컨디션이 좋네요."

"아이고 골이야. 흐메, 양주에다가 뭘 섞었는 갑구마잉. 아침부터 머리가 허벌라게 울려 브러야."

관자놀이를 꾹꾹 누르는 한모를 보며 은숙이 핀잔을 주었다.

"그러게 작작 마시지. 무슨 애도 아니고 술배틀을 벌려 가지고는… 한모씨도 가끔 보면 어린애 같다니까."

"가끔이 아니고 언제 봐도 동안이제."

"동안은 개뿔. 해장이나 해."

"그래도 니 밖에 없구마잉. 이라고 해장국도 끓여주고."

조용히 국을 떠먹던 민준이 아직도 잠이 덜 깬 수현에게 물었다.

"수현이 넌 근데 맥주 한 캔 먹고 픽 쓰러져 버리더라? 원래 술이 약해?"

"네. 제가 원래 술만 마시면 잠드는 버릇이 있어가지고… 앞으로 술 마시면 안 되겠어요."

"뭐 마실 일이 얼마나 있겠어. 어쩌다 한번이지. 참 태랑아, 난 아침에 일어나서 스킬 포인트 올렸어."

"뭘로?"

"응, 바람의 벽 스킬이 유용할 것 같아서 2Lv로. 이제 좀 더 긴 시간동안 시전 될 거야."

"잘했어. 다른 사람들은?"

다들 아침식사를 하며 태랑에게 대답했다.

"전 천둥군주의 심판 올렸어요. 포스 소모가 너무 커가지고 쓰기가 부담 돼서요. 50%에서 40%까진 줄더라구요."

"난 베리어 스킬. 이제 동시에 두 명까지 커버 가능해."

수현과 은숙이 각각 대답했다.

위 세 사람은 기존 스킬을 강화하기로 했기 때문에 망설이지 않고 곧바로 레벨을 올린 상태였다.

모두 4개의 스킬포인트를 이용해 민준은 질풍검(1Lv), 오러 블레이드(1Lv), 바람의 벽(1Lv) 3개의 스킬을 올렸고, 은숙은 매직 미사일(2Lv), 베리어(2Lv), 수현은 번개창

(2Lv)과 천둥군주의 심판(2Lv)등 각각 2개를 2Lv까지 올린 상태였다.

"이제 요구치가 243까지 늘어나서 5번째 스킬 포인트를 올리는데는 시간 좀 걸릴 거야. 내가 이번에 5번째 스킬 겨우 찍었는데, E급 좀비 프린스, D급 트롤, F급 서리마녀까지 해서 평균 E급 3마리는 잡아야 모이는 것 같았어."

"와, 벌써 5스킬… 그럼 형은 이번에 궁술 올리신 거예요?"

수현이 물었다.

"응. 불카투스의 화신 스킬 2Lv이 궁술 특기거든. 그렇잖아도 좀 있다 나가서 테스트 해보려고. 이번에 얻은 서리 궁수의 활 아티펙트 위력도 볼 겸. 다른 사람들은 아직 새로운 스킬 안 찍었지?"

한모가 대답했다.

"계속 고민 중이여. 진짜 쓸데없는 거 나올까봐 무서워서 못 찍었어."

"슬아도?"

"네. 아직 저도."

"오빠 그러지 말고 밥 먹고 나가서 같이 확인해 봐요. 어차피 스킬 나오면 테스트도 해봐야 되니."

유화가 활짝 웃으며 말했다. 태랑을 바라보는 그녀의 눈에는 애정이 흘러넘쳤다. 눈치가 빠른 은숙은 어젯밤 둘 사이에 무슨 일이 있었다는 걸 짐작했지만, 당사자들이 굳이 밝히지 않는 상태에서 먼저 꺼낼 생각은 없었다.

'이것들이 급하게 진도 나갔네 본데? 하여간 술이 문제 라니까.'

본인이 멍석을 깔아 놓고도 엄한 술 탓을 하는 은숙이었 다.

"그래. 말 나온 김에 밥 먹고 나서 아티펙트 챙겨서 건물 앞 잔디로 모이자. 새로 스킬 배울 사람들도 테스트 하고, 기존 강화된 스킬도 연습해 보게."

"네."

태양광 발전소 건물 전면에는 잔디가 깔린 널찍한 공간 이 있었다. 세이버 클랜 멤버들은 아티펙트를 챙겨들고 하 나 둘씩 모여들었다.

단연 눈에 띄는 사람은 판금 갑옷을 장착한 한모였다.

하프 플레이트 아머(Half Plate Armor)를 받쳐 입은 그 는 햇볕을 받아 전신이 번쩍거렸다. 강철로 벼루어진 조끼 형태의 판금 갑옷은 흡사 로봇슈트의 외골격처럼 그의 몸 을 감싸고 있었다.

"와, 그게 서리마녀의 판금갑옷? 진짜 삐까뻔쩍 한데? 안 무거우세요?"

유화의 물음에 한모가 민소매처럼 패인 어깨 관절부를 붕붕 돌리며 대답했다.

"별로 무겁진 않고 전신 갑옷도 아니라 움직이기도 편하 구만. 그냥 방탄 조끼 입은 것 같아."

"완전 짱짱맨처럼 보여요. 근데 가까이 가니까 한기가

느껴지는데?"

"갑옷에 걸린 냉기 오라 때문이야."

태랑이 설명했다.

"냉기 오라는 아티펙트가 가진 패시브로 몬스터들의 움직임을 늦춰주는 효과가 있어. 우린 조금 서늘한 정도지만 몬스터에겐 혹한의 겨울과 같은 느낌일 거야."

"으따, 별 기능이 다 있네."

"게다가 공격자를 얼려버리는 랜덤 이펙트까지 있으니 근접 괴수들에겐 재앙이나 다름없지."

"5등급 아티펙트라 그런지 확실히 차원이 다르네. 등급은 모두 몇 등급까지 있댔지?"

"총 12등급."

"그럼 보자, ABCD…. 헉. 그럼 L등급 몬스터를 잡아야 12등급 아티펙트가 나오겠네?"

"포식력을 기준으로 한 몬스터 등급하고 아티펙트의 드랍 등급은 완벽하게 매칭되진 않아. 대충 6등급 아티펙트까진 일대일로 대응하는데, 그 뒤부턴 2단계 3단계 씩 훅훅 건너뛰게 되거든. 아마 12등급이면 M등급 몬스터 이상부터 드랍될 걸."

"M등급? 설마 티라노라도 된단 말이야?"

태랑이 잠시 기억을 떠올리더니 태연하게 대답했다.

"그만한 크기의 괴물도 있긴 하지. 인천 앞바다에 출몰했던 모히베스가 대충 그 정도? 아, 그리고 한국은 아닌데 외국 어디 도시에 떨어진 괴물은 닉네임이 '고질라' 였어. 워낙에 닮아서."

태랑의 말에 다들 기가 질린 표정이었다. 세상에 고질라 크기의 몬스터라니? 눈앞에서 빌딩이 움직이는 것 아닌가?

"대체 그런 괴물을 대체 어떻게 상대해? 가능하긴 해?"

"싸워야지. 열심히 레벨업하고 장비 갖춰가면서. 지금은 불가능해 보이지만, 언젠간 그런 괴물을 상대할 만큼 강해질 수 있을 거야. 적어도 내가 아는 미래에선 그랬어."

"와… 서리마녀나 좀비 프린스는 괴물 축에도 못 드는 놈들이구나. 놈들도 엄청나다고 생각했는데."

"그러게. 중간보스도 안 되겠는데…."

"그렇게 급하게 생각할 필욘 없어. 그런 괴물까지 상대하려면 아직 멀었으니까. 우리 능력으로 잡을 수 있는 놈들부터 차근차근 해치우면 돼. 각성자의 능력은 무궁무진 하다구."

그때 구석에서 새로운 스킬을 고르고 있던 슬아가 입을 열었다.

"저, 나왔어요."

"뭐야? 잘 떴어?"

"한번 봐 주실래요?"

슬아가 다소곳이 다가와 태랑에게 얼굴을 내밀었다. 예전에도 한번 그런 식으로 스킬을 감식해 준 적이 있었으므로 태랑은 자연스럽게 그녀의 귀를 만져 스텟창을 확인했다. 태랑의 행동에 유화가 살짝 부아가 났다.

'저 두 사람 스킨쉽이 너무 자연스러운데? 나중에 한 소리 해줘야겠어. 오빠 너무 눈치가 없단 말야?'

"오, 슬아 너에게 딱 적절한 스킬이야."

'암기 발출' (1Lv)

+암기류 무기 투척 시 공격력의 250% 데미지를 입힘.

+암기류 무기의 정확도가 자동 보정됨.

+암기류 무기의 관통력이 상승함.

+다음 스킬레벨에 도달하면 동시에 2개의 암기를 투척할 수 있음.

+다음 스킬레벨에 도달하면 암기에 적중당한 적이 중독 증세를 일으킴.

"역시 암살자 클라스 살아있네."

"한번 사용해봐."

태랑이 커다란 나무를 가리켰다.

"단검 한번 던져볼래?"

"저 다트도 잘 못 던지는데…."

슬아가 반신반의하며 단검의 날 부분을 붙잡아 투척했다. 빠르게 회전하며 날아간 단검은 나무의 정중앙에 깊숙이 박혀 들어갔다.

"우아. 손잡이만 남았어. 대박."

태랑은 만족스럽게 고개를 끄덕이더니 말했다.

"문제는 주무기인 단검을 던지고 나면 공격할 방법이 없다는 거군. 슬아 넌 따로 투척용 단검이나 암기를 들고 다녀야겠다."

한모가 말했다.

"그런 것이야 내 전문이제. 나가 시간 날 때 뚝딱뚝딱 만들어 줄랑께. 걱정 하덜들 말더라고."

"형님도 새 스킬 배운다지 않았어요?"

"인자 해볼란다."

슬아의 스킬이 비교적 잘 나온 것을 보고 한모도 용기를 내 스킬을 골랐다. 곧 그의 스텟창 아래쪽에 새로운 스킬이 추가 되었다.

'도발' (1Lv)

+함성을 질러 10M 반경에 있는 모든 적을 도발시킴.

+도발의 효과는 10초간 유효함.

+도발을 당한 적의 공격력이 5% 감소함.

+다음 스킬레벨에 도달하면 도발의 유효반경이 15M로 확장됨.

+다음 스킬레벨에 도달하면 도발의 공격력 디버프가 10%로 증가함.

"도발이 나와브렀네잉. 좋은 건가?"

태랑이 엄지를 치켜들었다.

"축하드려요, 형님. 탱커한테 필수 스킬이 나왔네요."

"그려?"

"네, 어그로 끄는 덴 그만한 기술이 없죠."

"운이 좋았구만."

이로서 모든 멤버들의 스킬포인트가 정리되었다.

태랑을 제외하고는 모두 4번씩 스킬을 올렸고, 스킬북이나 스크롤로 추가된 기술까지 포함하면 은숙이 태랑 다음으로 많은 스킬을 보유하게 되었다.

"태랑, 근데 내 힐링 스킬은 더 못 올리는 거지?"

"응. 아티펙트에 부가적으로 딸린 스킬은 레벨을 올릴 방법이 없어. 대신 스크롤로 배운 리버스 아이씨클은 올릴 수 있을 거야."

"그럼 제 얼음감옥 스킬 더 향상시킬 수 있겠네요?"

"맞아. 사실 나처럼 5개 이상의 스킬을 배우면 평범한 각성자들에겐 한계치에 근접한 수준이야. 이번에 4스킬 찍으면서 요구치 243까지 올랐지?"

"네. 이걸 언제 다 채우나 싶어요. 3포인트만 올려도 스킬 받을 때가 좋았는데…."

"3, 9, 27, 81까지는 다 더해도 120포인트잖아. 그런데 5번째 배울 때는 그전에 얻었던 스킬 차크라의 두 배를 더 얻어야 돼. 나 같은 경우는 다음 스킬까지 729포인트나 더 채워야 되구. 아마 6번째 스킬 포인트를 채우려면 반년도 더 걸릴지도 몰라."

"아하. 그래서 스킬북이 엄청난 값어치를 지니는 구나."

은숙의 말에 태랑이 설명을 보탰다.

"그렇지. 랜덤으로 주어지는 스킬은 분명 한계가 있어. 원하는 스킬이 나오면 다행이지만, 그렇지 못할 경우엔 겨우 포인트 모아 헛고생만 한 셈이지. 대신, 스킬북이나 스크롤을 구해 필요한 스킬만 골라 배운다면 최적의 스킬 트리를 구성할 수 있어."

"아하."

"그리고 아티펙트에 걸린 스킬은 등급이 높은 아티펙트의 경우 스킬 레벨도 덩달아 높게 나와. 가령 '지옥도'라는 7등급 무기엔 무려 3레벨 의 헬파이어가 걸려있거든. 파이어 볼과 비교도 안되는 엄청난 주문이야."

"그리고 보면 우린 아티펙트 무기는 거의 없네요?"

"그럼 다음 레이드는 무기를 구하러 가는 건 어때요?"

수현이 흥분해서 떠들었지만, 태랑이 가볍게 일축했다.

"안 돼. 그보다 먼저 해결해야 할 일이 남아있어."

"뭔데요?"

"재생의 묘약 구하러 갔을 때 만난 폭주족 기억나?"

"아! 그 십자가 문신요? 경기 동부 연합인가 하는… 이름도 참 웃기지도 않았는데."

"그래. 지금은 레이더스 클랜으로 이름을 바꿨다지? 암튼 놈들을 찾아서 노트북 도둑의 행방을 밝혀야 돼."

은숙이 물었다.

"태랑, 근데 왜 그렇게 노트북에 집착해? 놈들이 노트북을 가지고 있더라도 거기 담긴 문서 파일을 뒤졌을 거란 보장은 없잖아? 그리고 설사 봤다 쳐도 그걸 단순히 소설이라고 생각할 확률이 더 높지 않을까?"

그 점은 태랑도 동의했다.

"물론 그럴 수도 있지. 하지만 만에 하나 놈들이 소설과 함께 있는 설정집을 봤다면? 그리고 그걸 이용해 불의한 목적에 쓴다면? 그건 재앙이나 다름없어. 사용하기에 따라 설정집은 얼마든지 인류를 파괴할 수 있는 무기야. 세상에 존재하는 모든 아티펙트와 아이템 정보, 미래의 굵직한 사건들이 빠짐없이 기록되어 있으니까."

"아…."

"난 차라리 레이더스 클랜 놈들이 내 노트북을 가지고 있으면 좋겠어. 그편이 63빌딩에 쳐들어가는 것보다 훨씬 시간도 절약될 거거든."

"하긴, 그도 그렇네. 어찌될지 모르니 만나보긴 해야겠다."

두 사람의 대화를 듣던 한모가 입술을 씰룩거렸다.

"만나긴 뭘 만나, 가서 조져 브러야지. 도둑놈의 새끼들."

"그럼 오늘 바로 출발인가?"

민준이 검집에 검을 집어넣으며 물었다.

"아니. 대충 위치는 파악했는데, 혹시 모르니 정보를 더 수집해 봐야겠어. 괜히 찾아 갔는데 허탕 치면 곤란하니까. 3일 뒤 출발 할 테니 그 동안 정비하면서 새로 익힌 스킬을 연마하도록 하자."

"근데 몬스터도 없는데 저희끼리 대련하다 다치면 어떡해요? 기껏 구한 포션을 그런데 쓰긴 아깝잖아요."

유화의 걱정스럽게 물었다. 태랑이 대답했다.

"우리끼리 싸울 필요는 없어. 내가 대련 상대를 제공해 줄게."

태랑은 손가락을 튕겨 소환수를 불러냈다. 해골병사들과 골렘이 잔디 위에서 스르륵 몸을 일으켰다.

"이 녀석들 얼마든지 때려 부셔도 좋아. 단 방심하면 큰 코 다칠 거야. 소환수들은 내 스텟에 비례하니까 지금 못해도 B등급 이상일 거거든."

태랑의 말에 호응하듯 해골병사들이 창과 방패를 탕탕- 소리나게 부딪혔다. 골렘도 고개를 좌우로 꺾으며 위협적인 자세를 취했다.

그렇게 세이버 클랜원들은 3일 정도 준비기간을 갖게 되었다.

"이번엔 동시에 5마리야!"

해골전사 세 마리가 동시에 민준을 향해 달려들었다. 뒤에선 두 마리의 해골궁수가 화살을 겨누고 있었다.

민준은 날아오는 화살을 바람의 벽을 일으켜 막아내고는 연이어 스킬을 날렸다.

"질풍참!"

검 끝에서 일으킨 소용돌이가 춤을 추듯 좌우로 흔들리며 해골 전사에게 날아갔다. 그러나 태랑은 이미 그의 수법을 알고 있었다. 태랑인 곧바로 해골병사 셋을 산개 시켰다. 가운데 한 마리가 돌풍에 휩쓸렸지만, 좌우로 퍼진 두 마리는 그대로 민준에게 달려가 창을 내질렀다.

"그 수법은 뻔해!"

민준의 질풍참은 직선형태의 마법.

일렬로 달려들지만 않는다면 피해를 최소화 할 수 있었다. 결국 민준은 창끝을 피해 급히 뒤로 물러서야 했다.

"쳇. 오러 블레이드!"

끝내 민준이 3번째 스킬까지 꺼내들었다. 그때 해골 궁수의 뼈화살이 다시 날아들었다.

'설마 화살 맞는다고 죽진 않겠지?'

민준의 바람의 벽 쿨타임 아직 돌아오지 않은 상태. 태랑은 소환수를 조정해 화살을 날리면서도 속으로 걱정했다. 그러나 그것은 기우에 불과했다.

민준이 놀라운 집중력을 발휘해 날아오는 화살을 검으로 쳐낸 것이었다.

"어림없어!"

화살을 튕겨낸 민준이 그대로 해골병사에게 달려들었다. 오러 블레이드로 연두색 빛을 뿜는 그의 검이 빠르게 휘둘러졌다. 결국 해골 병사 셋은 그대로 동강나며 주저앉았다.

"휘유!~ 대단한데."

"오빠 멋져!"

민준의 5 vs 1 대결을 관람하던 다른 클랜원들이 박수를 보냈다. 태랑은 B급 몬스터에 준하는 자신의 해골병사를 일거에 해치운 민준에게 감탄하며 테스트를 종료했다.

"여기까지 하자. 궁수는 살려줘. 포스 딸려 힘드니까."

태랑은 이틀간 클랜원 각각에게 솔로잉 테스트를 실시했다.

현재까지 5 vs 1의 대결을 시간 내에 마친 사람은 유화와 민준이 유일했다.

한모는 수비는 뛰어났으나 공격력이 부족해 시간이 오버됐고, 반대로 슬아는 1:1의 공격력은 압도적이었지만, 수가 늘어날수록 허둥대며 문제점을 드러냈다.

원거리 딜러인 수현과 은숙은 말할 것도 없었다. 두 사람은 마법방어에 특화된 골렘을 만나면 거의 힘을 쓰지 못했다.

'그나마 완전체에 가까운 건 유화랑 민준이구나. 나머지는 장단점이 뚜렷해서 팀으로 엮지 않으면 위험해질 수도 있겠어.'

클랜원의 각개 전투 능력을 점검한 태랑은 이번엔 팀 단위 훈련으로 들어갔다.

"이번엔 내 모든 소환수를 풀로 동원할 테니까 여섯 명이서 한번 막아봐."

태랑이 곧 전체 소환수를 끌어냈다. 해골전사와 해골궁수, 마법사에 스톤 골렘 두 마리, 경비를 서고 있던 좀비들 개까지 불러들여 도합 19마리에 달하는 숫자였다.

엄청난 규모의 소환수 무리를 보고는 다들 질린 표정을 지었다. 같은 편 일땐 몰랐는데, 적으로 맞선다고 생각하니 거의 일당백의 포스였다.

"자, 잠깐! 작전 회의 좀!"

은숙이 급히 손을 들었다. 태랑이 여유를 부렸다.

"맘대로 해. 참고로 서리궁수의 화살도 날릴 거야. 조심해."

"그런 법이 어딨어?"

"난 단순히 네크로맨서가 아니라구. 네크로 전사라고나 할까?"

"쳇. 알았어. 잠시만."

은숙은 농구 경기에 타임을 요청한 감독처럼 일행을 불러 모으더니 한창 열띤 명령을 내렸다. 태랑은 서리궁수의 활줄을 튕기며 생각했다.

'다치지 않게 사정은 봐주겠지만 절대 질 생각은 없어.'

태랑의 테스트는 팀원의 훈련을 위한 목적도 있었지만, 스스로의 실력을 점검하려는 의도도 있었다. 현재 자신이 뛰어난 각성자 여섯을 동시에 상대할 수 있는지 궁금했기 때문이다. 몬스터는 피해가면 그만이지만 맨이터는 언제 어디서든 튀어나올 수 있다. 인간 대 인간의 대결 역시 그에게는 중요한 부분이었다.

잠시 후 은숙이 작전회의를 마쳤다.

"자! 시작해."

"아프다고 울지 마. 포션도 얼마 없으니까."

"흥, 자신감이 대단한데? 우린 여섯이라구."

태랑의 예상대로 한모가 판금갑옷을 착용한 체 전면에 섰다. 강력한 냉기오라가 발휘되며 주변을 급속도로 냉각시켰다.

이를 본 태랑이 곧바로 리치킹의 분노 특성을 펼쳤다. 느려지는 움직임에 대비하기 위해 공격속도를 끌어 올리는 것이었다. 해골병사들의 동공이 더 진하게 불타오르는 것을 보고 유화가 소리쳤다.

"오빠! 진심이네요?"

"훈련은 실전처럼, 실전은 더 가열차게!"

"나도 그럼 제대로 해요?"

한모를 중심으로 좌우에 민준과 유화가 좌우 날개가 되어 펼쳐졌다. 후방에는 은숙과 수현이 지원사격을 하고, 슬아가 두 사람을 지키는 진형이었다.

"그럼, 들어와!"

태랑은 언젠가 한번 지금의 클랜원들과 싸운다면 어떨까

하는 상상을 해본 적 있다.

엄밀히 따지면 몬스터를 상대하는 것과 사람을 상대하는 것은 전혀 다른 차원의 전투다. 몬스터는 수없이 사냥해봤지만, 사람과의 전투 경험은 확실히 부족한 편이었다. 기껏해야 소총을 갈기던 맨이터와 싸웠던 정도였으니까.

그는 이제껏 상상으로만 꿈꿔왔던 다른 능력자들과의 전투를 앞두고 조금 흥분했다.

'제일 먼저 원거리 딜러부터 노려야해.'

D급 이하의 하급 몬스터들은 공격 우선순위라는 개념이 없었다. 놈들은 그저 눈앞에서 알짱거리는 사람에게만 덤벼든다.

그 덕에 클랜의 원거리 공격수인 수현이나 은숙은 이제껏 레이드에서 큰 어려움 없이 마음껏 공격을 퍼부을 수 있었다.

'…하지만 난 몬스터가 아니란 말씀이야.'

"받아랏!"

태랑이 해골궁수를 빠르게 움직여 두 사람을 노렸다. 해골궁수의 뼈화살이 하늘을 가로지르며 머리위로 쏟아져 내렸다.

"으앗! 화살이다!"

"너, 진짜 이씨!"

은숙과 수현은 겨우 몸을 굴려 날아드는 화살을 피했다. 화살은 방금 전 두 사람이 서있던 자리로 살벌하게 박혔다.

태랑이 멀리서 두 사람에게 소리쳤다.

"말했듯이 쉴드가 20% 미만으로 떨어지면 알아서 물러나기야!"

"두고봐 너!"

태랑이 위협적인 공격을 서슴없이 가한 것은 다름이 아니었다. 그는 클랜원들의 쉴드가 거의 30에 육박하고 있다는 점을 고려했다. 심지어 한모의 경우는 아티펙트의 상승 효과로 자신보다 쉴드가 더 높았다.

쉴드는 간단히 말해 인체가 손상되기 앞서 충격을 흡수하는 코팅막이다. 즉, 쉴드가 존재하는 한 화살에 맞거나 칼에 배여도 큰 부상까진 피할 수 있다. 물론 쉴드 방어량을 능가하는 공격은 버티지 못하지만….

'그래도 30이면 내 소환수의 일격에는 당하진 않을 거야. 여차하면 포션도 있으니 최악은 피할 수 있어.'

해골 궁수가 재장전을 하는 사이 은숙이 매직 미사일로 반격을 해왔다. 강력한 매직 미사일 공격에 해골 궁수의 머리통이 떨어져 나가더니 멀찌감치 처박혔다.

'역시 굉장한 위력이다. 절대 공격할 틈을 줘선 안 돼.'

태랑는 곧바로 해골 마법사를 움직였다. 동공의 색깔로 보아 각기 화염계와 대지계 마법사였다. 특히 대지계 마법사는 연한 갈색의 동공을 띠고 있어 이색적이었다.

'잘됐군. 대지계열의 기본 마법은 마법사의 발을 묶기 딱이지.'

태랑은 파이어볼을 날림과 동시에 진창(Dirt) 마법을 펼쳤다. 은숙과 수현이 서있던 주변 땅이 흐물흐물 변하더니 거대한 진흙탕으로 변했다. 순식간에 움직임이 느려지며 날아오는 파이어 볼에 속수무책으로 당할 위기.

결국 은숙이 아껴뒀던 베리어 마법을 펼쳤다. 2Lv로 레벨업 된 그녀의 베리어는 동시에 두 명까지 커버가 가능했다.

수현과 은숙이 노란 색의 구체에 둘러싸이는 순간, 해골 마법사의 파이어볼이 바로 앞에서 폭발했다.

펑-!

불길이 걷히고 난 뒤, 은숙이 씩씩거리며 진심으로 화를 냈다.

"야 김태랑! 너 오늘 저녁 없을 줄 알아!"

"흥, 라면 먹으면 돼!"

태랑은 집요하게 마법사들만 노렸다. 그 사이 전진에 성공한 스톤 골렘이 두 사람을 노리고 바짝 달라붙었다. 마법사의 천적 등장이었다. 근접에 취약한 마법사들을 보호하기 위해 슬아가 놈을 상대했다.

'좋았어, 이걸로 저 세 사람 발은 묶을 수 있겠군.'

"아따, 우린 안중에도 없냐잉!"

중앙에서 한모가 소리치며 저돌적으로 해골 전사들을 향해 육탄 돌격 해왔다. 방패들 들어 후려치며 맹렬한 파동 스킬로 길을 열자 해골 전사들이 홍해처럼 좌우로 갈라졌다.

그에게 공격을 가하던 해골 전사는 갑자기 전신이 얼어 붙더니 얼음조각으로 변했다. 서리마녀의 판금갑옷이 가지고 있는 공격자를 빙결시키는 이펙트였다.

한모는 갑옷의 성능에 만족스럽게 웃으며 손에 든 빠루로 소환수를 산산조각 냈다. 와장창 깨져나가는 해골을 보자 태랑도 순간적으로 열이 받쳤다.

"거, 적당히 하시죠!"

태랑은 서리궁수의 활을 들어 한모를 조준했다. 그가 시위를 당기자 아무것도 없는 활줄에 새하얀 얼음의 화살이 생성되었다. 포스를 통해 자동 장전이 이루어지는 마법의 화살이 곧장 한모를 향해 날아갔다.

한모가 뼈의 장벽을 들어 화살을 막았다.

그러나 서리궁수의 화살은 방패에 적중한 즉시 수백개의 얼음조각으로 폭발했다. 마치 산탄총의 쇠구슬처럼 파편을 뿌리는 공격에 방패에 가려지지 않은 부위로 충격이 전해져 왔다.

"윽ㅡ. 이건 뭐여?"

"원래 산발 방식이에요!"

"아까 겁나게 따갑구만, 근다고 눈 하나 깜빡할 것 같어? 나가 누군지 알제? 배때지에 칼침 맞고도 버틴 사람이여!"

"뒤나 좀 보시죠."

"엉?"

어느새 한모의 뒤까지 달라붙은 스톤 골렘이 두 주먹으로 한모를 덮치고 있었다.

　부웅—!

　한모는 겨우 주저앉으며 스윙을 피했다. 아마 직격당했
다면 머리통이 박살날 뻔 한 공격이었다.

　"이런 니미 씨벌!"

　"헛, 지금 저보고 욕한 거 아니죠?"

　"아니, 이 돌뎅이 새끼 말이여!"

　흥분한 한모가 스톤 골렘과 맨투맨 대결에 들어간 사이
좌우로 갈라졌던 유화와 민준이 해골 전사들을 무너뜨리고
빠르게 근접해 왔다.

　'역시 저 두 사람은 해골병사만으로 막기 어렵겠군.'

　태랑은 대기시키고 있던 좀비들개 세 마리를 유화에게
보냈다. 좀비들개가 무서운 기세로 달려들며 유화 목덜미
를 노렸다.

　"저리가! 똥개들아!"

　유화가 칠보 장법의 수법으로 후려치자 좀비들개가 힘없
이 나가 떨어졌다. 그러나 좀비들개는 시선 끌기에 지나지
않았다. 마법사들을 견제하던 해골 궁수들이 과녁을 바꿔
유화를 향해 화살을 날린 것이다.

　밑에선 들개 들이 이빨을 으르렁 거리고, 위에선 화살이
직사로 날아드는 아슬아슬한 상황. 유화는 묘기와 같은 동
작으로 모든 공격을 피했지만, 반격이 녹록치 않았다.

　반대편으로 우회한 온 민준 역시 마찬가지. 그는 해골 전

사들을 하나 둘 해치웠지만, 태랑은 쓰러지는 즉시 해골 전
사들을 다시 부활시켰다. 쓰러져도 거듭해서 일어나는 해
골 전사들이 민준의 체력을 갉아먹었다.

"뭐야, 왜 계속 생겨!"

"부활 안 시킨단 말은 안했는데?"

"으윽! 이런 젠장"

"시간 잘 간다? 난 분명히 말했어. 10분 제한이라고."

태랑은 사전에 단체전 규칙을 두 가지로 정했다.

자칫 훈련이 과열되 부상으로 이어지지 않기 위한 것으
로, 하나는 쉴드가 20% 아래로 떨어진 사람은 자동으로 항
복할 것, 또 하나는 10분 동안 승부가 나지 않을 경우 수비
측인 태랑이 승리한다는 조건이었다.

6 vs 1의 대결이니만큼 태랑은 버티기만 해도 이기는 게
임.

'좋아. 조금만 더!'

6. 레이더스

포식의 군주

6. 레이더스

태랑의 예상대로 전투는 교착상태로 흘러갔다.

그는 쓰러지는 소환수들을 거듭 일으켜 세우며 버티기에 돌입했다.

이는 좀비 프린스를 처지하고 획득한 '성급한 부활' 특성 탓에 가능했다. 태랑은 절반으로 줄어든 쿨타임과 포스 감소를 이용해, 돌려 막기 방식으로 저지선을 유지했다. 해골전사를 해치우는 속도보다 태랑이 부활시키는 더 속도가 빠르다 보니 끊임없이 물량 쏟아져 나왔다.

해골 궁수와 마법사의 지원이 부족할 경우 직접 서리궁수의 화살을 날려 견제하는 것도 게을리 하지 않았다. 산탄처럼 퍼져나가는 그의 얼음화살은 빈틈을 찾아 돌격을 시도하는 전사들의 진격을 가로 막았다.

포스가 빠르게 고갈되었지만, 줄어드는 시간은 아직 태랑의 편이었다.

그 무렵 이질적인 움직임이 감지되었다. 태랑이 광각의 심안 특성을 이용해 지속적으로 전장을 스캔하는 데, 마법사들을 호위하고 있던 슬아가 홀연히 자취를 감춘 것이었다.

'…예상대로군. 슬아를 이용해 기습을 가할 참인가. 너무 뻔해.'

마침 스톤 골렘은 수현의 얼음감옥에 붙잡혀 움직임을 멈춘 상태였다. 그들은 성가신 스톤 골렘을 고립 시킨 뒤 최강의 자객을 출동시킨 것이었다.

'어디냐, 어디로 오는 것이야?'

태랑은 예리하게 감각을 집중시키며 화살에 시위를 매겼다. 슬아가 나타나는 순간 곧바로 화살을 날릴 작정이었다.

아무리 그녀가 뛰어난 암살자라도 미리 방비하고 있는 이상 기습은 통하지 않는다.

이것은 훈련이 시작되는 순간부터 가장 경계하고 있던 부분이었다. 자신을 수호하던 가장 믿음직스러운 검이, 이제 자신의 배후를 노리고 있었다.

'하지만 암습은 예상 못했을 때나 효과가 있는 법이야. 이번 기회에 똑똑히 가르쳐 주지.'

태랑은 끊임없이 전장을 컨트롤하며 모든 신경을 슬아의 움직임을 포착하는데 집중했다.

그때, 후방에 있던 수현이 비장의 한수를 꺼내 들었다.

그가 하늘을 향해 팔을 뻗어 주문을 외우자 태랑의 소환수를 건너뛴 공간으로 벼락이 떨어진 것이었다.

콰과광-!

"어엇?"

벼락이 내리 꽂힌 장소로 순간이동한 수현은 곧바로 자세를 가다듬고 태랑에게 벼락창을 날렸다.

'아차! 천둥군주의 심판을 이동기로 이용할 줄이야!'

예상치 못한 움직임에 태랑이 당황했다.

사실 그것은 처음부터 의도된 작전이었다.

암살자인 슬아가 모습을 감춰 태랑의 주의를 돌린 뒤, 수현이 순간이동기로 태랑의 방어벽을 건너뛰어 기습을 가하는 전략.

은숙은 처음부터 양동전략을 구상했던 것이다.

'젠장, 너무 빨라!'

자신을 향해 쇄도하는 하얀 번개창을 보며, 태랑이 바짝 얼어붙었다. 속성마법 중 가장 빠른 공격속도를 자랑하는 번개마법이 순식간에 거리를 좁혀왔다.

'쉽게 당하진 않는다!'

태랑은 마지막까지 아끼고 있던 불타는 좀비를 불러 일으켰다. 발 앞에 검은 원이 생기며 활활 타오르는 검은 인영이 소환되었다. 태랑을 향해 쏟아지던 번개창이 그의 앞을 가로 막은 좀비와 충돌했다.

퍼어어엉-!

거대한 폭발이 일었다.

내구성이 약한 좀비가 마법을 이겨내지 못하고 터져버린 것이다. 태랑은 순식간에 불타는 좀비의 화염에 휩싸였다.

"태, 태랑이형!"

깜짝 놀란 수현이 비명을 질렀다.

번개창의 위력은 태랑의 쉴드를 뚫을 정도 아니다. 다소 타격은 입겠지만 결코 치명상을 줄 순 없다. 그걸 믿고 날린 공격이었다.

그러나 불타는 좀비의 폭발력은 태랑이 가진 스킬 중에서도 가장 강력한 기술.

공격력의 1000%의 데미지를 주는 엄청난 위력 탓에 태랑이 이번 훈련 중 자체봉인하던 기술이었다.

아무리 태랑이지만 그 정도 공격은 버텨낼 재간이 없었다.

다들 깜짝 놀라 동작을 멈추었다. 특히 유화는 충격으로 주저앉고 말았다. 폭룡 클랜 모집전에서 보았던, 이강호의 자동차 폭발이 오버랩되며 끔찍한 상상이 펼쳐졌다.

그러나 모두가 경악한 순간, 화염의 한가운데서 한발의 화살이 튀어나왔다.

얼음의 화살은 그대로 수현에게 적중하면서 파편을 비산했다.

"으악!"

화살에 정통으로 맞은 수현이 가슴을 부여잡고 쓰러졌다. 곧 불길이 잦아지며 멀쩡한 태랑이 모습을 드러냈다.

"휴−, 거석의 파편 아니었으면 나도 그 불곰처럼 될 뻔했네."

태랑은 자신이 가지고 있던 아이템을 이용해, 폭발 직전 스톤 스킨 마법을 시전하여 피해를 막아낸 것이었다. 바닥을 뒹굴며 고통스러워하는 수현을 보자 태랑은 살짝 미안한 마음이 들었다.

"미안, 멍 좀 들거야."

"으으, 형 죽는 줄 알았잖아요. 그래도 무사해서 다행이에요. 근데 왜 이렇게 춥죠."

"화살에 오한효과가 걸려서 그래."

"윽, 전 리타이어요. 감기 걸릴 것 같아요. 좀 일으켜 주세요."

태랑은 쓰러진 체 부들부들 떨고 있는 수현을 보자 안쓰러운 마음이 들었다.

천둥군주의 심판 스킬을 이용해 순식간에 태랑 앞으로 날아온 것까진 좋았지만, 태랑의 기민한 대응에 기습에 실패한 대가는 처참했다. 아마 단체전 연습이 끝나면 한동안 은숙의 힐링 마법을 받아야 할 것이다.

태랑은 항복을 선언한 수현을 일으켜 세우기 위해 그의 손을 잡았다. 그 순간 온몸에 전기가 흐르며 짜릿한 충격이 전해져왔다.

"으앗!"

'아차, 천둥갑옷!'

천둥군주의 심판 스킬을 펼치면 3분간 천둥갑옷이 자동 발동된다. 천둥갑옷 스킬은 근접한 적에게 전기충격을 되돌리는 마법.

그것을 깜빡한 태랑은 수현의 손을 잡은 순간 감전에 노출되었다. 감전의 충격으로 자세가 무너지는 태랑 뒤에서 불쑥 단검이 튀어나왔다.

"…당했죠?"

아직 잔류 전기가 남은 태랑은 머리가 바짝 곤두서 우스꽝스런 몰골이었다. 그가 억울함에 분통을 터뜨렸다.

"이, 이건 반칙이지!"

"어어. 그렇게 움직이지 안 돼요. 제 칼은 쉴드를 무시하거든요."

슬아는 태랑을 뒤에 달라붙어 단검을 목에 들이밀었다. 화가 난 태랑이 쓰러져있는 수현을 비난했다.

"너 이 자식! 나한테 거짓말을 했지?"

수현은 멋쩍게 머리를 긁적이며 일어섰다.

"거짓말이라뇨. 저 진짜 항복이에요. 쉴드가 딱 19% 남았거든요."

"그게 아니라 혼자 충분히 일어 설 수 있었잖아!"

"어어, 움직이지 말라니까요?"

슬아가 더욱 바짝 몸을 붙이며 태랑을 압박했다. 그 바람에 태랑의 등 뒤에 뭉클한 촉감이 전해져왔다.

'웃? 뭐야 이 말랑한 건? 설마?… 얘는 또 왜 이렇게 바짝 달라붙는 거야, 사람 민망하게.'

"아, 알았어. 내가 졌어. 항복, 항복!"

결국 암살자에게 뒤를 배후를 내준 태랑이 항복을 선언했다. 왠지 억울한 패배였지만, 그래도 만족스러운 결과라고 자평했다.

'…은숙이가 제법 머리 좀 굴렸구나. 슬아를 신경쓰느라 완전히 당할 뻔 했어. 거석의 파편 아이템이 없었다면 수현의 번개창에 진즉 끝났을 거야. 번개 공격은 1초간 스턴을 동반하니까, 그 시간이면 충분히 슬아가 내 목을 취했겠지. 쳇-. 다음에 뚜고 보자.'

단체전 훈련을 마친 일행은 2층 티 테이블에 모여 소감을 주고받았다. 훈련 교관격인 태랑이 잘된 점과 잘못된 부분을 짚어주고, 질의응답 식으로 피드백을 나누는 형태였다.

"…어쨌든 다음에 또 훈련할 기회가 생기면 방금 말했던 부분을 좀 더 보완하면 좋겠어."

태랑이 감평을 마치자 기다리고 있던 수현이 쭈뼛거리며 고개를 숙였다.

"형, 아깐 죄송해요. 저도 모르게 승부욕이 앞서가지고…."

"아냐. 천둥갑옷 효과가 남아있다는 걸 깜빡한 건 나였는데 뭘… 그리고 어차피 연습인데 승패같은 건 중요치 않아. 덕분에 많이 배웠어."

"뭘 배워요?"

"응, 믿을 놈 하나도 없다는 거."

"혀엉!"

수현이 애처럼 매달리자 태랑은 질겁하며 밀쳐냈다.

"얌마, 나 남자랑 스킨쉽 하는 거 싫어하거든? 저리 안가?"

"흐응. 그럼 여자는 괜찮다는 말예요?"

"여자…?"

태랑이 고개를 갸웃거리는데 유화가 팔짱을 낀 체 태랑을 게슴츠레 노려보았다. 왠지 불만에 찬 얼굴이었다.

"아니에요. 흥."

유화는 토라진 얼굴로 콜라 캔에 꽂은 빨대를 물었다. 어색한 분위기가 흐르자 은숙이 자연스레 화제를 돌렸다.

"태랑, 근데 만약 이게 실전이었어도 결과가 같았을까?"

"실전이라…."

태랑이 턱을 괴며 생각에 잠겼다.

'실전이었다면 처음부터 마법사들에게 불타는 좀비를

돌진시켰겠지. 활 대신 창을 들고 하나씩 각개 격파했을 테고…'

그러나 괜히 말로 클랜의 사기를 떨어뜨리고 싶지 않았다.

"그래도 힘들었을 거야. 실전엔 10분 시간제한 같은 건 없잖아. 너희들이 장기전으로 끌고 갔으면 결국 포스 딸려서 패배했을 걸."

'…물론 그전에 내가 속전속결로 승부를 서둘렀겠지만.'

태랑의 배려를 아는지 모르는지 은숙이 만족스러운 얼굴로 고개를 끄덕였다.

"역시! 아무리 너라도 아직 6 vs 1은 무리지?"

"그래. 참, 내일 출발인데 수현이 너 레이더스 클랜 소식은 좀 알아봤어?"

"네, 근거지는 전에 말한 길동 생태공원이 맞나 봐요. 사람들 목격담이 죄다 그쪽 근처거든요."

"목격담?"

수현이 얼음을 띄운 아이스커피를 한 모금 마시며 말을 이었다.

"글쎄, 얘네들 이동수단이 좀 독특해서…."

"뭔데?"

"오토바이요."

"잉?"

"오토바이? 아따 누가 폭주족 출신 아니랄까봐…."

태랑이 바로 의문을 표했다.

"근데 오토바이면 소음에 민감한 몬스터들이 가만두지 않을 텐데? 그건 상어 떼가 모인 바다 속에 피 흘리고 입수한 거나 마찬가지라구. 쉽게 말해 자살행위지."

"네. 저도 그래서 반신반의 했어요. 근데 본 사람들마다 오토바이 수십 대가 떼지어 가는 걸 목격했다지 뭐에요. 그러다 식견 있는 유저 한명이 비밀을 밝혀냈죠."

"비밀?"

"뭔데?"

수현은 퀴즈의 출제자라도 되는 냥 일행을 한번 쓰윽 훑어보며 말을 아꼈다.

"야! 빨랑 말 안해? 이게 어디서 간을 보고 있어."

은숙이 매섭게 다그치자 수현이 깨갱하며 입을 열었다.

"힉. 그, 그게 전기 오토바이래요. 왜 서울시에서 한번 친환경 사업한다고 피자업체 같은데 보급한 모델 있잖아요. 그게 소리가 전혀 안 난다나?"

"아!"

"요것들 제법 머리 좀 굴렸는데?"

"그러니까요. 근데 들리는 소문이 좀 안 좋아요. 원체 질 나쁜 놈들이라 그런지 맨이팅을 한다는 얘기도 있고."

"그럼 레이더스가 맨이터란 말이야?"

"이것들 봐라?"

"물론 확실하게 밝혀진 건 없어요. 일단 그 근방은 놈들이 완전히 장악한 거 같아요."

"흠…."

태랑은 고민에 빠졌다. 전기 오토바이를 몰고 돌아다닌다면 붙잡기가 쉽지 않을 것이다.

'어설프게 덮쳤다간, 그대로 도주해 버릴 수도 있겠군. 확실한 타이밍을 노려야겠다.'

태랑이 말했다.

"어쨌든 놈들 소재는 확실해 졌으니 내일 그쪽으로 가보자. 한모 형, 무기 준비는 다 되가죠?"

"그라제. 틈나는 대로 만들었어야. 참, 슬아 너 이거 받아라잉."

한모가 탄띠처럼 보이는 굵은 허리띠를 테이블 위에 올렸다. 허리띠 둘레로 조그만 포켓이 여러 개 달려있었고, 각각의 포켓엔 조그만 칼날이 꽂혀 있었다.

"이게 뭐에요?"

"접때 말했냐. 나가 투척무기 맹글어 준다고. 과도에서 손잡이 부분을 잘라내고 납덩이 달아서 개조한거여. 벨트처럼 허리에 착용하믄 돼."

슬아가 벨트에서 조심스럽게 단검을 꺼냈다. 날카롭게 갈린 과도 날 끝에 'T' 자 모양으로 무게 추를 달아 균형을 맞춘 투검이었다. 벨트를 쭉 둘러 모두 10자루가 꽂혀 있었다.

"아… 고마워요, 아저씨. 언제 이런 걸 다….

"아따 니도 유화 따라가냐잉. 아저씨가 뭐여, 오빠라고 부르랑께."

"와! 아저씨 진짜 양심도 없네. 이제 갓 스무살인 애한테 무슨 끔찍한 짓이에요. 근데 잘 만들긴 잘 만들었다. 손은 투박하면서 의외로 솜씨가 좋네요?"

유화의 칭찬에 기분이 좋아진 한모가 껄껄 웃었다.

"나는 기술자가 됐어도 잘했을 것이여. 참, 태랑이 니가 말한 창도 만들어 놨어야. 쇠로 된 봉대 끝에 파이크 달아 달랬지?"

"네, 베는 형태보단 찌르는 무기가 좋을 것 같아서요. 고맙습니다."

"무기 필요하믄 나한테 말만 해브러."

이어 민준도 말했다.

"전에 챙긴 무전기는 완충한 상태로 준비해 놨어. 모두 3개고, 여분 베터리까지 있으니 2~3일 정돈 버틸 거야."

"난 오전에 유화랑 같이 식량이랑 침낭 세팅 끝냈어. 백팩이 우겨 넣느라 혼났지 뭐야. 혹시 몰라서 비상용 랜턴도 넣어뒀고."

태랑은 알아서 준비물을 챙기는 동료들이 고마웠다. 레이드가 반복되다보니 스스로 맡은 일은 시키지 않아도 척척 돌아갔다. 모두 준비상황을 보고하는데 슬아만 잠자코 있었다.

작전 전반을 책임지는 태랑, 식료와 취침도구를 준비하는 은숙과 유화, 통신장비와 정보 수집을 맡은 수현과 민준, 그리고 무기와 소모품을 챙기는 한모에 반해 슬아는 고유 영역이 없었다.

그 사실이 못내 부끄러웠던 슬아는 초조한 표정으로 고개를 떨궜다. 태랑이 민망해하는 슬아를 보고 물었다.

"정찰담당 이슬아. 단망경은 잘 챙겼지?"

"정찰… 담당요?"

"뭐야? 아직 자기 임무도 몰라? 넌 정찰 및 척후활동 담당이잖아. 전투 시 가장 필수적인 역할말이야."

"아! 네. 챙겼어요."

"잘했어. 내일도 그럼 잘 부탁해."

"네…."

슬아는 태랑의 배려에 고마움을 느꼈다.

'…오빠는 참 따뜻한 사람이구나.'

오토바이를 탄 무리가 도로위에 한 남자를 뒤쫓고 있었다.

스쿠터처럼 생긴 오토바이는 모두 스무 대가 넘었고, 각기 한손에 자전거 체인이나 가시 박힌 방망이등 위협적인 무기를 들고 있었다.

"그만 포기하시지? 아티펙트만 내놓으면 된다니까?"

남자는 끈질겼다.

오토바이가 빠르게 몰이를 해오는 데도, 장애물을 이용해 끝끝내 퇴로를 열었다. 아무리 좁은 길을 드나드는 오토바이라도 도로를 점거한 차들과 무너진 건물 잔해까지 뚫고 갈 순 없었다.

"쳇, 어차피 독 안에 든 쥐야. 언제까지 도망치나 보자구!"

반대편에서 우회해온 놈들이 앞을 가로막자, 사내는 끝내 무리에 둘러싸이고 말았다. 특유의 배기음은 없지만 수십대의 오토바이가 사내를 중심으로 빙글빙글 도는 모습은 그를 절망감에 빠뜨리기 충분했다.

"이 개자식들! 우리 클랜원들이 절대 너희를 용서치 않을 것이다."

"응? 누구 말이냐? 네 녀석 아직 모르나 본데, 너네 클랜 이미 끝장났어."

"헛소리 마라! 우리 마스터가 너희놈들 따위에 당할 것 같으냐?"

"누구? 바람의 마도사? 너네 마스터 얼마나 잘났는지는 모르겠고, 그쪽으로 백골단이 갔다는 소식은 들었지."

"백골단?"

"들어 봤지? 미치광이 살인귀들… 우리 보스가 1급 사형수들만 골라 뽑아 만들었는데…."

"얌마, 쓸데없는 소리 집어치우고 저놈 가진 목걸이나 뺐어. 이 자식이 '물건' 들고 튀는 바람에 이틀이나 삥삥이 쳤다고."

"내가 곱게 죽어 줄 것 같으냐!"

사내가 두 손에 불꽃을 일으켰다.

그가 일으킨 마지막 불꽃이었다.

❖　❖　❖

하얀 방독면은 흡사 해골 가면 같았다. 그것은 머리에 뒤집어쓴 안전모와 묘하게 어울렸다.

'안전제일' 마크가 붙은 안전모의 글귀와 달리, 그들은 타인의 안전 따윈 1g도 신경 쓰지 않는 그야말로 무뢰배들이었다.

─기이이이이잉!

전기톱 돌아가는 소리가 폐건물을 내부에 무섭게 울려 퍼졌다. 곧 이어 벽면에 끔찍한 피가 튀었다.

"크하아악!"

"그만해라! 이 미친놈들!"

바락바락 소리 치는 중년 사내의 외침에 전기톱 시동이 뚝─ 꺼졌다. 윙윙 거리며 돌아가던 모터가 서서히 잦아 든다.

전기톱의 주인공은 살점이 묻어나온 톱날을 바지춤에 문질러 닦았다. 옷에 피가 묻어도 개의치 않는 모습.

"그래. 사실 나도 수동을 더 좋아하거든."

방독면 사이로 흘러나오는 음색은 기괴하기 짝이 없었다. 기계로 변조 시킨 것 같은 묘한 울림이었다.

그는 전기톱을 아무렇게나 팽개치더니, 뒷춤에서 목공용 톱을 꺼내 들었다. 붉은색 손잡이에 달린 톱날이 상어 이빨처럼 날카롭게 번뜩였다.

"야, 저 새끼 잡아봐."

"이, 이힉-, 뭐, 뭐하려는…."

"말했잖아. 난 수동을 더 좋아한다고. 전기톱은 단면이 너무 지저분하단 말이지."

그때 무릎 꿇린 포로 근처에 있던 다른 해골마스크가 말했다.

"크크. 과연 토막살해자 답군. 이봐, 저 친구가 이제까지 몇 명이나 토막 쳤는지 말해줘?"

대답이 없음에도 그는 신이 나서 떠들었다.

"무려 열두 명이라구, 열두 명. 아참, 이건 세상이 바뀌기 전 이야기라 그 뒤는 몇인지 모르겠다."

그때 멀찌감치 떨어져 있던 사내가 짜증스럽게 끼어들었다.

"거참 죽이는 방법도 너저분하긴. 그냥 나처럼 한방에 보내버리라고."

탕-!

느닷없는 총질에 포로하나가 풀썩 쓰러졌다. 죽은 남자의 이마에는 조그만 구멍만 남았지만, 뒤통수는 산산조각 나 있었다. 총을 뽑는 솜씨가 너무 빨라 눈에 보이지도 않았다.

포로들은 급작스런 사태에 놀라 비명도 지르지 못했다.

"어이, 카우보이. 내거 건드리면 죽어."

토막살해자가 목소리를 내리 깔았다. 방독면 너머로 진한 살의가 전해졌다. 그러나 카우보이는 전혀 아랑곳 않는 눈치였다. 그는 손잡이 걸이에 손가락을 넣더니 빙글빙글 권총을 돌려댔다.

"글쎄? 니 톱이 빠를까? 내 총알이 빠를까?"

"…손가락 하나하나 자르는 재미는 있겠군. 특히 오른손 집게 손가락."

"잊지 마라. 내 총알은 만만치 않다는 걸. 포스 담긴 총알 맞아는 봤어?"

"……."

분위기가 급격히 험악해졌다.

그들은 포로를 꿇어앉히고 전혀 신경 쓰지 않고 있었다.

그도 그럴 것이 포로들의 팔목엔 독특한 수갑이 채워져 있었는데, 그 재질이 지구상의 것과는 사뭇 다른 형태였다. 그것은 '마나번 체인(Mana Burn Chane)'이라 불리는 아티펙트로, 수갑을 채운 대상의 포스를 문자 그대로 타들어 가듯 갉아먹어 바닥까지 떨어뜨리는 효능이 있었다.

즉 수갑을 채운 상태에선 어떤 각성자도 포스를 발휘할 수 없는 것이다.

"야. 그쯤 해. 단장님 오신다."

그 말에 살얼음 같던 분위기가 순식간에 가라앉았다. 잠시 후 계단을 통해 한 사내가 등장했다.

그는 부하들과 똑같이 노란 안전모에 하얀 방독면을 쓰고 있었다. 카키색 레인 코트를 펄럭이며 등장한 그는 주변을 둘러보더니 짧게 말했다.

"분류는?"

"네. 지금 솎아내는 중입니다."

"뭐? 아직도? 귀때기 한번 만져서 포스 20 못 넘는 놈 추리기가 그렇게 힘들어?"

"죄, 죄송합니다. 일단 미달자들부터 처리하느라….."

"미달자 쪽이 어디야?"

"저쪽입니다."

일련의 포로는 크게 두 그룹으로 나뉘어 있었다.

방금 전 카우보이가 이마에 구멍 낸 쪽에 다섯, 그리고 반대편 둘이었다. 단장이 다섯이 모인 쪽을 쓰윽 훑었다.

토막살해자의 전기톱에 팔 하나가 잘려나간 놈을 제외하곤 다들 멀쩡한 상태였다.

그는 대강 사태를 파악하고 카우보이와, 토막살해자를 노려보았다.

"이 새끼들, 내가 쓸데없는 걸로 시간 끌지 말랬지?"

"죄송합니다."

"시정하겠습니다."

놀라운 일이었다. 누구보다 잔혹 무도했던 두 사내는 단장의 한마디에 순한 양처럼 꼼짝 못했다.

"하여간 쓸데없는 새끼들…."

단장은 혀를 끌끌 차더니 남은 다섯 명의 포로들을 향해 팔을 뻗었다. 그러자 포로들의 머리가 점점 쪼그라들더니 압력을 이기지 못하고 퍽-! 터져버렸다. 잘 익은 수박을 아스팔트에 내던진 것처럼, 산산 조각난 육편이 사방으로 흩어졌다.

목이 떨어져 나간 시체들이 기우뚱 허물어진다.

장내는 침 넘어가는 소리가 들릴 정도로 고요에 휩싸였다.

카우보이, 염경철이 속으로 혀를 내둘렀다.

'단장의 염동력은 언제 봐도 기가 막히군. 머리통을 압축해서 터뜨리다니… 진정 괴물이야.'

"저 놈들은 포스가 얼마나 돼?"

"남자는 21, 여자는 24입니다."

"쳇. 별 볼일 없는 새끼들이네. 보스 성에 안차겠는데…."

"바람의 마도사란 놈을 생포했더라면 좋았을 텐데요. 아쉽습니다. 놈이 하도 격렬하게 저항하는 통에…."

"뭐 안 되면 너네들이라도 바치지 뭐."

"네에?"

단장과 말을 나누던 사내가 깜짝 놀라 입을 다물었다.

다들 서로의 눈치를 보며 눈알을 굴렸다. 그 모습에 백골단 단장 박현준이 껄껄 웃었다.

"…농담이야 새끼들아. 설마하니 아무리 보스가 부하를 '흡수' 할까봐."

"네…."

"참고로 말하면 보스는 너희같은 조무래기 따윈 관심 없으니까 안심해라. 지금도 쿨타임 문제 때문에 포스20 이하는 손도 대지 않으니까. 그리고 솔직히 말해서 보스에게 흡수되지 않으려면 부하가 되는 편이 가장 안전해. 왜 그런 줄 아나?"

"잘 모르겠습니다."

"…보스는 머리가 좋거든."

박현준이 마스크 속으로 음흉하게 웃었다. 앞 뒤 맥락 없는 말에 당혹해 하는 부하들의 모습이, 그의 짓궂은 취향을 만족시켰다.

잠시 뜸들인 백골단 단장이 다시 입을 열었다.

"달걀을 낳아주는 닭한테는 손대지 않는다는 소리야. 가만히 두면 꾸준히 달걀을 갖다 바칠 텐데, 당장 배고프다고 닭 모가질 비틀 순 없잖아?"

"아!"

"그러니까 이 닭대가리 새끼들아, 쓸데없이 시간낭비 말고 지금 당장 마나번 체인 회수하고, 저 년놈들은 레이더스 애들 불러서 보스한테 데려 가."

"저 단장님… 지금 레이더스 쪽 애들이 연락이 안 됩니다."

"뭐?"

"'그 물건'을 들고 도망친 헌터를 추적중인데, 아무래도 무전기 수신 거릴 한참 벗어나 버린 것 같습니다."

박현준이 혀를 찼다.

"하여간 빌어먹을 새끼들같으니… 그런 일 하나 똑바로 처리 못하니까 아직까지 배달일이나 쳐 하고 있는 거야. 배달의 기수 놈들은 세상이 바뀌어도 어째 달라진 게 없냐."

단장의 걸죽한 입담에 백골단원들이 낄낄댔다.

그는 잔혹하고 성미가 급했지만, 농담도 잘 던지고 언변이 뛰어난 편이었다. 한마디로 부하들을 들었다 났다 하는 스타일.

다만 같이 배를 잡고 깔깔 웃다가도 느닷없이 등에 칼을 꽂아 버리는 종잡을 수 없는 캐릭터였다.

그것이 타고난 것이든, 의도된 것이든 그의 독특한 성격은 포악한 살인광 출신의 백골단을 휘어잡는데 탁월한 효과를 발휘했다. 미친놈들을 제압하는 건, 더 미친 놈 뿐이랄까?

"일단 저희가 직접 보스께 데려 가겠습니다."

"어쩔 수 없군, 그럼 그렇게 해. 난 좀 쉬러 간다. 그 바람의 마도산지 뭔지랑 싸우느라 포스를 너무 써버렸어. 아 그렇다고…"

박현준은 토막살해자와 카우보이 쪽으로 시선을 돌렸다.

"···니들 이렇게 만들어 줄 힘은 남았으니 까불 생각 말고."

단장이 손을 뻗어 염동력을 일으키자, 토막살해자의 톱날이 말발굽 모양으로 휘어지고 카우보이의 리볼버에선 회전식 약실이 재껴지며 총알이 쏟아져 내렸다.

이어 그가 손아귀를 움켜쥐자, 낙하하던 총알이 진공청소기에 빨려가듯 순식간에 그의 곁으로 날아갔다. 공중에 두둥실 떠오른 총알은 위성처럼 그의 머리 주위를 공전했다.

"···알아들었지?"

"네."

"알겠습니다."

위력을 과시한 박현준이 레인 코트를 펄럭이며 뒤돌아섰다. 잠시 후 총알들이 후드득 바닥으로 떨어졌다.

카우보이 염경철은 질린 표정으로 어깨를 으쓱했고, 토막살해자 조문호는 구부러진 톱날을 똑바로 펴면서 연신 씨부렁댔다.

세이버 클랜은 길동 생태공원을 향해 나아가고 있었다.

중간에 몇 번 몬스터를 마주쳤지만, 이제 B급 이하의 몬스터들은 간식거리도 되지 않았다.

"어휴 시시해. 이런 잡몹 같은 거 말고 좀 그럴싸한 놈 없나?"

"왜 우리 유화 손이 근질근질 하니? 한방에 빵빵 터져버리니까 찰진 손맛이 그립지?"

유화가 계속 투덜거렸다.

"저런 애들 한 트럭을 잡아봐야 스탯도 별로 안 오르잖아요. 스킬 차크라가 떨어지는 것도 아니고."

"그럼 던전이라도 하나 털까? 태랑, 조 앞에 지하철역 하나 있던데…."

"안 돼."

태랑의 거절에 머쓱해진 은숙이 부풀린 볼을 긁적였다.

"무슨 단호박을 삶아먹었나… 아주 칼이네 칼."

"은숙이 말대로 중간에 레벨링 하는 것도 나쁘진 않을 것 같은데?"

민준도 은숙의 의견에 동조했다. 지금 멤버들 실력이라면 어지간한 하급 던전을 터는 것은 일도 아니었다.

하급 던전이란 주로 역사 규모가 작고 외진 곳에 위치한 지하철역을 말하는데, 대게 보스몬스터 수준이 C나 D급 정도였다.

"그래. 잘하면 태랑이 니 특성도 추가할 수 있는 거잖아. 아티펙트라도 떨어지면 더 좋구."

계속된 은숙의 꼬득임에도 태랑은 미동조차 하지 않았다.

"지금은 임무에 집중할 때야. 쓸데없이 힘 뺐다가 정작 레이더스 만났을 때 실력발휘 못하면 어쩌려고 그래? 안 돼."

"에이, 우리가 설마 그런 폭주족 양아치 놈들한테 당할까봐서…."

"맞아요. 우리도 제법 세잖아요."

'방심하고 있군.'

태랑은 확실하게 경고 해야겠다고 생각했다.

그간의 빠른 성장으로 세이버 클랜 일원들은 나이브해진 면이 있었다. 클랜의 마스터로서 가장 경계해야 할 부분이었다.

"다들 잘 들어. 몬스터보다 무서운 게 맨이터야. 만약 놈들이 진짜로 내 노트북을 들고 있으면 어쩌려고 그래?"

"흠…."

"그럼 우리랑 다를 바 없는 조건이야. 아니 더 유리할지도 모르지. 분명 내가 제대로 기억 못하는 것도 많을 테니까. 놈들이 그 노트북 정보를 이용해서 지금껏 힘을 쌓았다면 우리가 감당하기 어려울 수도 있어."

"그려, 태랑이 말이 맞어. 긴장들 좀 허자. 응? 놀러가는 것도 아니고."

"…죄송해요."

"미안, 내가 생각이 짧았어."

그때 정찰을 위해 앞서 나가있던 슬아가 빠른 속도로

폭식의 군주 3

일행들 쪽으로 되돌아왔다. 목에 걸린 단망경이 벗겨질 것처럼 허겁지겁 뛰어오는 모습이 뭔가에 놀란 표정이었다.

"아, 앞에 오토바이 탄 무리가 오고 있어요!"

"뭐? 아직 목적지까진 꽤 남았을 텐데?"

민준이 눈을 비비고 스마트 폰의 위치 어플을 다시 확인했다. 혹시 GPS 수신이 오류가 났을 수도 모른다. 그러나 건물들의 배치로 봐선 위치에 오류는 없었다.

"레이드라도 나온 게 아닐까? 좀 멀긴 하지만."

"지금 어디쯤인데?

"오는 방향으로 봐선 곧 이쪽 도로를 통과할 것 같아요."

"일단 숨자. 놈들인 걸 확인하면 바로 기습한다."

"네."

일행은 도로에 깔린 차들을 급하게 움직였다. 포스로 강화된 각성자들이 힘을 모으자, 무거운 차체가 움직이며 도로를 틀어막았다.

길목을 차단한 일행은 곧바로 도로 좌우 건물 사이로 몸을 숨겼다.

태랑과 유화 수현이 한쪽에 그리고 한모와 은숙 민준이 반대쪽에 자리했다. 슬아는 도약을 통해 건물 3층까지 뛰어 올라 만약의 사태를 대비하기로 했다.

잠시 후 슬아의 말대로 멀리서 오토바이를 탄 무리가 때를 지어 달려왔다. 도로 상태가 엉망이긴 했지만, 오토바이가 다닐 정도의 공간은 충분한 상태.

배기음이 제거된 오토바이 행렬은 곧 세이버 클랜이 막아놓은 길 앞에 멈춰 섰다.

"뭐야? 무슨 길이 이따위야?"

선두에 선 사내가 오토바이를 세우더니 짜증스럽게 헬멧을 벗어 던졌다. 태랑이 숨죽인 채 헬멧의 얼굴을 확인했다.

'…있다. 왼뺨에 십자가 문신. 그 폭주족 놈들이야.'

태랑이 두 주먹을 불끈 쥐었다.

"지금 덮쳐버릴까요?"

수현이 번개를 일으켰다. 솜털을 곤두세우는 뇌전의 기운이 그의 손으로 집중되기 시작했다. 태랑이 그의 팔목을 붙잡았다.

"잠시만 기다려봐. 놈들 실력부터 확인하고."

태랑이 소형 무전기의 송신 버튼을 누르고 말했다.

"내가 신호하기 전까지 잠시 대기."

ㅡ치직… 라져 뎃.

"우아. 우리 이러니까 무슨 특수부대 같아요. 아, 떨려."

"쉿ㅡ 들리겠다. 조용."

태랑은 호들갑 떠는 유화를 진정시킨 후 감각의 심안을 이용해 놈들의 머릿수를 파악했다. 전방의 상황이 3차원 쿼터뷰 시점으로 전환되며 그의 머릿속으로 들어왔다.

'…모두 스무 명인가? 들고 있는 무기는 좀 조잡하군.'

레이더스 클랜은 대부분 쇠파이프나 못 박힌 각목 따위를 들고 있었다. 사시미 칼이나 죽창도 일부 보였으나 외견상 아티펙트로 보이는 무기는 없었다.

그때 선두에서 헬멧을 벗어던진 남자가 뒤 돌아 명령했다.

"야, 뭣들 하고 있어. 얼른 이거 치워."

그의 지시에 부하들이 투덜거리며 오토바이에서 내렸다. 명령을 내린 이는 무리의 대장쯤 되는 모양이었다. 놈들이 낑낑대며 자동차를 치우는 동안, 태랑이 건물 모퉁이에서 해골전사 3마리를 소환했다.

'얼마나 대단한지 실력좀 볼까?'

"어엇!? 뭐야 몬스터다!"

사각지대에서 불쑥 튀어나온 해골병사를 보고 레이더스 클랜원 한명이 놀라 소리쳤다.?허둥대며 엉덩방아를 찧는 놈도 있었다.

"으엇, 스켈레톤 워리어야!"

"고작 세 마리다. 오버하지 마."

"그래. 내가 게시판에서 봤는데 저거 A급 밖에 안 되는 놈들이야. 생긴 것만 저렇지 별것 아니라고."

A급이란 막 각성한 사람들도 잡을 수 있는 수준의 몬스터. 스켈레톤이 A급이라는 설명에 용기를 얻은 레이더스 클랜원들이 차츰 해골 전사 주위로 모여들었다. 태랑이 아직

지시를 내리지 않았기에 해골전사는 검은색 동공을 이글거리며 잠자코 있었다.

"흐흐 이건 내가 해치울 거야!"

"욕심 부리긴!"

"이번 풍신(風神)클랜을 백골단 쪽에서 마무리하는 바람에 스텟 하나도 못 올렸다고. 젠장, 그놈들 우리가 죽였어야 했는데….."

'풍신 클랜? 백골단이라니… 뭔 소리야 대체? 어쨌든 놈들이 맨이터인건 분명해 지는군. 그렇다면 자비는 없다.'

쇠파이프를 움켜 쥔 사내가 해골 전사를 향해 달려들었다.

앙상한 뼈다귀 따위는 한방에 부셔버리겠다는 듯 거침없는 동작이었다.

그러나 상대를 잘 못 골라도 한참 잘 못 골랐다.

태랑의 해골 전사는 그간의 스킬업과 강화된 포스로 인해 B급에 근접한 소환수. 만약 그들에게 조금이라도 눈썰미가 있었더라면, 평범한 스켈레톤에겐 없는 훌륭한 갑옷과 날선 무기에 위화감을 느꼈을 것이다.

"크헉-!"

결국 용기와 만용을 착각한 사내는 대가를 치러야 했다. 해골 전사의 노련한 창 솜씨에 목이 꿰뚫리고 나서야 놈들이 정신을 차렸다.

"이럴 수가! 한수가 당했잖아!"

폭심의 군주 3

"뭐, 뭐야! 엄청 강해!"

"A급 몬스터 맞아?"

해골 전사의 위력에 놀란 레이더스 클랜은, 한 놈이 죽고 나서야 제대로 경계 자세를 취했다. 놈들의 표정에서 두려움이 묻어나왔다.

태랑은 그들의 대처를 보고 의아한 기분이 들었다.

'…생각보다 너무 허접한데…? 이것들이 정말 노트북을 훔친 놈들이란 말인가?'

그때 무리의 대장으로 보이는 사내가 걸어 나왔다. 맨 처음 헬멧을 집어 던진 사내로, 그의 팔목엔 쇠로 된 체인이 칭칭 감겨있었다.

"저기 비켜. 내가 처리한다."

"오오, 대장.

그는 팔을 붕붕 돌려가며 손에 감긴 체인을 풀어냈다. 얇은 체인의 길이는 못해도 2M는 훌쩍 넘어 보였다. 흡사 채찍과 같은 모양새.

"어디서 깨뼉다구같은 것들이 굴러들어 와서는!"

대장이라 불린 사내가 길게 늘어진 체인을 해골 전사를 향해 휘둘렀다. 태랑의 소환수가 창을 들어 막자, 체인 끝이 살아있는 뱀처럼 창신을 휘감았다. 그와 해골 전사가 체인으로 연결되었다.

"죽어!"

파지지지직-!

갑자기 그의 팔에서 전기가 일더니 순식간에 체인을 타고 흘러들었다. 전격 마법은 창대를 지나 해골 전사의 전신을 강타했다. 해골 전사는 감전 충격을 이기지 못하고 스스륵 허물어졌다.

"오오 역시! 우리 대장!"

"봤어? 일격에 보내버렸어!"

태랑이 조용히 혼잣말을 내뱉었다.

"음… 뇌전 능력자인건가."

"수현아, 어째 너랑 비슷한거 같다?"

비교하는 것처럼 들리는 유화의 말에 수현이 발끈했다.

"흥, 저딴 놈 제 벼락창 한방이면 순삭이에요."

그는 유화 앞에서 남자답게 보이고 싶은 마음에 잔뜩 허세를 부렸다. 좀 더 강하고 거친 모습을 드러냄으로써 유화의 관심을 끌려는 속셈이었다.

더구나 상대가 자신과 비슷한 계열의 뇌전 능력자라는 사실을 알고선 살짝 경쟁심이 든 것도 사실이었다.

"제가 보여드려요?"

수현이 금방이라도 번개창을 날릴 것처럼 흥분해 소리쳤다. 그 모습에 태랑이 언짢은 표정을 지었다.

"이수현. 좀 침착해. 왜 그리 서둘러? 반대쪽에 먼저 알려야지."

태랑이 수현을 나무라며 무전기를 잡았다.

"…체인 쓰는 놈 말곤 별 볼일 없는 것 같아."

-치짓… 같은 생각이다. 오버.

"일단 한놈도 빠져나가지 못하도록 은숙이랑 슬아가 오 토바이 타는 놈들 맡아. 나머진 내 공격 신호에 맞춰 동시 에 움직인다."

-치짓… 알았다. 오버.

-칙… 네. 아, 이렇게 하는 게 맞나? 들려요?

-감도 양호. 잘 들린다. 오버.

"웅? 여자 목소린 누구지?"

"슬아도 무전기 하나 가지고 있어."

"참, 옥상에 혼자 있었죠?"

태랑은 등 뒤에 맨 화살을 들어 해골 전사들을 애워싼 놈 들을 정조준했다. 곧 서리궁수의 활줄에 차가운 기운이 모 이며 얼음화살이 생성되었다. 한기를 내뿜는 화살촉이 햇 빛을 받아 날카롭게 번뜩였다.

'불카투스 궁술이라면 이 거리에선 백발백중이지.'

슈슉-

얼음화살은 창문을 뚫고 레이더스의 대장을 향해 곧장 날아갔다. 기습을 대비하지 않고 있던 놈은 그대로 등판에 화살을 얻어맞고 고꾸라졌다. 동시에 산탄처럼 파편이 비 산하며 주변에 있던 다른 무리를 향해 쏟아 졌다.

"으헉! 매복이다!"

"어디? 몬스터인가?"

"여겼다, 이놈들아!"

태랑의 공격 타이밍에 맞춰 한모가 사슬낫을 들고 불쑥 모습을 드러냈다. 판금갑옷을 받쳐 입은 그는 흡사 중세의 기사처럼 단단해 보였다.

"요 쌍놈의 새끼들, 잘 만났다! 느그들 땜시 고생한 거 생각하믄!"

한모가 사슬낫을 머리위에서 빙글 돌리더니 뭉쳐져 있던 무리를 향해 힘껏 내던졌다. 반경 안에 들어있던 세명이 사슬낫에 휩쓸리며 피를 뿜고 쓰러졌다.

"크허헉!"

"으악!"

뒤이어 등장한 민준 역시 인정사정없이 검을 휘둘렀다.

대화를 통해 이들이 맨이터라는 것은 이미 확인된 사실.

그는 악을 증오하는 부분에 있어서 결벽에 가까운 성격이었다. 태랑이 순수하게 정의를 지향한다면, 민준은 정의를 지키기 위해서라면 무슨 일이든 할 수 있는 사람이었다.

그런 그에게 맨이터는 죽여 마땅한 존재에 불과했다.

"질풍참!"

그의 검에서 뿜어져 나온 회오리 바람을 맞고 동시에 여럿이 공중으로 떠올랐다. 그는 몸을 날려 추락하는 맨이터들을 도륙했다. 그의 매서운 칼솜씨에 수 명이 죽어 나자빠졌다.

"네, 네놈들 설마 풍신 클랜 잔당이냐!"

한 사내가 소리쳤다.

그러나 그는 끝내 답을 들을 수 없었다. 뒤에서 달려온 유화의 주먹에 난타 당한 것이다. 사정없이 날아간 놈은 건물에 부딪히더니 그대로 벽면을 타고 흘러내렸다.

사태가 급박해지자 뒤에 서있던 몇 놈이 오토바이에 올랐다. 태랑의 예상대로 도주를 결심한 것이었다.

그러나 미처 오토바이에 시동을 걸기도 전에 은숙의 매직 미사일이 쏟아졌다.

퍽- 퍼벅-

"억!"

헬맷을 쓰고 있어도 소용없었다. 엄청난 물리력에 경추가 꺾인 놈들은 마치 트럭에 치인 것처럼 튕겨져 나갔다. 그 사이 한 놈이 용케 도주에 성공했다.

"아앗! 놓쳤어!"

매직 미사일의 쿨타임이 도는 사이 놈은 벌써 저만치 달아나고 있었다. 그녀가 뒤늦게 마법을 날려 봤지만 이미 사거리 밖이었다.

-칙… 제가 잡을게요.

싸우는 중 태랑의 무전기로 슬아의 음성이 들려왔다.

슬아는 가속 능력을 발휘해 옥상 위를 빠르게 내달렸다. 건물과 건물 사이를 뛰어넘는 솜씨가 야마카시로 잘못 알려진 '파쿠르' 동작을 연상시켰다. 기계체조를 전공한 탄력있는 몸놀림이 유감없이 발휘 되었다.

곧 오토바이를 따라잡은 슬아는 도약 능력을 발휘해 건물에서 뛰어내리며 손에 쥔 투검을 쏘아냈다. 무기투척의 스킬이 발휘되며 오토바이 조종수의 등판 한가운데 단검이 박혔다.

푹—

운전자는 즉사했는지 균형을 잃은 오토바이가 정차되어 있던 차를 들이받고는 쾅— 소리와 함께 처박혔다.

한순간에 레이더스 클랜을 일망타진한 태랑 일행은, ?마지막 남은 뇌전 능력자를 둘러쌌다.

그는 맨 처음 태랑의 빙궁에 맞고 쓰러져 있다 겨우 정신을 차린 상태였다.

"이, 이 자식들! 감히 우리가 누군 줄 알고!"

"누구긴 새끼야, 노트북 도둑놈이지!"

한모가 사슬낫을 집어 던지려고 하자 태랑이 만류했다.

"잠깐만요, 아직 죽이면 안됩니다. 물어볼 게 있어요."

"누가 대답해 준데냐 이 새끼야!"

"라이트닝 스피어!"

파지직—!

체인을 들고 저항하는 놈을 향해 수현이 벼락창을 집어 던졌다. 근거리에서 벼락에 직격당한 놈은 온 몸에서 연기를 뿜고 다시 쓰러졌다.

"얼레? 이 새끼 뒈져븐거 아녀?"

"야 뭐하는 거야!"

유화에게 잘 보이기위해 다소 오버한 수현은, 쏟아지는 질책에 몸 둘 바를 모르고 당황했다.

"아, 저, 저는 그냥…."

태랑이 재빨리 놈의 경동맥을 짚더니 한숨을 내쉬었다.

"휴, 다행이다. 아직 살아있어."

"와, 이수현 그렇게 안 봤는데 완전 터프하네?"

"죄, 죄송합니다."

태랑은 주변을 대충 정리한 뒤 배낭에 챙겨온 두꺼운 밧줄을 이용해 전봇대에 놈을 묶었다.

"혹시 모르니 스텟을 체크해 봐야겠어."

태랑이 쓰러진 놈의 귀에 손을 가져다 대자 망막으로 스텟창이 떠올랐다.

[성명 : 강봉구, ♂(28)]

포스 : 21.23(43%)

쉴드 : 21.23(7%)

스킬 : (2/81 Point)

'감전 충격' (2Lv)

+포스의 10%를 사용해 손에서 전기를 일으킴.

+전기는 매질을 타고 흐를 수 있음.

'전장의 포효' (1Lv)

+함성을 질러 순간적으로 포스를 10% 끌어 올림.

+본인에게만 시전 할 수 있음.

특성 : 절묘한 균형

-차크라 획득 시 포스와 쉴드가 똑같이 1/2씩 오름.

"흐음…."

"왜 그래 태랑?"

"확실히 이상한데… 이 정도 능력자가 레이더스 클랜의 대장이라고? 특성도 별 볼일 없고 능력치도 평범한 수준이 잖아."

"혹시 대장이라는 호칭이 우리가 생각하는 마스터가 아닌 건 아닐까? 뭐 많잖아, 행동대장이라든지 하는…."

"그럴 수도 있겠다. 아무튼 놈이 깨어나야 뭘 물어보든 할 텐데…."

"뭘 기다려. 자고 있음 깨워야제."

한모가 나섰다. 그는 밧줄에 묶여 기절해 있는 강봉구의 뺨을 사정없이 올려붙였다.

짝-

포스가 실린 그의 손짓에 강봉구가 얼굴이 헤비급 펀치를 맞은 것처럼 휙- 돌아갔다.

"인나, 이 새끼야."

그러나 여전히 묵묵부답이었다. 독이 오른 한모가 팔소매를 걷어 붙였다.

"아따, 이 새끼가 내 인내심을 시험해 블구마잉."

짝- 짝-

"언능 인나라고 이 씨발롬아. 강냉이 몇 개 털어브러야 정신 차리 겄냐? 여가 니 안방이여?"

두세 번 거친 손길이 오가자 강봉구가 피가래를 뱉으며 겨우 눈을 떴다. 얼굴이 퉁퉁 부어오른 그는, 온 몸이 결박 당한 것을 깨닫고 거칠게 저항했다.

"이,이 새끼들! 감히 흑랑 길드를 건드려? 니들은 이제 죽은 목숨이야!"

짝-

"아주 염병도 가지가지하네. 우덜이 죽은 목숨이면, 넌 이미 죽어 있냐, 이 새끼야? 확 입만 살아가꼬 혀바닥을 쭉 뽑아 블랑께. 씹새끼가."

"잠깐만요 형님."

태랑이 한모를 저지했다.

"흑랑 길드라고? 너 레이더스 클랜 아니었어?"

"캬학, 퉤엣- 지금보니 우리가 누군지도 모르고 덤볐다 는 거구만? 크하하. 하룻강아지 범 무서운줄 모른다더 니…."

뭔가 눈치 챈 태랑이 그에게 재빨리 물었다.

"혹시 너희 클랜이 흑랑 길드 소속이란 말인가?"

"그래. 이제와 후회해도 소용없다. 백골단과 흑사자 클 랜이 가만있지 않을 테니까."

태랑은 그와의 대화를 통해 많은 것을 알아냈다.

'흑랑이라는 거대 길드안에 레이더스랑 백골단, 흑사자 등의 클랜이 연합을 한 건가? 대체 무슨 일이지? 만약 놈들에게 노트북이 있다면 굳이 남의 밑으로 들어갈 리가 없잖아? 오히려 길드의 마스터가 되었겠지.'

태랑이 다시 레이더스의 강봉구에게 물었다.

"레이더스의 대장이 혹시 너냐?"

"그렇다. 내가 레이더스의 강봉구다."

"노트북은 어딨지?"

"뭐라고? 노트북이라니? 뭔 개소리야? 은빛 눈물 노리고 온거 아니었나?"

'이럴 수가! 진짜 노트북에 대해 전혀 모르는 눈치잖아?'

태랑은 혼란스러운 감정을 느꼈다. 분명 구 서울 동부 연합 소속 폭주족 하나가 노트북을 훔쳐 달아났는데, 지금은 이름을 바꾼 레이더스 클랜 대장이라는 사람은 그 사실에 대해 아무것도 모르고 있었다.

'…어쩌면 노트북을 훔쳐? 63빌딩으로 달아났던 폭주족놈이 이들과 다시 합류하지 못 했을 수도 있겠군. 그렇다면 말이 돼. 이 놈들 노트북에 대해선 아무것도 모르는 거야.'

"은빛 눈물이 뭐지?"

눈치 빠른 은숙이 물었다.

"너희들… 뭐하는 놈들이야? 누가 보냈어?"

강봉구는 뒤늦게 자신이 착각했음을 깨달았다.

그는 이제껏 태랑 일행을 은빛 눈물을 되찾으러 온 풍신 클랜의 잔당쯤으로 여기고 있었다. 그러나 말하는 눈치로 보아 이들은 전혀 관련 없는 제 3자에 불과했다.

기절에서 막 깨어난 통에 상황을 파악 못하고 실언 한 것이 후회됐지만, 이미 돌이킬 수 없었다.

은숙이 거듭 다그쳤다.

"묻는 말이나 대답해. 은빛 눈물이란 게 대체 뭐야?"

"하, 시발. 내가 왜 그걸 너희들한테 말해야 되지?"

삐딱한 강봉구의 태도를 보고 한모가 번쩍 손을 치켜 들었다.

"쳐 맞고 할래, 그냥 말 할래?"

움찔.

"…으, 은빛 눈물은 풍신 클랜이 가지고 있던 아티펙트다."

한모의 손찌검에 호되게 당한 바 있는 강봉구는, 자존심도 내팽개치고 곧바로 입을 열었다. 과연 양아치다운 근성이었다.

강봉구의 설명은 다음과 같았다.

'은빛 눈물'이란 특성 쿨 타임을 30% 줄여 주는 아티펙트.

풍신 클랜이 우연히 해당 물건을 손에 넣었다는 소문이 퍼지자, 흑랑 길드 마스터는 '은빛 눈물'을 강탈해 오라는 명령을 내린다.

맨 처음 나선 것은 흑랑 길드의 주축인 '흑사자' 클랜이었다.

흑랑 길드의 모태이기도 한 흑사자는, 마스터의 명을 수행하기 위해 풍신과 전면전을 벌였다.

그러나 풍신의 마스터는 상당한 실력자였다.

바람의 마도사라는 별호에서 알 수 있듯이, 강력한 바람 마법을 구사하는 그의 솜씨에 지지부진 시간만 허비했다.

그러자 길드 마스터는 휘하에 있는 두 개 클랜을 추가로 동원하기에 이른다. 길드 최정예 단체인 백골단, 그리고 전투력은 다소 떨어지지만 기동력이 우수한 레이더스 클랜이었다.

이에 궁지에 몰린 풍신의 마스터는, 부하를 시켜 아티펙트를 빼돌렸다. 물건을 빼앗기느니 어딘가에 숨겨 버리기로 한 것이다.

레이더스는 이틀에 걸친 추격전 끝에 놈을 붙잡았다.

"…놈을 해치운 뒤 품속을 샅샅이 뒤졌지만 물건은 없었어. 애초부터 아티펙트를 가지고 튄 놈이 전혀 다른 놈이었던 거야. 미끼에 낚인 거지."

"나쁜 새끼들! 그게 뭐라고 사람까지 죽여?"

은숙이 손가락질하며 봉구를 거세게 비난했다.

'이 년이 누구보고 삿대질이야?'

그는 버럭 짜증이 났지만 은숙 뒤에 버티고 선 한모의

존재를 깨닫고 급히 표정을 숨겼다. 한모는 언제든 그를 두들겨 팰 것처럼 눈알을 부라리고 있었다.

'젠장 뺨 좀 맞았다고 이빨이 다 후들거리다니. 무식한 새끼 같으니…'

"대체 왜 그걸 빼앗으려 한 거지? 이유가 뭐야?"

"…보스에게 그 물건이 꼭 필요했기 때문이다."

"보스라고? 어째서 길드 마스터를 보스라고 부르지?"

태랑이 의아한 표정으로 되물었다.

부르는 명칭에 딱히 강제성이 있는 건 아니지만 대체로 클랜이나 길드의 경우 '마스터' 란 호칭이 일반적이었다.

"그야 보스가 실제로 강남OB파 두목 출신이니까."

"엉? 김윤동이가 너네 보스야?"

한모가 아는 체를 했다.

"형님 아는 사람이에요?"

"알다마다. 쌍팔년도에 맨 몸뚱이로 상경해서는, 강남서 제일 잘나가는 OB파를 만든 입지전적인 인물이걸랑. 근디 인자 뒷방 늙은이 다 됐을 것 인디? 그 양반도 벌써 환갑이 여. 늙어 가꼬 좆도 안서는 나이제."

"요즘 세상엔 능력만 출중하다면 육체적인 나이는 문제 안 되죠."

"하기사 그것도 글쿠마잉. 암튼 그 양반도 어지간하네. 그 나이에 길드를 다 만들고."

"완전 노익장인데요."

"지금에야 퇴물 취급 받지만 서도, 소싯적엔 유명했제. 양손에 사시미 들고 버티믄 수십명이 달라들어도 꼼짝을 못 했다 글드라고. 오래전 이야기라 직접 본적 없지만… 암튼 이 바닥선 전설적인 인물이여."

강봉구의 자백과 한모의 이야기를 종합하자, 태랑의 머릿속에서 하나 둘 아귀가 짜맞춰졌다.

범죄 조직의 보스였던 김윤동은, 기존의 조지력을 바탕으로 빠른 시간에 세력을 일구었다. 흑사자 클랜의 기반 위에 백골단과 레이더스를 끌어들여 연합 클랜을 구축한 것이다. 그것이 바로 흑랑 길드의 정체였다.

"좀 더 자세히 말해봐. 특성 쿨타임을 줄여주는 아티펙트가 왜 필요 한 거지? 너네 보스가 무슨 특성을 가지고 있는데?"

봉구도 이번만큼은 쉽사리 입을 때지 못했다.

자신을 둘러싼 정체불명의 칠 인은, 길드 최정예라 불리던 백골단에 필적하는 능력자들. 자칫 편을 잘못 섰다간 오늘이 제삿날이 될 판이었다.

'젠장, 이걸 분걸 알면 보스가 가만있지 않을 텐데… 아니지, 어차피 안 불어도 이놈들한테 죽을 거야. 보스는 멀리 있고, 놈들은 가깝다.'

여태껏 간에 붙고 쓸개에 붙어가며 버텨온 인생이었다.

만약 적극적으로 협조한다면 목숨만은 살려줄지 모른다.

그는 실낱같은 희망을 품고 모든 걸 불기 시작했다.

"포스 흡수, 보스가 가진 능력은 포스 흡수다."

"뭐라고?"

포스를 흡수한다는 것은 생전 처음 듣는 특성이었다. 태랑이 불완전한 기억 속에 그런 능력은 없었다.

'하긴 내가 전 세계 모든 사람의 특성을 모두 기억할 순 없지. 꿈에 등장하지 않았다면 모를 수밖에.'

"그러니까 다른 각성자의 포스를 흡수해 자기 것으로 만든다는 소리야?"

"정확하다."

다들 말문이 막혀 입을 열지 못했다.

흑랑 길드 마스터 김윤동의 특성은 상상조차 못했던 엄청난 능력이었다.

'저 놈 말대로라면 김윤동이란 자는 완전히 괴물이잖아? 하필 그런 위험한 능력이 잔혹 무도한 맨이터에게 주어지다니….'

태랑은 위기감을 느끼고 보다 자세한 사항을 물었다.

"네 말대로라면 보스가 가진 특성은 쿨타임이 무척 긴 모양이군."

"그렇다. 한번 포스를 흡수하고 나면 최소 삼일은 기다려야 하지. 그래서 시간을 단축시켜줄 아티펙트를 찾고 있는 거다. 스킬 쿨타임을 줄이는 아티펙트는 많지만, 특성 쿨타임을 줄여주는 종류는 찾기 힘드니까."

"그럼 혹시 포스의 흡수율은 어떻게 되지? 설마 전부 다 빼앗진 않을 거 아냐?"

"대충 10% 정도로 알고 있다."

10%. 결코 적지 않은 수치다.

A급 몬스터 수십 마리를 때려잡아도 스텟 1도 올리기 힘든 실정이다. 그런데 이자는 가만히 앉아 타인의 포스를 흡수하기만 해도 엄청난 레벨링을 하고 있는 셈이었다.

'가만있자. 몬스터 인베이젼 당시부터 삼일에 한명씩만 흡수했다고 쳐도 지금 쯤 서른 명도 넘겠군. 만약 포스가 높은 사람 위주로 골라 흡수했다면 대체 어디까지 능력을 키운 걸까?'

"너 여기 꼼짝 말고 있어."

태랑은 좀비들개를 불러 강봉구를 감시 시키고, 멀리 떨어진 장소에서 일행과 대화를 나누었다.

"내가 잘못 짚었어. 레이더스 클랜은 노트북에 대해서 아무것도 몰라. 노트북을 훔쳐간 폭주족이 이들과 다시 합류하지 못한 게 분명해. 어쩌면 혼자 노트북을 들고 63빌딩에서 객사했을지도 모르고…."

"확실히 그런 눈치긴 했어. 폭주족 대장이란 놈이 모를 정도면…."

"그럼 우리 여기까지 헛걸음 한 거야?"

"헛걸음이라도 그나마 다행이지. 적어도 노트북이 나쁜 놈들 손에 들어가진 않은 건 확실해 졌잖아. 지금까지 그걸 제일 우려했는데."

태랑이 말했다.

"지금 문제는 김윤동이야."

"흑랑 길드 보스 말이지? 그 흡수 능력자라는."

"그래. 노트북에 대한 단서를 찾으러 왔다가 엉뚱하게 얽히게 된 셈이지만, 놈을 이대로 두고 볼 순 없어."

잠자코 대화를 듣고 있던 한모가 입을 열었다.

"김윤동이 문제라고? 난 잘 모르겠는디?"

"네?"

"우리가 무슨 정의의 사도도 아니고, 놈을 꼭 우리 손으로 처단해야 되는 것이여?"

"아저씨. 지금 같은 조폭이라고 편드는 거예요?"

평소라면 실실 웃어 넘기던 한모지만, 이번만큼은 정색했다.

"유화 닌 무슨 말을 그라고 하냐. 사람 빈정 상하게시리."

"앗, 그런 뜻은 아니었어요. 죄송해요."

"야, 솔직헌 말로다가 우리가 무슨 영웅도 아니잖여. 나쁜 놈들 보믄 싹 다 씨를 말려야 직성이 풀리겠어?"

"그럼 놈을 이대로 두잔 말입니까?"

이번엔 민준이 반발했다.

정의감이 넘치는 그로서는 한모의 방관자적인 태도를 이해할 수 없었다. 악을 묵인하는 것도 불의다. 그것은 옳지 않다.

한모가 답답하다는 표정으로 말했다.

"아니, 뭣이 중한지 따져봐야 된다는 소리제 내말은. 막 말로다가 김윤동이가 그렇게 엄청난 능력을 갖고 있다는 디, 아무리 우리라도 벅찬 상대 아녀? 거기다 혼자도 아니라매. 클랜만 3개여. 감당할 수 있겄어?"

"상대가 강하다고 해서 쉽게 등 돌려선 안 됩니다. 놈은 악질적인 맨이터에요!"

"흐따, 말이 안 통해브네잉. 이건 그냥 오지랖이랑게? 아주 이럴 거면 시상 천지 나쁜 놈들 다 찾아서 조사블지 그러냐? 나쁜 놈이 김윤동 하나여? 시방, 맨이터가 그 놈 뿐이냐고!"

"그, 그건 아니지만…."

"우리들 여기 노트북 찾으러 왔자네. 근디 노트북 없다메. 그람은 깔끔하게 접고 돌아 가야제. 뭐 덜라고 긁어 부스럼을 만드냐 말이여."

한모의 주장이 먹혀들었는지 수현과 슬아가 주춤하는 기색을 보였다. 그의 말도 전혀 틀린 소리는 아니었다.

이번 임무의 목표는 노트북의 단서를 찾는 것. 그것이 명백한 실패로 돌아간 이상 위험을 무릅쓰고 김윤동을 해치워야할 책임은 어디에도 없었다.

그러나 태랑은 그렇게 생각하지 않았다.

"아니. 내 생각은 달라."

태랑이 좌중을 돌아보며 신중하게 입을 열었다.

명분을 납득시킬 수 없다면 한모의 말대로 오지랖에 지나지 않는다. 강요가 아닌 설득이, 권위에 기댄 명령이 아닌 자발적인 협조가 필요한 시점이었다.

　"놈의 말이 사실이라면 흑랑 길드 마스터는 평범한 맨이터가 아니야. 다른 각성자들을 죽이면 죽일수록 엄청나게 강해지는 타입이지. 게다가 그는 전국구 조직을 이끌었던 경험도 가지고 있어. 부하를 다루는 솜씨나, 조직 장악력이 평범한 사람들과는 비교도 안 되는 수준이야. 만약 이대로 놈을 방치한다면 커다란 재앙이 닥칠지도 몰라."

　"재앙이라니?"

　"우리가 노트북을 찾더라도 몬스터와의 싸움이 결코 끝나는 건 아냐. 결국 살아남은 사람들은 힘을 모아 몬스터와 싸워야 나가야 해. 하지만 흑랑 길드의 세력이 지금보다 훨씬 커진다고 생각해봐. 지금은 길드에 머물러 있지만 혈맹을 모아 군주에 오른다면? 그들이 선의(善意)를 가진 멀쩡한 헌터들을 해치우고 다니면 세상이 어떻게 되겠어?"

　"음…."

　"단순히 놈이 맨이터고, 나쁜 놈이기 때문에 물리쳐야 한다는 소리가 아냐. 놈은 우리의 목적을 방해할 수 있는 강력한 걸림돌이 될 수도 있어. 앞으로 우리의 동료가 될 수도 있었던 사람들, 우리와 연합해 몬스터와의 해방 전선에 앞장설 클랜이 놈의 먹잇감으로 전락할 수도 있는 문제라고. 나는 그 점을 우려하는 거야."

"나도 태랑 생각에 동의해. 당장 버거워 보일 순 있지만, 지금 아니면 감당하기 어려울 거야. 시간이 지날수록 그는 걷잡을 수 없이 강해질 테니까."

한모도 태랑의 말을 듣고나자 납득이 된 표정이었다.

"쩝, 듣고 보니 또 그렇구만. 나가 생각이 짧았다. 미안혀."

"아니에요. 저도 김윤동의 능력과 배경만 아니었디라면 망설였을 거예요. 형님 말도 일리는 있어요. 우리가 무슨 나쁜 놈들 다 찾아 죽이고 다닐 건 아니죠. 그럴 시간도 없구요."

"자자, 그럼 이렇게 아니고 그 흑랑 길든지 뭔지 빨리 해치우러 가자."

"저 사람은 어떡할까?"

"강봉구?"

"뭘 어째, 어차피 나쁜 놈 인디 죽여 브러야지."

은숙이 말했다.

"죽일 때 죽이더라도 최대한 이용해 먹어야지 않겠어? 최소한 길잡이 역할을 해 줄 수 있을 것 같은데."

잠시 후 회의를 마친 일행이 강봉구에게 다가갔다.

"죄질이 나쁘긴 하지만 우리에게 협조한다면 목숨은 살려주지."

"뭘 말이냐."

"흑랑 길드에 대한 정보를 제공해. 숫자는 얼마나 되는

332 폭식의
군주 3

지 어디에 있는지도."

어차피 강봉구에게 선택권 같은 건 없었다. 이들이 자신
의 말을 지키길 바랄 뿐이었다.

김이 모락모락 나는 욕조에 노인이 몸을 담그고 있었다.

탕은 혼자 쓰는 것치곤 지나치게 넓었다.

고급스러운 대리석 타일이 번쩍거렸고 개인용 한증막까
지 설치되어 있었다. 뻥 뚫린 통유리를 통해 저택의 조경을
바라보던 노인은 옆에 놓인 와인 잔을 들어 최고급 와인을
음미했다.

"으음…."

그곳은 과거 재벌 기업 회장이 살던 집이었다.

500평이 넘는 대지에 2층으로 지어진 저택은 황제도 부
럽지 않을 만큼 초호화로 꾸며져 있었다.

잠시 후 똑똑 하는 노크 소리와 함께 실오라기 하나 걸치
지 않은 눈부신 몸매의 여인이 탕으로 들어왔다.

"흥을 깨지 않으신다면 함께 해도 될까요?"

"어서와."

여인은 긴 머리를 올려 묶고 조심스럽게 욕조 안으로 발
을 담궜다. 거품이 가득한 욕조는 두 사람이 누워도 충분할
만큼 널찍했지만, 그녀는 굳이 노인 옆에 찰싹 붙었다.

"백골단 애들이 소식 전해 왔어요. 풍신 클랜 마무리 했다면서. 그리고 그 목걸이는 레이더스가…."

"그만. 쉬는데 일 얘기는 하고 싶지 않군."

"아, 죄송해요. 회장님."

"회장은 무슨…."

"그래도 회장님으로 모신지 벌써 10년이 다 되가는 걸요."

여인은 풍만한 몸매를 교태롭게 비틀며 노인을 유혹했다. 30대 초반쯤 되었을까? 무르익은 여인의 눈빛이 노인의 손길을 갈망하고 있었다.

"우리가 벌써 그렇게 됐나."

"네. 제 머리를 올려주실 때가 대학생 때니까…."

"흐흐. 그땐 싫지 않았어? 돈 많고 힘없는 늙은이를 스폰으로 둔다는 게…."

"무슨 소리세요. 지금도 정정하세요. 이만큼이나 단단하신 걸요."

여인이 탕속으로 머리를 감추었다.

곧 노인, 김윤동은 천국을 만끽했다.

힘만 있으면 뭐든 가질 수 있는 세상이다.

늙어가던 육체는 다시 활력을 되찾았다.

자신을 뒷방 늙은이 취급하던 부하들도 이제 진심으로 머리를 조아린다. 스폰으로 팔려와 애첩이 된 여자도 권력에 취해 자신을 정성으로 받들고 있다. 불과 몇 달 전만해도 시체처럼 뻣뻣하게 굴던 그녀가 말이다.

'새로운 세상은 낙원이다. 나는 완전히 새로 태어났어.'

김윤동이 탕 속에서 왼 손바닥을 꺼내들어 생각했다. 흡수의 능력을 가진 왼손이 파랗게 빛나고 있었다.

〈4권에 계속〉